骨艸劍

골초검

끝초감 5

최필 新무협 판타지 장편 소설

초판 1쇄 찍은 날 § 2004년 8월 19일
초판 1쇄 펴낸 날 § 2004년 8월 29일

지은이 § 최필
펴낸이 § 서경석

편집장 § 문혜영
편집책임 § 유경화
편집 § 장상수 · 김민정 · 최하나
마케팅 § 정필 · 강양원 · 이선구 · 김규진 · 홍현경

펴낸곳 § 도서출판 청어람
등록번호 § 제1081-1-89호
등록일자 § 1999. 5. 31
어람번호 § 제2-0419호

주소 § 경기도 부천시 원미구 심곡1동 350-1 남성B/D 3F (우) 420-011
전화 § 032-656-4452 팩스 § 032-656-4453
http://www.chungeoram.com
E-mail § eoram99@chollian.net

ⓒ 최필, 2004

ISBN 89-5831-212-2 04810
ISBN 89-5831-070-7 (SET)

骨艸劍

골초검

최필 新무협 판타지 소설

Fantastic Oriental Heroes

5

완결

해검(解劍)

도서출판
청어람

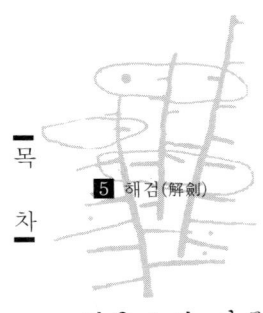

목
차

5 해검(解劍)

제1장

꿩우소와 겨루다

　곤륜산에서의 하루가 저물어가고 있었다.

　벚꽃 수림은 노을에 주황빛으로 물들며 기이한 장관을 연출했다. 봄날의 미풍은 기분 좋게 얼굴을 간질였다.

　성검은 광우소와 함께 그 벚꽃 수림을 거닐고 있는 중이다.

　일행을 거처로 안내한 광우소는 성검에게 '검을 들고 따라오너라'는 한마디를 던진 후 묵묵히 앞서 걸었다. 후문을 나서서 반 각가량을 더 걷던 광우소가 문득 걸음을 멈추었다.

　"사부님 소식은 들었느니라. 장례는 정성껏 치러드렸느냐?"

　노을에 시선을 둔 광우소가 담담한 음성으로 물었다.

　광우소의 사부, 초자영을 말하는 것이리라. 성검은 한동안 잊고 지냈던 초자영을 떠올렸다. 삼매진화를 일으켜 왜국 인자들과 함께 불속으로 사라지던 모습, 그 최후를 지켜본 이가 바로 성검이 아니던가.

"그럴 필요가 없었습니다."

"무슨 말이더냐?"

굉우소가 천천히 몸을 돌려 성검을 바라보았다.

"초 사부께선 우화등선하셨습니다. 저는 그저 그 모습을 지켜보았을 뿐입니다."

성검은 죽기 직전의 초자영과 약속한 대로 굉우소에게 말해 주었다.

"하지만……."

"속세에 남긴 몇 줌 재와 뼈는 양지바른 곳에 고이 모셨으니 심려 놓으셔도 됩니다."

"……?"

잠시 성검에게 시선을 주던 굉우소가 천천히 고개를 끄덕였다.

"성검아."

"말씀하십시오, 사부님."

"심공을 통해 네 아비에 대해 이미 들은 것으로 안다. 혹 나를 원망하지는 않았더냐? 하나밖에 없는 벗의 아들을 그 외진 곳에 팽개쳐 두고 홀연히 떠나왔으니 말이다."

굉우소의 눈빛이 노을에 젖고 있었다.

"그럴 리가 있겠습니까. 사부님은 그저 범의 자식을 범으로 키우고자 하셨을 뿐입니다. 제가 아무리 아둔하다 한들 어찌 그것을 모르겠습니까."

"하하. 적지 않은 시간이 흐른 것을 알겠으나, 네가 몰라보게 성숙해져 자못 놀랍구나. 마치 일검수를 보는 것처럼 든든하니 말이다."

"음회회회. 그렇습니까?"

긴장이 풀렸던 것일까. 진중해 보이던 성검이 갑자기 자세를 흐뜨렸

다. 더욱이 방금 전의 웃음소리는 굉우소가 몹시 싫어하던 것이었다. 아니나 다를까,

"내가 잘못 본 모양이구나."

굉우소는 금세 말을 바꾸었다.

"성검아."

"예, 사부님."

"앞으론 백부라 부르거라. 내 평생 일검수를 아우처럼 여겨왔으니 너 또한 조카처럼 여겨야 하지 않겠느냐."

굉우소가 모처럼 부드러운 미소를 내비쳤다.

"예, 백부."

성검은 잠시 머뭇거리다가 순순히 대답했다.

"심공과 당가륵에게 대충 듣기는 했다만, 네 무위를 확인해 보고 싶구나. 그러니 어디 한번 검을 뽑아보거라."

"음회회. 하지만 어찌 제가 백부님에게 검을 겨눌 수 있겠습니까?"

검을 들고 나오라고 할 때부터 짐작한 일이다. 더욱이 굉우소를 처음 만난 순간부터 성검은 이 순간을 기다려 왔다.

하지만 성검은 배시시 웃으며 손사래를 쳤다. 나이가 들어가면서 예의라는 것을 배우기 시작한 것이다.

"음, 네 말이 틀리지 않구나. 그럼 이만 돌아가자꾸나. 오늘은 그저 너와 함께 벚꽃 구경을 한 것으로 만족해야 할 모양이다."

"예?"

"왜 그러느냐?"

"음회회, 아닙니다. 다시 생각해 보니 조카 된 도리로 백부의 청을 거절하는 것이 도리가 아니란 생각이 들어서……."

성검의 대답에 굉우소는 또 멀뚱히 성검을 쳐다보았다.

굉우소 역시 도를 다루는 무사다. 더욱이 한 자루 도로 강호에 적지 않은 이름을 남긴 고수다. 그러니 당연히 무사의 마음을 안다. 상대가 누가 되었든 강한 자를 보면 붙어보고 싶은 충동은 무사의 본능이 아닌가.

굉우소의 입가에 희미한 미소가 번졌다.

"네 말이 이번에도 틀리지 않구나. 그럼 검을 뽑아보거라."

"음회회. 정 그러시다면……."

성검은 가볍게 목례를 한 후 이 장여를 천천히 물러섰다.

사르릉—

한 자루 검이 타 들어갈 것처럼 붉은 노을 빛을 반사하며 부드럽게 검집을 벗어났다. 언제나 그렇듯 그 순간만은 삼라만상이 침묵한다. 그저 손끝으로 전해지는 짜릿한 전율이 온몸을 휘감아 돌 뿐이다.

"하하, 눈에 너무 힘이 들어갔구나."

굉우소가 피식, 웃으며 농을 건넸다. 노을을 등진 그의 거구는 평소보다 더 우람해 보였다.

'마치 태산과 같지 않은가. 역시 한 시대를 풍미한 거인답다.'

굉우소의 모습에 성검은 얼마간 긴장을 느껴야 했다.

육 년 전 굉우소를 처음 만났던 순간이 눈앞에 빠르게 스쳐 지나갔다. 당시 굉우소는 소림사의 승려 담송을 상대로 비무를 겨루었고, 그 한 번의 비무는 성검에게 큰 충격을 안겨주지 않았던가. 변화무쌍하고 물 흐르듯 자연스럽던 담송의 곤술과 산을 쪼갤 듯한 굉우소의 도법은 그야말로 신기였다.

하지만 시간은 흘렀고, 이제 성검은 어엿한 청년이 되어 당시의 비무를 승리로 이끌었던 굉우소와 이렇게 맞서게 된 것이다.

"날이 저물겠구나. 어서 오너라."

굉우소가 담담한 음성으로 말하며 손짓했다.

성검이 빛살처럼 뻗어 나간 것도 그 순간이다.

'피가 끓는군.'

이 장여의 거리가 좁혀지는 것은 찰나였다. 그사이 성검의 검은 황금빛 노을 속으로 사라졌다.

"⋯⋯!"

성검의 검초를 지켜보던 굉우소의 눈이 흡떠졌다.

'십육수 활류검법?'

굉우소의 신형이 빠르게 반쯤 휘어져 돌았다. 등에 걸린 칼집에서 황금빛이 쏟아졌고, 뒤이어 쇠와 쇠가 맞부딪치는 소리가 천둥처럼 울렸다.

쩌러렁—

성검의 검이 굉우소의 등에 걸린 도에 철썩 달라붙었고, 두 사람은 묘한 자세로 멈춰 섰다.

"만약 내가 활류검법을 알지 못했다면 그 한 수에 당했을 수도 있겠구나."

"과찬의 말씀입니다."

칼을 맞댄 채 두 사람이 나직이 중얼거렸다. 마치 차를 마시며 담소를 나누듯 낮고 잔잔한 음성이었다. 하지만 그것도 잠시,

촤앙—

검과 도가 떨어져 나가며 두 사람은 각각 이 장여 뒤로 튕겨 나갔다. 굉우소가 진지한 표정으로 발산도를 겨누는 것은 그때부터다.

느닷없이 강한 바람이 불었고, 그 바람에 벚꽃이 무리를 이루어 떨어지기 시작했다. 두 사람은 때 이른 낙화 속에 멈춰 선 채 미동도 하지 않았다.

태양은 이제 희끗한 끝 부분의 윤곽만을 남긴 채 서산에 잠겨들었고, 노을 빛은 점차 어둠 속으로 녹아들었다.

몇 촌의 시간이 흘렀을까.

츠츠츠츳—

노을 빛과 어둠이 묘한 음영을 드리운 가운데, 두 사람이 조금씩 움직이기 시작했다.

굉우소와 성검은 그 방향을 예측하기 어려울 만큼 현란한 보법을 펼치며 어지러운 방위를 밟아 나갔다.

"타핫—"

수림을 쩌러렁, 울리는 기합성! 굉우소의 발산도가 흩어져 가던 노을 빛을 폭사시켰다. 섬뜩한 파공성이 귓전을 울린 것은 이미 그의 도가 지나친 후였다.

파파파파팟—

몇 그루의 벚꽃나무가 꽃잎을 떨구며 쩌억 갈라져 쓰러졌다.

하지만 성검의 모습은 어디에도 보이지 않았다. 발산도가 뻗어 나오는 것과 동시에 자취를 감춘 것이다.

"……?"

느닷없이 파고드는 살기. 굉우소는 다급히 좌측으로 신형을 옮기며 발산도를 머리 위로 치켜올렸다.

카캉!

머리 위에서 칼과 칼이 맞부딪쳤다. 성검은 어느새 허공 위에서 소리개처럼 빠르게 내리 꽂히고 있었던 것이다.

"헛!"

두 사람은 동시에 다급성을 내지르며 밀려 나갔다.

하지만 한 발을 땅에 딛는 순간, 성검은 물수제비를 뜨듯 경쾌한 신법으로 굉우소를 향해 직격해 들어갔다. 떨어지는 꽃잎과 검화가 한데 어우러져 허공을 가득 메우고 있었다.

"타하—"

굉우소 역시 팽이처럼 신형을 휘돌려 무수한 도획(刀劃)을 그으며 성검과 정면으로 부딪쳐 갔다.

채채채채챙!

쾌검과 쾌도의 승부. 눈에 보이는 것은 바람에 지는 꽃잎, 눈이 부실 만큼 현란한 검광과 도광이었다.

쇳소리는 끊임없이 이어졌고, 놀란 벚꽃 나무들은 나뭇가지의 어린 꽃잎들을 떨구었다. 기의 폭사로 인해 땅에선 자잘한 모래와 자갈들이 튀어 올라 강기의 소용돌이에 말려들었으며, 그사이 노을 빛은 자취를 감추었다.

카카캉!

두 자루의 칼이 서로를 팅겨내며 굉우소와 성검을 갈라놓았다.

"학, 학, 학!"

"후우—"

두 사람의 입에서 가쁜 숨소리가 새어 나왔다.

성검의 옷은 성한 곳없이 찢겨져 있었다. 곳곳에 희미한 혈흔이 그어졌고, 머리는 산발이 되었다.

반면 굉우소는 얼마간 옷매무새가 흐트러져 있을 뿐, 정갈한 모습이다.

"오늘은 이쯤에서 멈추자꾸나."

잠시 성검을 바라보던 꾕우소가 무표정한 얼굴로 말하며 칼집에 발산도를 꽂아 넣었다.

"헉, 헉, 대단하십니다. 역시 꾕 사부, 아니, 백부십니다."

"네 검 역시 나를 놀라게 할 만한 것이었다."

"과찬이십니다. 백부는 제가 만난 상대 중 가장 고수십니다. 예전에도 그랬고 지금도 그렇고, 한동안은 더 그럴 것입니다. 백부의 도는 가히 산을 쪼개고 바다를……."

"언제까지 그렇게 흰소리를 지껄여 댈 테냐?"

꾕우소는 여전히 무뚝뚝한 음성으로 말했다.

"음회회, 너무 감개무량해서……."

"어느새 노을이 졌구나. 나는 잠시 달 구경을 하다 들어갈 테니 먼저 들어가거라. 방금 전 나와 펼쳤던 비무에서 너의 활류검법이 왜 제대로 먹혀들지 않았는지를 물을 테니, 내가 돌아갈 때까지 곰곰이 생각해 보거라."

"예, 백부."

성검은 정중하게 예를 갖춘 후 장원을 향해 걸음을 옮겼다.

비록 온몸이 난자당하듯 발산도의 흔적으로 뒤덮였지만 꾕우소가 살수를 펴지 않아 깊은 상처는 남지 않았다. 오히려 성검은 꾕우소의 도법을 몸소 접한 기쁨에 휩싸여 걸음이 더없이 가벼웠다.

어둠이 가득한 벚꽃길 속으로 성검의 모습이 완전히 사라져 갈 무렵 산등성이로 달이 떠오르기 시작했다.

그때까지 뭔가 깊은 생각에 잠겨 있던 꾕우소가 천천히 고개를 들어

달을 바라보았다. 한순간, 그의 눈가에서 미세한 경련이 일었다. 그리고…….

"커흡—"

허리를 꺾으며 한 무더기의 피를 토해냈다. 차마 내색하지 못했지만 굉우소는 적지 않은 내상을 입었던 것이다.

"하하, 이런 어처구니없는 일이……."

손등으로 입가의 피를 닦아낸 굉우소가 고개를 쳐들어 휘영청 떠오르는 달에 다시 시선을 주었다. 비록 손속에 사정을 두긴 했지만, 성검을 상대로 이 정도의 내상을 입게 되리라곤 미처 생각지 못했다.

'놀랄 만한 진전이다. 초자영 사부의 도가 기공과 잡다한 무학들이 활류검법에 접목되어져 있지 않았던가. 일검수의 자식이란 점을 감안한다 하더라도 녀석은 까무라칠 만한 기재임에 틀림없다. 하하, 하마터면 나 발산도 굉우소가 얼굴에 먹칠을 할 뻔하지 않았는가 말이야.'

길게 호흡을 가다듬은 굉우소가 천천히 자리에 주저앉았다. 운기토납으로 내상을 다스리기 위해서였다.

'음. 성검 그 아이를 중히 쓸 수 있게 되었어. 이제 일검수만 소환해낸다면 조만간 천지개벽이 일어나게 될 것이야.'

벚꽃 수림은 서서히 달빛에 젖어들었고, 굉우소는 밤의 정적 속에서 서서히 삼매경에 잠기기 시작했다.

2

해시(亥時).

나무 위에서 잠이 든 성검이 눈을 떴을 때 날은 완전히 저물어 있었다. 먹다 남긴 만두처럼 이지러진 달이 하늘에 비스듬히 걸렸고, 몇 마리 밤새가 벚꽃 나무 위를 스쳐 지났다.

성검 일행이 정도무한종 본산에 도착한 지 이미 열흘이 지났다. 그 열흘이 성검에게는 무척이나 길게 느껴졌다. 아비 일검수의 소환 의식에 대한 강박 때문이다.

"하아—"

잠에서 깬 성검은 손을 모아 입김을 토해낸 후 코에 가져다 댔다. 다행히 술 냄새는 아주 미약하게 풍겼을 뿐이다. 계곡에서 대충 양치질을 하고 나면 전혀 흔적이 남지 않을 것이다.

주허자의 십선몽유주는 워낙 독한 술이다. 주동선이 봇짐에 숨겨둔 호로병 하나를 몰래 훔쳐 내 마신 덕에 성검은 모처럼 긴 잠에 빠져들 수 있었다.

"음회회, 똥선이가 바짝 약이 올랐겠군?"

성검은 배시시 웃으며 늘어지게 기지개를 켰다. 잠을 너무 오래 자서 오늘 밤 뭘 하면서 시간을 죽여야 할지 고민이 되긴 했지만, 또 찾아보면 나름대로 소일거리가 있을 것도 같았다.

"그나저나 이곳의 경관은 정말이지 일품이구나."

나무에서 내려가려다 말고 성검은 흐드러지게 꽃이 핀 벚꽃 수림을 둘러보았다. 희미한 인영 하나가 빠르게 스쳐 지나가는 것이 눈에 띈 것도 그 순간이었다.

"헛!"

성검은 침음성을 흘리며 가볍게 몸을 낮췄다.

흑의 무복 차림의 인영은 정도무한종 본산에서 계곡을 향해 날아오고 있었다. 벚꽃나무를 가볍게 디디며 이동하고 있었으나, 워낙 표홀한 신법이어서 꽃잎 하나 상하지 않을 듯했다.

'저 신법은 일전에 보았던 운해비영이 아닌가.'

열흘 전 곤륜산을 오르다가 본 인물이 틀림없었다. 그때 일행 모두가 그의 신법에 당혹스러워하지 않았던가.

그러고 보니 이런 저런 일로 인해 일행은 하나같이 그의 존재를 망각하고 있었다. 당시 당가특은 인영의 정체에 대해 명확히 밝히지 않았지만 그가 정도무한종의 일원임을 암시한 바 있다.

'좋아, 마침 잘됐어. 오늘은 저 사람이랑 놀아야겠군?'

성검은 몸을 웅크린 채 인영이 사라지는 방향을 살폈다가 곧장 뒤따르기 시작했다. 신법에 관한 한 성검 역시 누구에게도 뒤지지 않을 자신이 있었다.

하지만 얼마의 시간이 흘렀을까. 성검은 그만 길을 잃고 말았다. 항산에서 초자영에게 쫓기며 단련한 신법이었으나, 어둠에 물안개까지 겹쳐 한순간 방심하는 사이에 인영의 자취를 놓치고 말았다.

정도무한종 본산에서 족히 이십여 리는 벗어난 곳이었다. 의식하지 못한 사이 곤륜산 초입까지 달려온 것이다.

"허허, 괴이한지고. 궁신탄영과 금리도천파, 답설무흔에 초상비, 무력답수, 일위도강도 울고 갈 내 신법으로 사람을 놓치다니……. 쯧쯧, 아무래도 오늘은 그냥 독서로 밤을 지샐 일진인가 보군. 하나 장원을 벗어난 마당에 군이 그곳으로 돌아갈 필요가 있을까? 이왕 이렇게 된 이상 근처 객잔에 들러 풍류나 즐겨야겠군. 음회회, 기루가 있으면 금상첨화일 텐데."

성검은 송죽루의 기녀들을 떠올리며 입맛을 다셨다. 아닌 게 아니라 너무 오랫동안 음양의 조화에 벗어난 생활을 해온 듯했다.

"하긴, 오죽했으면 초지가 다 예뻐 보일까. 이러다간 눈이 아래로 내려가 턱에 붙게 생겼군. 안목을 높여야 해. 아무렴."

술과 여자들을 생각하자 흑의 인영에 대한 미련이 씻은 듯이 사라졌다. 그것만 보아도 음양의 조화는, 세상은 물론 사람의 마음까지를 다스리는 묘약임에 틀림없다는 생각이 들었다. 하지만 기루를 찾자면 결국 곤륜산을 벗어나 제법 쓸 만한 마을을 찾아야 할 일이라, 앞으로 한참을 발정난 말처럼 달려야 하는 것이다.

"그게 문제인가? 술이 있고 여자가 있다면야. 음회회회."

대충 마을이 있음 직한 방향을 가늠하던 성검은 금세 불빛이 모여 있는 곳을 발견했다.

"허허, 뜻이 있는 곳에 술이 있다더니 이렇게 쉽게 찾아지나? 음, 불빛의 강도나 수로 보아 어마어마한……. 어라, 그러고 보니 저것은 횃불이 아닌가."

오리 정도의 거리에서 희미한 불빛들이 움직이고 있었다. 비록 안개로 인해 시야가 좁혀지긴 했으나 횃불과 민가의 불빛을 구분 못할 성검이 아니다. 더욱이 그들은 성검을 향해 빠르게 거리를 좁히고 있었다.

"쯧쯧, 애매한지고. 이리하면 나는 또 저자들의 정체를 밝혀야 하지 않겠는가."

호기심을 참지 못한 성검은 결국 술과 여자를 포기하고 횃불 무리가 오기를 기다리기로 했다.

적당한 나무 하나를 찾아 신형을 날린 성검은 마침 허리춤에 차고 있던 단도를 꺼내 나무 껍질을 벗겨낸 후 그것으로 무엇인가를 조각하기 시작했다.

채채챙!

날카로운 쇳소리가 어둠을 가르기 시작한 것은 채 반 각의 시간이 지나기도 전이었다. 횃불을 든 무리가 한데 어울려 싸움을 벌인 것이다.

어떤 이유에서인지는 알 수 없으나, 무리는 둘로 나누어졌음이 분명했다. 한 무리는 쫓기고 다른 한 무리는 쫓고 있다.

"이런이런. 이렇게 되면 우선 싸움 구경부터 해야 하지 않겠는가?"

성검은 가볍게 중얼거리며 싸움이 벌어지고 있는 곳으로 신형을 날렸다.

백여 장 떨어진 비탈길. 다가가고 나서야 알게 된 일이지만 무리의 행색은 기이했다. 하나같이 검은 무복에 복면을 둘렀으며, 그중 십여 명은 등에 지게 같은 것을 짊어졌는데, 그 끝에는 각각 두 개씩 횃불이 달려 있었다.

복면인들의 수는 대략 삼십여 명이었으며, 네 명의 사내를 에워싼 채 어지럽게 주위를 맴돌았다. 언뜻 보기에 하나의 검진을 이루어 협공을 펼치고 있는 듯했다.

'양쪽 모두 낯설지 않군?'

근처 나무 위에 사뿐히 내려앉았던 성검이 고개를 갸우뚱했다. 비록 안개에 휩싸여 횃불조차도 뭉개지고 있었지만 두 무리 모두 낯익은 모습이었다.

"헛!"

안력을 돋워 무리를 살피던 성검의 입에서 침음성이 새어 나왔다.

복면인들의 정체는 아직 확신할 수 없지만, 그들에게 둘러싸인 네 명의 무사는 의심의 여지가 없었다.

"철행궁, 모용각, 변금은, 장순금……."

성검은 한 명 한 명의 이름을 나열하며 묘한 느낌에 사로잡혔다. 그들은 분명 얼마 전 헤어졌던 동방칠수의 아우들이었다.

'도대체 이게 어찌 된 일이란 말인가.'

당장이라도 달려가 그들을 덥석 안고 싶었지만, 성검은 애써 마음을 진정시켰다. 우선 상황의 추이를 지켜볼 생각이었다.

"형님, 저 땅꼬마 같은 놈들은 지치지도 않나 봅니다."

장도를 휘두르며 가쁜 숨을 내쉬던 변금은이 등을 맞대고 있는 모용각에게 말했다.

육 척 길이의 철궁에 시위를 재우고 있는 모용각 역시 숨이 턱까지 차 오른 상태였다. 근 열흘 가까이 쫓고 쫓기는 추격전을 벌여왔기 때문이다.

하지만 그 와중에도 모용각의 얼굴엔 희미한 미소가 드리워져 있었다.

"혜혜. 금은아, 놀라운 비밀 하나 가르쳐 줄까?"

"예? 뭡니까. 빨리 말씀해 주시지요."

"혜혜혜, 저놈들 쪽바리다."

"그게 정말입니까? 전 이제껏 저놈들이 왜놈들인지 알았습니다."

변금은이 화들짝 놀라며 말했다.

양손에 네 개씩의 비도를 쥔 채 그들의 좌측에 서 있던 철행궁은 쯧쯧, 혀를 차며 잠시 변금은을 쳐다보았다. 평소 언행으로 보아 결코 농담을 한 것이 아님을 알기 때문이다.

결국 철행궁은 참지 못하고 몇 마디 훈시를 늘어놓았다.

"금은아, 쪽바리는 왜놈의 비속어이니라. 바른말은 왜놈, 비속어로는 쪽바리, 복수로 칭할 때는 쪽바리 쉬키들. 알겠느냐?"

"아, 쪽바리의 바른말이 왜놈이구나. 그나저나 형님들, 쪽바리들은 정말 다 변탭니까? 듣자니 원숭이와 사람 사이에서 태어난 놈들이라던데."

"그렇다. 사실 왜국에 사는 놈들 절반은 변태라더구나, 나머지는 해적 놈들이고."

철행궁이 진지한 표정으로 대답했다.

'환장하겠군. 하지만 어찌하랴. 내 귀는 당나귀고, 저 인간들 말은 조랑말이려니 해야지. 아무렴, 그래야지.'

세 사람의 말을 듣고 있던 장순금은 나직하게 한숨을 내쉬었다. 이제 적응이 될 만도 하건만 그들에게 동화되는 것이 좀체 쉽지 않았다. 진담과 농담의 경계가 너무 모호해서 장단을 맞추기도 어려웠다.

왜국 인자들과의 대치 상황은 한동안 계속되었다. 이미 몇 차례 검을 섞어본지라 서로가 쉬운 상대가 아님을 잘 알고 있었던 것이다.

수호성들이 왜국의 인자 무리를 만난 것은 근 열흘 전이었다. 하지만 장순금은 정주 외곽의 초루당을 떠나올 때부터 뭔가 심상치 않은 낌새를 채고 있었다. 아니, 철룡방을 벗어날 때부터였다.

분명 눈에는 보이지 않았지만 꾸준히 누군가 자신들을 미행하고 있음을 느낄 수 있었다. 그러던 것이 어느 날 갑자기 모습을 드러낸 후 살수를 펼치기 시작했고, 그 싸움이 아직까지 이어져 오고 있다.

얼마의 시간이 흘렀을까. 인자들이 짊어지고 있던 횃불들이 일시에 꺼지며 수림은 칠흑 같은 어둠에 잠겼다. 그때를 기다리기라도 한 것일까. 이제껏 빈틈을 노리던 왜국의 인자 몇 명이 가볍게 손목을 털어 냈다.

스팟—

희미한 파공성과 어둠을 가르는 청광. 분명 비수였다.

채채채챙!

동방칠수 삼인방과 장순금은 동물적인 감각으로 비수를 쳐냈다. 그 순간, 인자들의 검이 팔방에서 조여들었다.

처러러렁!

변금은의 장도가 짐승처럼 울며 오른팔 바깥쪽으로 회전해 올라왔다. 뒤이어 육질이 베어지는 묵직한 손맛과 함께 처절한 비명성이 울렸다. 귀신같은 은형술로 거리를 좁혀왔던 인자 하나가 그의 장도에 양단된 것이다.

쇄애액—

어둠을 헤집으며 날아간 세 개의 화살은 허공 중간에서 퍽, 소리를 내며 멈춰 섰다.

때맞추어 구름 속의 달이 얼굴을 내밀었고, 그로 인해 희미한 빛이 수림으로 새어들었다. 인자들의 몸통과 머리에 박힌 화살의 오늬는 아직까지도 파르르, 몸을 떨고 있었다. 모용각의 철궁이 일제히 쏘아낸 화살들이다.

촤앙!

숲 한편에선 철행궁과 장순금이 협공을 벌이며 인자 십여 명을 막아내고 있었다. 철행궁은 두 자루 풍화륜을 양손에 쥐고 있었으며, 장순금은 늘씬하게 뻗은 검을 무기로 삼았다.

반면 왜국의 인자들은 검과 도는 물론, 각종 기형 병기로 그들 두 사람을 에워싼 상황이다. 인자들을 상대하는 두 사람은 언뜻 궁지에 몰리는 듯했으나 꼭 그렇지만은 않았다. 마치 팽이처럼 빠르게 휘돌며 사방의 공격을 막아내는 것은 물론, 상대의 빈틈을 노려 크고 작은 상처들을 만들어냈다.

"타핫!"

철행궁이 허공으로 신형을 날리며 기합성을 내질렀다. 인자들의 시선이 일제히 허공으로 모아졌다. 그 순간 철행궁의 쌍수가 빠르게 교차되었고 희미한 파공성이 허공에 가득 들어찼다.

"으아악—"

"커흡!"

예닐곱 명의 인자가 두 눈을 감싸 쥔 채 비명을 내지르며 바닥으로 나뒹굴었다. 그들이 본 것은 아무것도 없다. 하지만 가느다란 바늘들이 눈과 얼굴에 박혔음을 깨닫는 데는 오랜 시간이 걸리지 않았다.

싸움은 삽시간에 판도가 바뀌었다. 사 대 삼십이라는 수적 비교는 더 이상 무의미했다. 동방칠수 삼인방이 펼치는 무위는 그 정도의 수적 열세를 극복하는 데 전혀 어려움이 없을 듯했다.

하지만 그것은 어디까지나 일시적인 역전이었다.

철행궁이 바닥에 착지하는 순간, 낫처럼 휘어진 무기가 그의 허벅지에 박혀들었다. 철행궁은 외마디 신음을 지르며 풀썩, 주저앉았다.

그의 비명성에 놀라 고개를 돌리던 변금은은 어디서 날아든지도 모를 비수에 오른 가슴과 어깨를 관통당했다. 찰나간에 전세가 뒤바뀐 셈이다.

"흡!"

모용각의 입에서도 당혹성이 토해져 나왔다. 뜻밖에도 두 줄의 가는 철사가 손목을 낚아채고 있었다.

손목을 감싼 철사는 빠르게 살갗을 파고들며 팽팽히 조여졌다. 그의 두 손은 금세 피에 젖어들었고, 팔에서 힘이 빠져나가며 철궁을 놓쳤다. 손목이 잘려져 나갈 듯한 고통에 입에서는 절로 신음이 터져 나왔다.

암담한 순간이었다. 동방칠수 삼인방에게 동시에 위기가 닥친 것이다.

"무슨 일입니까?"

장순금은 끔찍한 상상에 바르르, 몸을 떨었다.

화르륵—

그의 궁금증을 풀어주겠다는 듯 꺼졌던 횃불들이 일제히 되살아났다. 적들을 제압했다는 확신이 섰는지 인자들이 다시 불을 밝힌 것이다.

"이런……."

장순금의 입에서 침음성이 흘러나왔다. 동방칠수 삼인방은 어느새 인자들에 의해 철저히 제압된 상황이었다. 남은 것은 장순금 하나였다.

나무 위에서 싸움을 지켜보던 성검의 입에서도 나직한 한숨이 새어 나왔다.

그는 그저 잠시 상황을 지켜볼 생각이었는데 왜국 인자들의 실력이 의외로 뛰어났다. 더욱이 대륙의 인자들과는 공격 유형이 달라 철행궁을 비롯한 삼인방으로선 당혹스러울 수밖에 없었을 것이다.

'이런, 어쩔 수 없이 내가 나서야겠군.'

성검은 빠르게 왜국 인자들의 위치를 파악했다. 삼인방이 제압당한 상황이었으므로, 최대한 신속히 상황을 종료해야 했다. 자칫하다간 수하들을 다치게 할 수도 있기 때문이다.

하지만 막상 성검이 신형을 날리려 할 때 뜻밖의 상황이 벌어졌다.

파파팟―

자갈처럼 작은 암기가 눈에 보이지 않을 만큼 빠른 속도로 날아가 철행궁과 모용각, 변금은의 혈을 가격했다. 그와 동시에 수호성들은 그 자리에 풀썩 쓰러져 혼절했다.

"셋을 세겠다. 그전에 검을 거두지 않는다면 다시는 왜국으로 돌아갈 수 없을 것이다."

장순금이 싸늘한 음성으로 뇌까렸다.

"……?"

한순간 성검의 표정에 이채가 어렸다.

분명 이제까지 보아온 장순금이 아니었다. 평소 늘 순박한 웃음을 머금고 있던 것과 달리 그의 표정은 날 선 검처럼 예리했다. 더욱이 낮은 음성이었음에도 불구하고 거기엔 고막을 긁어내는 것처럼 강력한 내기가 담겼다. 왜국 인자들 가운데는 자기도 모르게 신형을 휘청거리는 자도 있었다.

하지만 무엇보다 이해할 수 없는 것은 그가 왜 동방칠수 삼인방을 혼절시켰느냐 하는 점이었다.

'이건 또 무슨 일인가?'

성검은 검을 움켜쥔 손에서 힘을 풀며 호흡을 멈추었다. 아무래도 뭔가 의심스러운 구석이 느껴졌기 때문이다.

"하나, 둘……."

장순금이 천천히 숫자를 세기 시작했다.

수를 세는 음성 역시 칼날처럼 날이 섰다. 왜국 인자들은 얼마간 그를 경계하면서도 좀체 움직이려 하지 않았다.

"셋! 이제 너희는 기회를 잃었다."

말이 맺는 순간, 장순금의 쌍수가 가슴으로 모아졌다가 빠르게 흩뿌려졌다.

스파팟—

엽전처럼 작은 암기들이 사방으로 흩어졌다.

"커흡!"

모용각의 손목에 감긴 철사를 팽팽히 조이던 두 명의 인자를 비롯해 철행궁, 변금은에게 검을 겨누던 인자들까지, 순식간에 일곱 명의 인자가 단말마를 토해내며 힘없이 주저앉았다.

"……!"

인자들은 당혹성을 내지르며 검을 고쳐 잡았다.

하지만 그들에겐 무엇인가에 대비할 기회조차 없었다. 장순금의 신형이 흐릿해지는가 싶더니 좌측으로부터 차례로 왜국 무사들이 쓰러지기 시작했다. 마치 한줄기 섬광처럼 장순금의 검이 인자들을 베고 지나친 것이다.

"으아악!"

마지막 무사의 비명성이 들릴 때까지 걸린 시간은 불과 몇 촌에 불과했다.

나무 위에 숨어 있던 성검은 귀식대법을 펼친 채 미동도 하지 않았다. 충격이었다. 장순금의 정체를 모르는 이상, 지금으로선 도저히 앞으로 나설 수가 없었다.

"귀찮게 되었군. 이 아둔한 자들에게 또 무슨 거짓말을 늘어놓아야
하지?"

동방칠수 삼인방을 둘러보던 장순금이 마땅치 않은 표정을 지었다.

그것도 잠시, 장순금은 아무 일 없었다는 듯 담담하게 밤하늘을 올
려다보았다. 밤안개가 서서히 숲으로 몰려들기 시작했다.

'음… 장순금, 네놈이 처음부터 수상하긴 했다. 너무 영악했거든.'

잠시 생각에 잠겨 있던 성검이 은밀히 신형을 날렸다. 장순금의 정
체가 무엇일까, 또 하나의 의문을 품은 채.

제2장

운해비영의 괴노인

성검은 정도무한종 본산으로 먼저 돌아가 동방칠수의 수하들과 장순금을 기다릴 생각이었다. 그런데 본산 근처에 다다랐을 무렵 계곡 쪽에서 희미한 불빛이 새어 나왔다. 그 불빛을 따라가자 그곳에 운해비영의 흑의괴인이 있었다.

바위로 둘러싸인 계곡 한편에는 황촉이 밝혀졌고, 흑의괴인은 그 아래에 정좌한 채 두 팔로 연신 휙, 휙, 바람을 일으키며 태극 문양을 만들어냈다. 일종의 기공술로 보였는데, 그가 일으키는 손바람은 계곡의 물길을 바꿀 만큼 위력적이었다.

성검은 이번에도 기를 갈무리해 정체를 드러내지 않은 채 괴인의 모습을 훔쳐보았다.

"하아아—"

쉬지 않고 기를 운용하던 괴인이 한순간 길게 날숨을 토해냈다.

그 숨소리에 계곡 물의 수면이 바르르, 진동하며 잠시 들끓었다. 성검의 예상을 뛰어넘는 고수임에 분명했다.

성검의 위치에선 괴인의 옆모습만을 볼 수 있었는데, 언뜻 보기에도 목내이(木乃伊)를 연상시킬 만큼 늙고 야윈 노인이었다. 머리는 회백색이었으며, 살이 없어서인지 선이 굵은 이목구비가 더욱 또렷해 보였다. 아무리 적게 잡아도 백 살은 족히 넘어 보였다.

그가 운해비영을 펼치던 인영임을 짐작하는 것은 어렵지 않았다. 일단은 복장이 같았고, 그가 펼치는 무공 하나하나가 곤륜파의 절기임을 알 수 있었기 때문이다.

방금 전까지 노인이 펼쳤던 기공술은 정확히는 음풍조(陰風操)로, 금룡십팔해와 함께 곤륜파의 대표적인 수법으로 꼽는다. 또한 방금 전 날숨을 토해낼 때 계곡 물을 진동시킨 수법은 창룡후(蒼龍吼)라는 독특한 음공이다. 역시 곤륜파의 절기이며, 그 하나만으로도 능히 수백 명의 무사를 제압할 수 있는 절정무공이다.

그러니 성검으로선 그가 곤륜파의 신법 운해비영을 펼친 인물임을 의심할 수 없었다. 운해비영도 그렇고 음풍조, 창룡후도 그렇고 하나같이 절정의 내공과 무위를 지녔을 때라야 소화가 가능하다. 이곳 정도무한종의 본산이 비록 기재들의 집결지라 해도 흑의괴인과 같은 고수가, 그것도 곤륜파와 뿌리를 같이하는 고수가 더 있을 것이라고는 생각하기 힘들었다.

'하지만 정말 궁금하군. 곤륜파에선 일절천하 구룡휘 이후 둔재들만 나와 자멸에 이를 처지라고 들었는데, 저 정도라면 가히 신의 경지라 할 수 있지 않은가.'

성검은 의혹을 참지 못하고 신형을 날려 괴노인 앞에 내려섰다.

"……?"

노인은 눈살을 찌푸리며 성검을 빤히 쳐다보았다. 괴청년의 갑작스런 등장이 불쾌하고 당혹스럽다는 표정이었다.

"무불사의 사미승 출신 성검이 노선배를 뵙습니다."

성검은 정중하게 포권했다. 일단 같은 거처에 머물고 있으니 적일 리는 없다. 또한 자신의 천생배필이라는 초지나, 그녀의 증조모인 취봉접은 곤륜파와 깊은 인연이 있지 않은가. 몇 마디를 주고받다 보면 의혹을 씻어낼 수 있을 듯했다.

하지만 노인은 아무 말도 없이 성검을 노려볼 뿐이었다.

"느닷없이 나타나 놀라게 한 점 사죄드립니다. 그저 우연히 밤 산책을 나왔다가 불빛을 보고 온 것뿐입니다."

"……."

"사실은 이곳 정도무한종 본산으로 오던 날 이미 노선배를 뵈었습니다. 곤륜파의 절기인 운해비영을 본 후 꾸준히 노선배에 대한 궁금증을 가지고 있었지요."

"……."

묵묵부답이었다. 성검은 어색한 분위기를 없애기 위해 계속 입을 놀렸지만 노인의 표정은 목석처럼 굳어 있을 뿐이다.

'어허, 무척이나 과묵한 사람이군?'

성검은 계면쩍은 마음에 잠시 하늘을 올려다보았다.

상대가 아무런 반응을 보이지 않을 때 혼자 떠드는 것처럼 멋쩍은 일도 없다. 그렇다고 불쑥 나타난 자신이 상대의 대답을 기다리고 있을 수만도 없는 일이었다. 다행히 수다를 떠는 데는 일가견이 있으니 날이 밝을 때까지라도 떠들어볼 생각이었다.

"음회회. 참 맑은 날이지 않습니까? 하늘엔 은하수가 흐르고 계곡엔……."

"네가 일검수의 자식이더냐?"

"예?"

느닷없는 노인의 말에 성검은 화들짝 놀랐다.

그 음성이 생김새만큼이나 괴이했다. 쇠를 갈아내는 듯한 음성에 떠듬떠듬 책을 읽듯 높낮이가 없었다. 마치 무덤에서 방금 전에 기어 나온 강시의 음성 같았다.

"맞습니다, 노선배."

성검은 재빨리 정신을 수습하고 대답했다.

"흐흐, 취봉접과 함께 온 것을 알고 있다. 그녀가 나를 염탐하라고 보냈더냐?"

"예?"

전혀 뜻하지 않은 일의 연속이었다. 노인의 정체가 더욱 궁금해질 수밖에 없는 일이다.

"아닙니다. 말씀드렸다시피 그저 산책을 하기 위해 나왔다가……."

"거짓은 아니겠지?"

노인의 두 눈에서 신광이 폭사했다.

한순간 성검은 섬뜩한 느낌에 사로잡혔다. 생기라고는 전혀 느껴지지 않던 노인이 느닷없이 안광을 폭사하자 마치 맹수로 돌변한 느낌이었다.

"물론입니다. 그런데… 취 노선배와 아는 사입니까?"

"……?"

노인의 눈에서 점차 안광이 사그라들었다. 그리고 성검의 표정을 살피다가 한결 부드러워진 음성으로 물었다.

"정녕 취봉접의 심부름이 아니란 말이지?"

"맹세코 그렇습니다."

"흐흐. 그렇다면 그녀 역시 내 정체를 아직 모르고 있단 말이더냐?"

"글쎄요. 전후 사정을 모르니 뭐라고 말씀드릴 수는 없습니다만, 노선배께서 운해비영의 신법을 펼치시는 것을 보며 취 노선배가 무척 궁금하게 여기셨지요. 운해비영은 과거 일절천하 구 장문인을 끝으로 맥이 끊겼으리라 믿었답니다. 그런데 오늘날 이곳 곤륜산에서 다시 그 신법을 접했으니 감개무량했겠지요."

성검은 노인을 자극하지 않기 위해 차분하게 설명했다.

하지만 또 무엇이 틀어진 것일까. 노인의 얼굴에 복잡한 표정이 엇갈렸다. 좀체 종잡을 수 없는 인물이었다.

"흥, 감개무량하다고?"

"……."

"아직까지도 철이 덜 든 모양이군. 흐흐, 하긴 그러니 이렇게 다시 곤륜산에 모습을 드러낸 것이겠지."

노인이 싸늘하게 말한 후 다시 매서운 눈길로 성검을 쳐다보았다.

"아무래도 난 한동안 이곳을 떠나 있어야겠구나."

"예? 혹 취 노선배와 원한을 산 적이 있습니까?"

조심스레 노인의 표정을 살피며 성검이 물었다.

그가 곤륜파 출신임을 짐작하는 것은 어렵지 않으나 정확한 정체는 여전히 모호했다. 어쩌면 성검이 알지 못하는 사연이 취봉접과 곤륜파 사이에 있을 수도 있다는 생각이 들었다. 하긴, 구룡휘 이후 곤륜파가 갑작스레 쇠락하기 시작한 것도 이상한 일이었다.

"나를 보았다는 얘기를 누구에게도 발설하지 않겠다고 약속할 수 있겠느냐?"

잠시 생각에 잠겨 있던 노인이 오싹한 음성으로 물었다.

"노선배께서 원하신다면 당연히 그래야겠지요."

성검은 튀어나오는 대로 대답했다. 사실, 입이 간지러워도 노인의 정체를 모르는 이상 뭐라 할 말도 없었다.

"좋아, 네놈을 믿어보도록 하지."

"음회회, 후회하시지 않을 겁니다. 원래 제 말은 천금보다 무거워서 한번 한 약속은 하늘이 무너지고 땅이 일어서도 지키고야 맙니다."

"……?"

성검이 장황하게 떠들자 노인의 얼굴엔 오히려 짙은 의혹이 새겨지기 시작했다.

"흐흐. 난 번지르르한 말을 믿지 않는다. 하지만 만약 네놈이 내 얘기를 꺼내게 되면 아마도 하늘이 무너지고 땅이 일어서는 꼴을 보게 될 게다. 내 말이 무슨 뜻인지 알겠지?"

"예? 음회회, 예."

성검은 얼떨결에 대답했지만, 괜히 속을 들킨 느낌이었다.

"좋아. 다음에 보자꾸나, 꼬마야. 약속을 꼭 지키거라."

노인은 그 말을 끝으로 곧장 허공으로 신형을 날렸다. 너무나도 급작스러운 일이라 성검은 그저 멍하니 어둠 속으로 사라져 가는 노인을 바라볼 뿐이었다.

"젠장, 정말 이상한 하루군."

성검의 입에서 긴 한숨이 새어 나왔다. 어디선가 꽃잎 몇 개가 날려와 교교히 내리는 달빛 사이로 흘러갔다.

2

화라마종.

막불족이 미타삼존의 계시를 받아 종파를 연 이후 죄인의 신분으로 소림사의 뇌옥에 갇히게 된 전대 마교주 음양마 독거이에게 잠시 대통이 이어졌다가 새로이 고지기에게 인연이 닿아…….

"젠장! 처음 볼 때부터 저 영감이 사이비인지 알았습니다, 형님. 허허, 나 염자방이 팔자에도 없는 중놈 노릇을 하게 될지 어찌 알았겠습니까?"

달빛을 받으며 걸음을 옮기던 염자방이 뚱한 음성으로 말했다.

그는 걸음을 옮기면서도 머리 속에 있는 화라마종의 역사와 교리가 잊혀지지 않을까 노심초사했다.

구구방과 흑풍채의 암습에서 기적적으로 살아났을 때만 해도 고지기가 부처님보다 반가웠다. 하지만 고지기가 '내가 바로 미타삼존의 현신이다'고 지껄이는 순간부터 일이 꼬일 것을 짐작하게 되었다.

"아우님, 인생이 원래 그런 것이라네. 나라고 해서 언감생심 대륙으로 건너와 수적 놈들의 우두머리가 될 것이라 예상하며 살았겠는가?"

게송을 읊조리며 걷던 장여룡이 담담하게 대꾸했다.

"쩝, 그래도 화룡방은 수적질을 일체 금하고 정당한 방법으로 먹고 살지 않았습니까?"

"꼭 그렇다고는 할 수 없는 일이지. 사업을 하다 보면 어쩔 수 없이 폭력을 사용하게 되지 않던가. 우리도 결국 구구방이나 흑풍채 같은 수적 놈들과 다를 바가 없었던 게야."

"형님, 그렇다고 정말 이렇게 중놈으로 평생을 사실 생각입니까?"

염자방이 차마 소리는 지르지 못하고 가슴을 두드리며 씹어뱉듯 말했다.

사 장여 전방에는 자칭 화라마종의 제삼대 종주라는 고지기가 가볍게 풀잎을 밟으며 걷고 있었다. 무게가 느껴지지 않는 경쾌한 걸음걸이였다. 하지만 염자방의 눈에는 그런 고지기의 걸음걸이조차 몹시 짜증스러웠다.

화룡방을 떠난 그들이 하북성 열하 경추봉 무불사에 도착한 것은 보름 전 일이다. 그곳에서 심공을 만나려 했으나 막상 절을 지키고 있는 것은 서너 명의 늙은 보살뿐이었다. 일행은 그녀들을 통해 심공이 곤륜산으로 향했다는 이야기를 듣게 되었다.

염자방의 입장에선 환장할 일이었다. 구구방과 흑풍채의 두목을 제거한 이상, 이제 장강 일대는 화룡방의 수중에 들어온 것이나 다름없다. 그런데 느닷없이 고지기가 화룡방의 식솔들을 화라마종이라는 사이비 종교 단체의 교도들로 만들어 버렸다. 그리고 무작정 장여룡을 끌고 길을 떠나온 것이다.

그런데 어쩌자는 것인지 장여룡은 또 순순히 고지기의 말을 따르고 있었다.

이유를 알 수 없지만 장여룡은 이미 화라마종에 귀의해 고지기의 수제자가 될 것을 작정한 터였다. 염자방은 아무래도 고지기를 사이비 이상으로 볼 수 없었으나 장여룡과의 의리를 저버리지 못해 동행하게 되었다.

"쩝, 형님. 그나저나 정말 곤륜산에 성검 형님이 있을까요?"

"우리가 괜한 발품을 파는 것은 아니겠지. 성검 아우는 남진관을 떠나 열하로 가지 않았는가. 그렇다면 현재로선 심공이란 스님에게 성검 아우의 소식을 듣는 수밖에 없어."

장여룡은 이번에도 담담하게 대답했다.

이제 며칠 후면 곤륜산에 도착할 수 있다. 어차피 그때 가면 모든 것을 알 수 있을 것이다. 괜히 조급증을 낼 필요가 없다.

사실 장여룡은 화룡방의 생활이 체질에 맞지 않았다. 해동국 출신인 그는 원래 도가에 심취해 한때 신선 수업을 받지 않았던가.

워낙 종교적인 성향이 강해서 굳이 화라마종이 아니더라도 어떠한 종교에든 빠질 인물이었다. 그저 염자방만이 그 사실을 모르고 있었을 뿐이다.

"아, 세상이 본시 이처럼 아름다웠던고?"

막불족 덕분에 새 인생을 살게 된 고지기는 요사이 시인이 되어가고 있었다. 한때 세상의 모든 것을 잃었던 그가 이제는 세상의 주인이 된 기분이니 한마디 한마디가 시가 아니면 그게 차라리 이상한 일이다.

"자방아?"

감숙성과 청해성 경계에 자리잡은 산자락 정상, 그곳에 도착하는 순간 갑자기 고지기가 걸음을 딱 멈추며 입을 열었다. 요사이 늘 그래 왔듯 그의 얼굴엔 만족스런 미소가 어려 있었다.

"말씀하시구려."

염자방이 뚱하게 내뱉었다.

최근 그는 고지기의 행동 하나, 언행 하나가 눈에 거슬렸다. 다 죽어가던 늙은이가 무슨 기연을 얻었는지는 알 수 없지만 분명 자기 입으로 자기를 부처라 칭하는 것은 보기에 좋지 않았다.

"이놈, 귀가 가려우니 이제 그만 하려무나."

"예?"

"이 늙은이 흉 좀 그만 보란 말입지."

고지기는 사람 좋은 웃음을 웃으며 염자방을 빤히 쳐다보았다.

하지만 그런 웃음에도 염자방은 찔끔 놀라며 장여륭 뒤로 몸을 숨겼다. 산산권 염자방의 체면에 할 짓은 아니지만, 고지기의 무위는 그야말로 신의 경지에 다다랐음을 몇 차례에 걸쳐 확인한 바다.

확실히 고지기의 변신은 놀라웠다. 주름이 말끔히 펴지고 피부도 맑아졌다. 외적인 변화만이 아니었다. 고목나무에 꽃이 피듯 회춘한 것이 틀림없었다.

그것은 누구보다 송죽루의 묵향이가 절실하게 깨달았을 것이다. 고지기는 그동안 젓가락질만 시킨 것이 미안했던지 묵향이와 하룻밤을 보냈는데, 다음날 아침 방문을 열고 나온 묵향이는 뼈 없는 동물처럼 녹초가 되어 있었다. 그럼에도 얼굴에 발그레하게 홍조가 드리워진 것을 보면 나름대로 뿌듯한 하룻밤을 보냈음에 틀림없다.

염자방을 다루는 방식도 달라졌다. 예전엔 힘이 없으니 화가 나면 그저 팽, 하고 토라지는 것으로 속을 달랬다. 하지만 우물에서 나온 다음부터는 얼마간 여유가 생겼다. 사소한 일들엔 그저 지금처럼 '이제 그만 하려무나?' 하면서 점잖게 타일렀다. 그러다가 정도가 좀 지나치다 싶으면 곧장 주먹이 날아온다. 문제는 한번 주먹질을 시작하면 뿌리를 뽑는다는 데 있다. 염자방은 이미 서너 차례 경험한 바가 있기에 이제는 멈출 때를 알았다.

반면 장여륭은 그야말로 군자였다. 애초에 고지기의 제자가 되기 위해 태어난 사람처럼 그는 화라마경의 공부에 정진했으며, 고지기 보기를 부처 보듯 했다. 염자방으로선 이래저래 소외감을 느낄 수밖에 없었다.

"그나저나 너무 오랫동안 쉬지를 않았구나. 나야 괜찮지만 부실한 자방이 녀석이 불만이 많겠지?"

고지기가 턱을 만지작거리며 나직이 중얼거렸다.

마침 언덕 아래로 제법 규모있는 마을이 모습을 드러냈다. 그리 크다고는 할 수 없지만 쉬어갈 만한 객잔 정도는 쉽게 찾을 수 있을 듯했다.

"헤헤, 영감. 아, 아니, 종주님. 정말 놀라운 신통력이십니다!"

시무룩해 있던 염자방이 활짝 웃었다. 모처럼 고지기와 마음이 통한 것이다.

하지만 그때, 장여룡이 그린 듯한 미소를 지으며 고개를 저었다.

"종주, 갈 길이 멉니다. 자방 아우는 건각(健脚)을 지녔으니 염려하지 않으셔도 됩니다. 날이 저물 때까지라도 걸어야 하지 않겠습니까?"

"음. 여룡이 너는 천상 군자로다. 어찌 말 한마디, 행동 하나 내 눈에 벗어나는 것이 없느뇨."

고개를 끄덕이며 고지기가 또 사람 좋은 웃음을 웃었다. 하지만 그게 꼭 마음에 드는 것은 아니었다.

'저런 부처님 가운데 토막 같은 놈이 있는가! 이 늙은이가 음주가무를 즐기려 해도 늘 이놈이 망친단 말이지. 그렇다고 때릴 수도 없는 일이고……'

사람 좋은 웃음과는 달리 고지기는 속으로 은근히 이를 갈았다.

비록 화라마종의 대통을 잇긴 했으나 고지기는 이미 고기 맛을 아는 승려다. 기름진 음식도 먹고 싶거니와 묵향이가 풍기던 지분 냄새도 그리워지고 있었다.

그렇지 않아도 숭산이나 화룡방의 우물 안에서 썩힌 세월이 뼈가 저릴 정도로 후회되었다. 다행히 회춘을 했기에 망정이지, 하마터면 사람 사는 낙도 모른 채 죽을 뻔하지 않았는가. 이제 더 이상은 그런 삶을 살고 싶지 않았다. 하지만 체면이 있으니 함부로 행동할 수도 없는 일, 그저 가슴이 답답할 뿐이었다.

그런데 한순간, 고지기의 머리가 반짝했다.

"음, 여룡이 너의 마음 씀씀이가 늘 나를 감동시키는구나. 하지만 우리 화라마종은 불교와는 그 수행 방식이 다르다. 무엇보다 큰 특징은 무조건적인 금욕을 강요하지 않는다는 것이지. 케헴, 말하자면 인간에게 내재된 욕구를 외면하는 것이 아니라 그 본질을 이해하고자 하는 아량이 있단 말씀입지. 가령 주정뱅이를 구하기 위해선 우선 술이 무엇인지를 알아야 하고, 파락호를 구하기 위해선 계집이……."

뭔가 장황하게 이야기를 끌고 나갈 생각이었다. 하지만 그럴 필요가 없었다. 고지기가 든 첫 번째 예만으로도 장여룡을 자극하기에 충분했다. 술이라는 이야기를 듣는 순간 장여룡의 낯빛이 확 바뀐 것이다.

"어허, 종주의 뜻은 가히 석가모니의 뜻보다 깊습니다."

"엥?"

"그렇다면 아무래도 오늘은 주정뱅이를 구하기 위해 술이란 놈의 정체를 적나라하게 까발릴 필요가 있겠습니다."

"응? 말을 쉬, 쉽게 알아듣는구나?"

고지기는 의구심이 이는 것도 무시한 채 반색을 했다.

과거 장여룡과의 술판에서 일찌감치 곯아떨어진 고지기는 그가 술을 마시고 개가 되는 장면을 보지 못했고, 누구에게 듣지도 못했다. 그러니 장여룡과 술의 관계를 알 턱이 없었고, 위기감조차 느끼지 못했다.

반면, 두 사람의 이야기를 듣던 염자방은 기겁할 수밖에 없었다.

"영감, 절대 불가합니다!"

염자방이 깜짝 놀라 버럭 소리를 내질렀다.

하지만 그게 고지기의 심사를 건드리고 말았다.

"뭣이라? 네놈, 지금 뭐라고 지껄였느냐! 내게 영감이라고 했느냐?"

"그, 그게 아니라……."

염자방은 다급히 상황을 설명하려 했지만 이미 늦었다. 고지기가 가볍게 쌍수를 휘젓자 강맹한 잠경이 일었고, 그것이 곧바로 염자방의 복부에 꽂힌 것이다.

"커흡!"

한 모금의 피를 토해내며 염자방은 그대로 삼 장여 밖으로 나가떨어졌다. 그리고 그것으로 문제는 해결되었다. 염자방은 그대로 혼절해 버렸으니까.

평소라면 손맛을 느끼기 위해서라도 힘을 조절하며 온몸을 잘근잘근 밟아주었을 것이나, 고지기는 마음이 급했다. 한시바삐 기루에 들러 회춘의 기쁨을 만끽하고 싶었다.

"하하. 종주, 좀 심하셨습니다."

평소라면 어떤 식으로든 고지기를 말렸을 장여룡이지만 오늘만큼은 달랐다. 그저 한시바삐 주루에 들를 생각뿐이었으니까.

"업고 갈 수 있겠느냐?"

고지기가 물었고,

"당연히 제가 할 일입니다."

장여룡이 걸쭉한 웃음을 내비치며 화답했다.

고지기와 장여룡, 두 사람은 잠시나마 진한 사제 간의 정을 느끼고 있었다. 그 아름다운 광경을 비추어줘야겠다는 듯 구름 속에 숨었던 태양이 모습을 드러냈다.

제3장

일검수 소환 의식

　성검은 일찌감치 잠에서 깨어 어젯밤 일어난 일들을 곰곰이 되새겼다. 그런데 마침 정도무한종의 무사 하나가 성검을 부르러 왔다.

　무사를 따라 나간 성검은 곧 본산 입구에 다다랐고, 거기서 소란을 일으키고 있는 동방칠수 삼인방과 장순금을 만났다.

　삼십여 명의 수문 위사가 그들 네 사람을 포위하고 있었다. 수호성들이 무작정 성검을 불러달라고 떼를 쓰다가 사소한 시비가 붙은 것이다.

　그다지 놀랄 일도 아니었다. 성검은 이미 그들이 나타날 것을 알고 기다리지 않았던가. 오히려 이상한 것은 그동안 코빼기도 보이지 않던 정도무한종 무사들이 어디에서 튀어나왔냐 하는 점이었다.

　"형님!"

　성검이 모습을 드러내자 동방칠수 삼인방이 반색하며 달려들었다.

하지만 그 순간 십여 명의 무사가 일제히 검을 뽑으며 그들을 막아섰다.

차르르릉!

예리한 검광이 아침 햇빛을 갈랐다.

"아니, 이자들이……! 형님, 저희가 이 버릇없는 자들을 손 좀 봐줘도 되겠습니까?"

노한 표정의 철행궁이 성검에게 물었다. 이곳이 무엇을 하는 곳인지는 알 수 없으나 성검이 있는 이상 두려울 게 없다는 게 그의 생각이었다.

그런데 막상 성검의 반응은 전혀 뜻밖이었다.

"자네들이 여긴 어쩐 일인가? 어허, 몰골이 말이 아니군. 어쩌다가 그렇게 부상을 입게 된 게야?"

"……?"

철행궁은 물론 모용각과 변금은의 표정이 일시에 굳어졌다.

의형제나 다름없는 성검의 입에서 그런 식의 말이 튀어나오리라고는 전혀 예상치 못한 것이다. 이곳 곤륜산까지 힘겹게 찾아온 그들로서는 섭섭한 마음이 이는 게 당연했다.

실제로 그들은 왜국의 인자들에게 입은 부상이 가볍지 않았다. 그럼에도 밤새 산을 올랐다. 물론 어째서 인자들이 모두 사라진 것인지, 왜 유독 장순금만 멀쩡한지 따위는 생각하지 않았다. 생각 따위는 그들 수호성과는 거리가 멀기 때문이다.

"천년밀문에서 보낸 것인가?"

"형님!"

동방칠수 삼인방의 표정에 당혹스러움이 자리잡았다.

그들은 그제야 성검이 자신들에게 큰 오해를 품고 있음을 깨달았다. 충분히 오해할 만한 상황이다.

하지만 정작 어떤 식으로 오해를 풀어야 할지 난감했다. 동방칠수 삼인방은 머리가 아닌 가슴으로 한평생을 살아온 이들이 아니던가.

"형님, 저 변금은입니다. 설마 이 금은이를 의심하는 것은 아니겠지요? 이 자리에서 목이라도 잘라야 절 믿겠습니까?"

변금은이 허공에 한 차례 장도를 휘두르다가 도신(刀身)을 목에 대며 침통한 음성으로 말했다.

한순간 성검의 눈빛이 흔들렸다.

'미안하다, 금은 아우. 하지만 우리 전체의 안위를 위해서라도 장순금이 누구의 첩자인지를 밝혀내야 한다.'

가벼운 미소가 성검의 입가에 그려졌다. 언뜻 얼음처럼 차가워 보이는 미소다.

사실 성검이 알고 싶은 것은 장순금의 정체였다.

장순금은 누구일까? 이제껏 신분을 숨긴 채 은하대맥의 용병 무사를 가장해 왔다는 것은 어제 충분히 확인한 사실이다.

한 가지 확실한 것은 천검궁의 소속이 아니리란 점이었다. 어젯밤 그가 해치운 왜국의 인자들은 분명 천검궁의 용병들이었다. 만약 장순금이 천검궁 소속이라면 굳이 자기 편을 제거할 이유가 없다. 그것은 얼마나 복잡하고 귀찮은 일인가.

그렇다면 장순금은 은하대맥의 감찰 무사일 수도 있다. 성검을 감찰하는 임무, 혹은 그 외의 임무를 띠고 채승옥 휘하의 용병 무사가 된다? 충분히 가능성있는 일이다. 현실적으로 가장 납득하기 쉬운 추리다.

하지만 확신이 필요했다. 설령 그가 은하대맥의 감찰 무사라 해도 위협이 되기는 마찬가지다. 은하대맥의 세력 대부분이 이미 천검궁의 수중에 들어가 있다는 것이 당가륵이나 굉우소의 분석이 아니던가. 그렇다면 장순금의 보고는 곧장 천검궁으로 전달될 수도 있다. 현재 상황으로는 은하대맥의 수뇌부를 도저히 믿을 수 없으니까.

이러저러한 사정 때문에 성검은 지금과 같은 연극을 하는 것이다.

"음회회, 만약 정체가 탄로날 경우 자결하라는 명이라도 받은 모양이지?"

"형님, 지나치십니다!"

철행궁이 바르르, 볼살을 떨며 말했다. 변금은이 목에 도를 겨눈 상황에서 그렇게 말한다는 것은 그야말로 배신이다.

"금은 아우, 우리가 사람을 잘못 본 모양일세!"

모용각이 빠드득, 이를 갈며 변금은의 손을 움켜쥐었다. 혹시라도 변금은이 분기를 참지 못해 자결할 수도 있다고 생각했기 때문이다.

변금은은 충분히 그러고도 남을 만큼 단순하고 맑았다. 더욱이 성검에게 큰 애착을 느끼고 있었던 만큼 배신감도 클 것이다.

동방칠수 삼인방의 노한 눈빛을 담담하게 받아들이면서도 성검은 은밀히 장순금의 표정을 살폈다.

장순금의 얼굴은 얼마간 상기되어 있었다. 정도무한종 본산에 들어서기도 전에 문제가 커질 듯해 나름대로 긴장하는 것이리라.

"음회회. 그렇게 흥분할 것 없네, 아우님들. 어차피 진실은 밝혀지지 않겠는가. 자네들이 정녕 첩자가 아니라면 어서 무기를 내려놓게. 얼마간의 검증을 거친 후 무죄가 확인되면 술이라도 한잔하면서 풀지."

"형니임—"

변금은이 처절한 음성으로 말했다.

이제껏 단 한 번도 그는 그런 목소리를 내본 적이 없었다. 그런 표정을 지은 적도 없다. '형님, 밥부터 먹지요' 혹은 '맛있는 밥이요? 헤헤, 맛없는 밥도 있나?' 따위의 말을 늘어놓는 것이야말로 그가 말하거나 표정 지을 수 있는 전부라고 여겨왔다.

하지만 성검은 비로소 변금은에게 뜨거운 가슴이 있음을 깨달았다. 그런 분노는 뜨거운 가슴이 있을 때라야 느낄 수 있는 것이니까.

성검의 마음에 갈등이 일었다. 목적이야 어떻든 자신들의 수하들을 시험에 들게 하는 것은 바람직하지 않았다. 그렇다고 무작정 장순금을 잡아 족친다고 해서 진실이 밝혀질 리 없다. 일단은 장순금을 감시할 필요가 있었고, 그러기 위해선 철저하게 변금은을 비롯한 수하들을 속여야만 했다.

대문으로 한 무리의 사람들이 나타난 것은 성검이 막 어떤 결정을 내리려 할 때였다.

"무슨 일이지?"

먼저 모습을 드러낸 굉우소가 네 명의 이방인을 훑어보며 물었다.

굉우소 뒤에는 취봉접 조손과 주허자 부자, 그리고 몇 명의 무사가 늘어서 있었다.

"아니, 네놈들은 성검이의 멍청한 부하 놈들이 아니더냐?"

동방칠수 삼인방을 알아본 취봉접이 고개를 삐뚜름하게 꺾으며 말했다.

그녀는 과거 자미궁에서 그들의 협공을 받은 적이 있는 만큼 감정이 그다지 좋다고 할 수 없다.

"헛! 초지다!"

"어? 정말 초지다."

"헤헤. 초지, 안녕?"

모용각과 철행궁, 변금은이 잠시 헤벌쭉이 웃었다. 이유야 어쨌든 그들은 초지의 추종자들이었던 것이다.

"흥, 멍청한 놈들."

초지는 새침한 표정으로 말한 후 성검 옆으로 다가갔다.

"성검아, 저놈들이 천년밀문의 첩자야?"

방금 전 성검의 말을 들은 터라 초지는 동방칠수 삼인방을 경계하는 표정이었다.

물론 그들의 정체가 무엇이든 초지는 관심이 없었다. 그저 어떤 식으로든 성검과 몇 마디 대화를 나누고 싶었을 뿐이다.

"아니다, 초지야."

"우리 동방칠수는 의리에 살고 의리에 죽는……."

"진짜 사나이들이다!"

동방칠수 삼인방이 성난 표정으로 초지를 노려보며 말했다. 초지가 원래 싸가지가 적은 계집이었음을 비로소 기억해 냈다는 듯.

그사이, 성검은 굉우소에게 전음을 보내고 있었다.

[백부, 제 아우들을 다치게 하고 싶지 않습니다. 다만 저기 오른쪽 끝에 서 있는 장순금이란 자는 정체를 알 수 없습니다.]

[그게 무슨 소리지?]

굉우소가 성검에게 지그시 눈길을 주었다.

[자세한 사정은 차후에 밝히겠습니다. 다만 저자의 정체를 확인하기 위해서라도 일단은 제 아우들을 감금해 둘 필요가 있습니다.]

[음… 알겠네. 그렇다면 내가 처리하지.]

[감사합니다.]

잠시 동방칠수 삼인방과 장순금을 바라보던 꿩우소가 그들을 둘러싸고 있던 무사 가운데 한 명에게 가볍게 눈짓을 보냈다.

무사는 오 척을 간신히 넘을 듯한 단신이었다. 나이는 삼십 세 전후로, 차돌처럼 암팡진 생김새였다. 언뜻 보기에도 상당한 내공을 지닌 듯했으며, 아무 무기도 들고 있지 않았다.

"타핫!"

짧은 기합성을 터뜨리며 단신의 무사는 곧장 변금은과 모용각을 향해 신형을 날렸다.

그의 무위는 가히 성검을 놀라게 하기에 충분했다. 섬전처럼 빠른 움직임이었다. 변금은과 모용각이 기척을 느낄 새도 없이 그들에게 다가선 단신무사는, 장도를 쥔 변금은의 오른 손목을 낚아채는 한편 왼손을 뻗어 권안(拳眼)으로 모용각의 신주혈을 가볍게 가격했다.

"헉!"

놀라운 신력을 자랑하는 변금은이었지만 무사가 오른 손목을 낚아채는 순간 허무할 만큼 가볍게 장도를 놓쳤고, 모용각은 마치 뼈 없는 동물처럼 흐느적거리며 그 자리에 풀썩 주저앉았다.

"용각 아우!"

놀란 철행궁이 다급히 신형을 날리려 했다.

하지만 단신무사의 손이 변금은의 명문혈을 짚고 있었으므로 섣불리 움직일 수 없었다. 그저 성검을 노려보며 빠드득, 이를 갈 수밖에.

"철행궁, 아직은 자네들을 다치게 할 생각이 없네. 그저 의심을 없애고 싶을 뿐이야. 그러니 소란을 일으키지 말게."

성검은 애써 냉랭하게 말했다.

잠시 동방칠수 삼인방을 쳐다보던 성검은 우연히 마주친 것처럼 장순금에게 눈길을 주었다.

"장순금, 자네도 왔군?"

"헤헤, 대협. 도대체 무, 무슨 일입니까?"

장순금은 평소와 다름없이 순박한 미소를 드러내며 허리를 굽실댔다.

"음회회, 자네는 몰라도 되는 일이야."

"예? 헤헤, 아, 알겠습니다요."

장순금은 깊게 고개를 숙여 보인 후 불안한 듯 주위를 살폈다.

"그렇게 겁먹은 다람쥐처럼 떨 필요 없네. 자네와는 무관한 일이야. 자네는 그저 용병 무사일 뿐이지 않은가. 올라오게. 차나 한잔하지. 마침 몇 가지 물어볼 것도 있으니 말이야."

"하지만 제가 아는 게 워낙 없어서……."

대단한 연기력이었다. 장순금은 그저 겁 많은 소인배처럼 연신 허리를 굽실대며 천천히 섬돌을 올랐다.

"행궁 아우, 내가 지금 실수를 하는 것일 수도 있어. 하지만 지금으로선 어쩔 수 없어. 그러니 한동안 자네들을 뇌옥에 가두어두겠네. 그곳에서 상처나 치료하게."

"……!"

성검의 말에 철행궁의 얼굴이 납빛으로 굳어졌다.

"장호(張虎), 저들을 뇌옥에 가두게."

굉우소는 담담한 표정으로 방금 전 모용각과 변금은을 제압한 단신의 무사에게 명령을 내렸다.

"존명!"

장호라 불린 단신무사는 예를 갖추어 대답했고, 주위에 있던 몇 명의 무사가 오랏줄을 쥐고 철행궁에게 다가갔다.

철행궁은 여전히 매서운 눈길로 성검을 노려보았다. 하지만 상황이 상황인지라 순순히 오랏줄에 묶일 수밖에 없었다.

"들어가세."

성검은 그의 눈빛을 외면한 채 장순금을 감싸 안으며 가볍게 몸을 돌려 대문 안으로 들어갔다. 그로써 소란은 일단락되었다.

"음, 그리된 게군."

장순금에게 거처를 마련해 준 후, 성검은 함께 차를 마시며 담소를 나누었다. 장순금은 그때까지도 철저하게 자신의 내력을 숨겼고, 성검 역시 별다른 내색을 하지 않았다.

동방칠수 삼인방의 처리는 일찌감치 굉우소에게 맡긴 상태다. 굉우소라면 충분히 성검의 마음을 헤아렸을 테고, 불상사가 일어나지는 않을 것이다.

성검은 주로 자신이 떠나온 후의 일에 대해 장순금에게 물었다. 철룡방에 대한 소식을 들은 것도 그 자리에서였다. 역우의 죽음 때문에 성검은 아직까지도 마음이 무거웠다. 평생 씻어낼 수 없는 죄를 지은 느낌이었다.

하지만 장순금의 이야기에 더욱 마음이 무거워졌다.

취봉접과 초지에 의해 성검이 구출된 후 철룡방은 천년밀문의 수중에 들어갔다. 철룡방을 접수한 천년밀문은 급속히 상황을 정리했다. 그런데 그 와중에 철룡방의 전대 방주였던 비학검 이가성이 거리로 내

던져졌다는 것이다.

천년밀문은 자신들에게 저항하는 철룡방 무사들을 죽이거나 뇌옥에 가두었으나, 비학검 이가성에게는 굳이 손을 쓸 필요가 없었다.

"비학검 이 대협은 이미 그날 싸움에서 입은 내상으로 반신불수가 되었습니다. 천년밀문에선 이 대협을 거리에 내던졌고, 이 대협은 대문 앞에서 오랫동안 통곡했답니다. 우리가 찾으려 했을 때는 이미 자취를 감춘 뒤였지요."

"……!"

장순금의 이야기를 듣는 순간 성검의 두 눈에서 파르르, 불길이 일었다. 그 불길은 곧 온몸을 휘돌며 내장 곳곳을 태워 버리는 듯했다.

끔찍한 고통이었다. 이제껏 은하대맥에 대해 느끼고 있던 배신감과는 비교할 수 없었다.

살(殺)! 오로지 그 하나의 글자가 그의 뼈에 새겨지는 순간이었다.

'역우, 미안하오. 비학검 이가성……. 내 반드시 그대를 찾아내어, 그대가 보는 앞에서 흑월신교의 계집들을 찢어 죽이리다!'

성검은 빠드득, 이를 갈며 속으로 뇌까렸다.

그 모습은 마치 불지옥의 한가운데에 선 나찰처럼 오싹했다. 곁에서 지켜보던 장순금이 흠칫 놀라며 몸을 떨 정도였다.

한순간 성검은 이성을 잃은 채 살기 어린 눈으로 장순금을 노려보았다. 실제로 그가 어떤 식으로든 천년밀문과 관계된 자일지도 모른다는 생각이 스친 것이다.

"대, 대협……."

장순금이 떨리는 눈으로 성검을 쳐다보며 중얼거렸다.

"아… 미, 미안하네. 이 대협의 일로 내가 잠시 흥분했군. 그만 쉬게. 굉 대협에게 부탁해 시비 하나를 붙여줄 테니 필요한 것이 있으면 언제든 말하게."

성검은 빠르게 표정을 바꾸어 장순금을 안심시켰다.

장순금의 방에서 나온 성검은 곧장 계곡 쪽으로 걸음을 옮겼다. 마음속에서 휘도는 불길은 쉽게 가라앉지 않았다. 벚꽃 수림을 지나치며 아름다운 경관에 눈을 주었지만 그의 눈앞으로 떠도는 것은 역우가 죽던 장면과 반신불수가 된 이가성이 바닥을 기어 추운 거리를 떠도는 장면뿐이었다.

"복수하겠다. 반드시, 반드시!"

성검의 눈에서 또르륵, 눈물 한 방울이 흘러내렸다.

2

동방칠수 삼인방이 정도무한종에 도착한 지 오 일째 되는 날.

조용한 날들이었지만 성검과 굉우소는 바짝 긴장하고 있었다. 장순금의 정체가 밝혀지지 않았기 때문이다.

성검으로부터 자세한 사정을 들은 굉우소는 수하들 가운데 은형술이 뛰어난 그림자 무수 몇 명을 장순금의 거처 주위에 잠복시켰다.

하지만 장순금에게선 좀체 수상한 낌새를 발견할 수 없었다. 누군가에게 전서구를 띄운다거나 허락없이 정도무한종 본산을 배회한다거나 하지 않았을뿐더러, 아예 그가 머물고 있는 전각 밖으로 나가질 않았다.

성검은 하루에 한두 차례 장순금의 거처에 들러 일각가량 담소를 나누었으나, 불필요한 말은 하지 않았다. 일검수의 소환 문제는 물론 정도무한종의 정체에 대해서 함구했던 것이다.

장순금 역시 무엇인가를 궁금해하는 기색을 내비치지 않았다. 정도무한종이 어떤 단체인지, 언제까지 그곳에 머물러야 하는지 전혀 알고 싶지 않다는 투였다.

하지만 오히려 그런 점들이 성검의 의심을 증폭시켰다. 장순금 같은 처지에 놓여 아무것도 묻지 않는 것 자체가 수상한 일이다. 일반적인 사람들이라면 불안에 떨며 하루하루를 가시방석에서 보내는 것이 정상이다.

사시(巳時).

성검은 평소처럼 장순금의 거처에 들렀다. 장순금이 몸을 사리고 있다면 어쩔 수 없이 먼저 미끼를 던지는 수밖에 없다.

"답답하지는 않은가?"

차를 나누며 성검은 평소와 다름없이 물었다.

"헤헤, 마치 휴가를 나온 기분입니다요. 다만 너무 오랫동안 방 안에만 틀어박혀 있어서 조금 갑갑하긴 합니다요."

장순금은 굽실거리며 조심스레 말했다.

"그렇겠군. 하지만 그 정도는 감수해야겠지. 자네도 눈치 챘겠지만 이곳은 비밀 집단이네. 천검궁은 물론 은하대맥과도 다르지."

"헤헤, 짐작은 했습니다요."

"돌아가고 싶은가?"

"……!"

장순금의 눈빛이 가볍게 흔들렸다. 하지만 성검은 그 눈빛을 어떤 식으로 해석해야 할지 종잡을 수가 없었다.

"아닙니다요. 어차피 저는 용병 무사 아닙니까? 급료만 받을 수 있다면 어디서든지 일할 수 있습니다. 혹 이곳에도 제가 할 일이 있다면……."

"음, 하긴 그렇겠군."

성검은 담담하게 차를 마시며 고개를 끄덕였다.

예상대로 장순금은 미끼를 물고 있는 것이다. 이럴 때일수록 여유를 보여야 한다.

"헤헤, 화 대협께서 힘을 좀 써주실 수 있겠습니까?"

"물론이지. 하지만 그 이야기는 내일 다시 나누도록 하세. 오늘은 아주 중요한 일이 있어. 앞으로 우리가 할 일의 방향을 결정짓게 될 일이지."

성검이 가벼운 미소를 내비치며 말했다.

거짓이 아니었다. 이제 정오가 되는 것과 동시에 일검수 소환 작업의 성패가 갈려지게 될 것이다. 해동 승려들이 일검수의 소환 의식을 거행한 지 삼칠일째 되는 날이 바로 오늘이므로.

사실 성검은 지금 상당히 흥분된 상태였다. 아버지 일검수의 소환 작업은 은밀하게 진행되어져 왔다. 정도무한종 본산의 후원에 위치한 작은 전각에서 그 일이 벌어지고 있는데, 철저하게 출입이 금지되어 성검 역시 한 번도 가보지 못했다.

하지만 얼마 후 오시(午時)가 시작될 무렵, 성검 일행은 그곳에 가게 될 것이다. 만약의 불상사를 대비하기 위해서라는 게 굉우소의 설명이었으나 자세한 사정은 알 수 없다.

장순금과 담소를 나누고 난 후 성검은 곧장 굉우소가 머물고 있는 전각으로 갔다. 그곳에는 이미 심공과 주허자 부자, 취봉접과 초지가 와 있었다. 그들은 회의용 탁자에 둘러앉았는데, 역시 일검수의 소환에 관한 일로 얼마간 흥분한 모습이었다.

굉우소의 뒤편에는 몇 명의 흑의무사가 하나같이 무표정한 얼굴로 시립해 있었다. 그중에는 며칠 전 동방칠수 삼인방을 가볍게 제압했던 장호의 모습도 보였다.

"마침 잘 왔다. 그렇지 않아도 몇 가지 당부할 일이 있었다. 우선 앉거라."

굉우소가 성검을 바라보며 나직하게 말했다.

마침 초지 옆에 빈 의자가 있었으므로 성검은 그곳에 가서 앉았다. 그 순간 주동선의 얼굴이 살짝 일그러졌으나 성검은 그를 무시한 채 굉우소에게 눈길을 주었다. 반면 그때까지 따분한 표정이던 초지는 괜스레 볼을 붉혔다.

"여러분께 미처 말씀드리지 못한 부분이 있습니다."

잠시 일행을 둘러보던 굉우소가 낮은 음성으로 말했다.

"응? 그게 뭐야. 어서 말해 보시게, 종주."

단주를 굴리던 심공이 살짝 웃음을 내비쳤다.

"일검수의 소환에 관계된 일입니다. 이미 말씀드린 대로 잠시 후 일검수의 소환 의식이 끝납니다. 만약 성공한다면 우리는 오늘 일검수를 만나게 되는 것이지요. 하지만 전혀 뜻하지 않은 일이 벌어질지도 모릅니다."

"무슨 말씀입니까?"

성검의 표정이 얼마간 경직되었다.

"벽천오승은 오늘 기필코 이공간(異空間)의 혈이 열릴 것이라 했지만 이후의 현상에 관해선 아무것도 장담할 수 없다는군. 즉, 일검수가 머무는 공간과 우리가 머무는 공간의 문을 열 수는 있지만, 그쪽 세계의 흡입력이 우리가 머무는 세계보다 강하다면……."

"우리가 그곳으로 빨려 들어갈 수도 있다는 얘기요?"

담담한 표정으로 앉아 있던 주허자가 굉우소의 말을 잘랐다.

"그렇습니다."

"나 역시 그 점이 염려되더이다. 또 하나 궁금한 것이 있었소. 우리가 머무는 세계가 넓듯 일검수가 빨려 들어간 세계 역시 터무니없이 넓은 세계일 수 있지 않겠소? 그런데 어떻게 벽천오승은 그가 머무는 정확한 공간의 혈을 열어 그를 끄집어낼 계획일까요?"

"엣? 듣고 보니 주 늙은이의 말이 맞군. 종주, 그 부분은 어떻게 이해해야 하지?"

취봉접이 탁자를 내려친 후 굉우소를 빤히 쳐다보았다.

"글쎄요. 그 일은 어차피 벽천오승이 해결할 수 있으리라 믿습니다. 다만 한 가지 짐작이 가는 것은 그들의 소환 작업이 영적인 작업이란 점입니다. 가령 영매(靈媒)가 저승의 영혼을 불러오듯, 벽천오승은 영적인 주술을 통해 일검수와 교감하는 것일 수도 있지요. 마침 제게는 일검수에게서 우정의 징표로 받은 한 자루 단검이 있습니다. 벽천오승은 그것을 통해 일검수의 영(靈)이 머무는 곳을 추적하는 것이 가능하다고 하더군요."

"일리있는 설명이야."

지그시 눈을 감은 채 단주를 굴리던 심공이 고개를 끄덕였다.

"호호. 할머니, 저 느끼한 중도 무당이야?"

초지가 취봉접의 귀에 대고 낮게 중얼거렸다.

하지만 그녀의 목소리는 그 자리에 있는 모든 사람들이 들을 만큼 큰 것이었고, 심공의 귀에도 또렷하게 들렸다.

"음회회. 어린 보살아, 무당은 아니지만 손금이나 사주 정도는 볼 수 있느니라. 오늘 밤 내 방에 와보련?"

"싫어요. 하지만… 호호, 궁합도 잘 보나요?"

발끈하던 초지가 성검을 곁눈질하며 엉뚱한 말을 늘어놓았다.

"물론이지. 특히 속궁합 보는 데는 일가견이 있느니라. 쩝, 한때 대부분의 보살들은 나와 찰떡궁합이었지. 하지만 이제 나도 나이가 들어 젊은 보살에겐 벅찰지도 몰라. 음회회회."

"할머니, 저 중이 지금 뭐라고 하는 거야?"

"오호호, 그저 개가 짖었다고 생각하거라. 그나저나 심공도 그만 하는 게 좋을 게요. 자꾸 내 손녀에게 치근대다간 못 당할 꼴을 당하는 수가 있거든."

취봉접이 냉랭한 음성으로 말했다.

심공은 그녀의 눈빛에 찔끔 놀라며 잠자코 입을 다물었다. 그에게 있어 취봉접은 까마득한 강호 선배였다. 더욱이 그녀의 악명을 귀 따갑게 들은 터라 은근히 위축되는 느낌이었다.

"백부, 그렇다면 우리가 어찌 대처를 하면 되는 겁니까?"

성검은 심공이나 초지 따위를 무시한 채 굉우소에게 물었다.

"일종의 결계를 형성해야 할 게야."

"결계요?"

"그래. 혈이 열릴 때 우리는 이공간의 흡입력에 저항할 수 있을 만큼 강맹한 회오리를 형성할 필요가 있다는군. 벽천오승은 이미 보름째 식음을 전폐하며 혈을 여는 작업에만 매달려 있는 상황이야. 그들 나름대로 결계를 펼치긴 했지만 만약을 대비해 우리가 가세해야 할 거야."

말을 마친 굉우소가 좌중을 둘러보았다.

"도대체 어느 정도의 힘이 필요한 겁니까?"

성검이 지체없이 물었다.

"최소 일 갑자 이상의 내공을 지닌 사 인의 고수가 필요하다는군."

"그렇다면 가능한 일이군요. 다행히 제 내공의 수위가 일 갑자를 넘는 데다 취 노선배, 주 노선배, 백부 역시 그 정도 요건은 갖추지 않았습니까?"

"하지만 중요한 것은 단지 내공만이 아니야. 그 정도 내공은 우리 정도무한종의 제자들에게 있어서는 하찮게 치부되지. 내가 고민하는 것은 만약의 경우야. 벽천오승조차도 혈이 열린 이후의 상황은 장담할 수 없다고 했지. 어쩌면 결계를 이루던 우리 모두가 일검수처럼 다른 공간으로 빨려 들어갈지 모를 일이야. 그러니 결코 이 일을 강요할 수 없다는 거지. 물론 나야 기꺼이 이 일에 가담하겠지만, 취 선배나 주 선배는 다르지."

"……."

틀린 말이 아니었다. 성검은 그저 자신의 처지만 생각했으나, 취봉접이나 주허자는 어디까지나 타인이다. 그들이 굳이 이번 일에 휘말릴 이유는 없었다.

하지만 그 말을 듣고 있던 취봉접과 주허자가 빙긋이 웃음을 내비쳤다.

"오호호, 별 걱정을 다 하시오. 나나 주 영감은 어차피 살 만큼 살았소. 이런 일을 마다할 만큼 겁이 많은 것도 아니고. 안 그래, 주 영감?"

"종주, 소란의 말이 맞소이다. 사실 나 역시 이번 일이 퍽 흥미롭소. 결코 빠지고 싶은 생각이 없단 뜻이오."

그들의 이야기에 성검의 얼굴에 생기가 돌았다. 혹시나 했던 염려가 말끔하게 씻겨진 것이다.

"음회회! 역시 두 노선배께선 영웅이십니다."

성검은 자리에서 벌떡 일어서서 취봉접과 주허자에게 포권하며 말했다.

이제껏 멀뚱히 굉우소의 말에 귀를 기울이던 초지도 끼어들었다. 그녀는 이미 성검에게 대책없이 빠져들고 있었던 것이다.

"할머니, 나도 낄래."

"하지만 초지야, 너는 이 오라비랑……."

연신 초지의 눈치만 살피던 주동선이 낮게 중얼거렸다.

주동선은 성검 일행이 결계를 펼치는 동안 초지와 함께 산책이라도 할 생각이었다. 어차피 일검수와는 아무 관련도 없는 사이가 아닌가.

"흥, 오라비라고 하지 말라 했지! 똥선이 너는 똥선이고, 초지 나는 초지야. 그러니까 내 일에 신경 쓰지 말고 너 할 일이나 해!"

초지가 다시 으르렁거렸다.

하지만 좌중의 누구도 주동선이나 초지에게는 신경 쓰지 않는 눈치였다.

"두 분 선배님께서 그리 말씀해 주시니 더 이상 걱정하지 않겠습니다. 자, 그럼 이제 움직여 볼까요?"

굉우소가 자리에서 일어서며 들뜬 음성으로 말했다.

후원에 위치한 작은 전각에는 추성각(秋星閣)이라는 현판이 걸려 있었다.

장원 내의 여느 곳과 마찬가지로 흐드러지게 핀 벚꽃이 여기저기 자리잡았으며, 꽤나 오랜 연륜을 지닌 집인 듯 파릇한 이끼들이 담 주위에 퍼졌다.

전각으로 들어서자 어디선가 늙은 중들이 낮은 음성으로 진언을 외는 소리가 들려왔다. 일행은 조용히 굉우소를 따라 소리의 진원지를 향해 갔고, 얼마 후 삼십여 평 안팎의 불당에 들어섰다.

전형적인 라마 사원의 불당 구조였다. 제단엔 수많은 부처와 나한상이 빼곡이 들어찼다. 그 아래엔 부리로 독사를 물고 있는 독수리 모양의 가루다 상과 그 외 여러 종류의 제구가 놓였으며 탕카가 사방의 벽면을 장식했다.

불당 바닥에는 범어로 적힌 만트라가 기이한 도형을 이루었고, 천장에는 서장의 수호신인 마하칼라, 즉 천막의 수호신으로도 불리는 대흑호법신(大黑護法神)의 탕카가 그려졌다.

마하칼라의 탕카는 언뜻 보기에도 소름이 돋을 만큼 사실적으로 그려져 있었다. 칼과 삼지창, 도끼와 두개골로 만든 컵을 지닌 마하칼라가 새의 머리를 지닌 사나운 여신들 따위를 짓밟고 있는 모습으로, 머리엔 다섯 개의 해골로 만든 관을 썼고 그 위 천상의 영역에는 다섯 명의 시다와 라마가 그를 내려다보고 있었다.

아수라장을 연상시킬 만큼 불의 천지로 그려진 그 탕카는 본래 사악한 악귀나 귀신으로부터 사람들을 보호해 주는 역할을 하지만, 죄없는 이들조차도 그 앞에 서면 괜스레 오금이 저릴 만큼 참혹한 모습이다.

불당 바닥의 가운데에는 네 개의 깃대가 꽂혔고, 그 안에 다섯 명의 백발 노인이 오각형을 이룬 채 앉았다.

그들이 이룬 오각형의 정중앙에는 금으로 정교하게 만든 연꽃 모양의 만다라가 놓여 있었다. 만다라는 수박만한 원형의 물체로, 각각의 꽃잎에는 길상문(吉祥紋)이 음각되었다.

그 여덟 가지 상서로운 문양, 즉 길상문은 각각 깨달음을 상징하는 왕의 화개, 다르마를 상징하는 수레바퀴, 인연의 고리처럼 끊임없이 얽힌 매듭, 우주의 중심에 꽂힌 승리의 깃발, 평화와 쓰임을 상징하는 두 마리의 물고기, 풍요의 그릇, 순수의 연꽃, 올바른 수행을 상징하는 조개껍질이다. 부처가 관장하는 우주의 요소들이 그 각각의 문양으로 형상화되는 것이다.

어쨌거나 구형 만다라를 중심에 둔 노승들은 진흙 판으로 된 부적을 놓고 거기에 적힌 범어를 암송했다. 부적에는 범어 외에도 서로 다른 모양의 여러 형상이 양각되어 있었다.

그 부적들은 흔히 '열 개의 전능함'이라는 의미를 지닌 강력한 만트라다. 각각 '옴, 함, 크샤, 마, 라, 바, 라, 야, 훔, 파트' 등 열 조각으로 이루어져 있으며 생성과 소멸은 물론 전 우주적인 문제가 내포된 신비한 진언이다.

성검 일행은 숨도 제대로 쉬지 못한 채 노승들의 입에서 흘러나오는 기이한 진언에 귀를 기울일 수밖에 없었다.

마치 음공에 고막이 찢겨져 나가는 것처럼 고통스러웠다. 더욱이 기이한 이명 현상 때문에 중심을 잡고 서 있기도 힘들었다.

불당 안으로는 알 수 없는 기의 소용돌이가 휘몰아치고 있었는데, 그 때문인지 내력을 모아 저항하기조차 힘겨웠다. 아무리 애를 써도 내력은 사지를 통해 흩어져 갈 뿐이고 점차 심한 두통까지 느껴졌다.

목구멍을 타고 올라온 신음이 입 안을 맴돌았으나 성검은 애써 견디는 수밖에 없었다. 법당에 들기 전 꿩우소는 몇 가지 당부를 했는데, 그중 하나가 무슨 일이 있어도 소리를 내지 말라는 것이었다.

혹시나 하는 생각에 성검은 함께 들어온 일행을 둘러보았다. 지금 느껴지고 있는 현상이 성검 자신에게만 해당되는 것은 아닌가 하는 생각이 들었기 때문이다.

하지만 사정은 모두 마찬가지인 듯했다. 상당한 내공의 소유자인 꿩우소와 주허자, 취봉접까지도 어금니를 질끈 깨문 채 힘겹게 버티고 있었다. 초지와 주동선을 대동하지 않은 게 다행이라는 생각이 언뜻 스쳤다. 상대적으로 내공이 약한 그들이 함께 왔다면 분명 불상사를 당하고 말았을 것이다.

이런저런 생각과 고통으로 혼란스러워하고 있을 때 누군가의 전음이 귓전에 닿았다.

[자, 이제부터 우리가 지시하는 바대로 행하시오.]

"……!"

성검은 정신을 수습하며 불당 바닥의 다섯 노인을 바라보았다. 전음의 출처는 분명 그들 중 한 사람일 테니까.

아마도 그들이 벽천오승으로 불리는 해동의 승려들일 것이다. 하지만 어느 모로 보나 그들은 승려다운 모습이 아니었다. 삭발을 하지도 않았으며 승복을 걸치지도 않았다. 복장이나 행색은 오히려 도사들과 유사했다. 라마교의 제구가 없었다면 분명 영환술사나 영매 정도로 오해할 수 있을 것이다.

하지만 성검으로선 그런 것을 문제 삼을 처지가 아니었다. 당장은 불당 안의 분위기에 적응하는 것이 급선무였다.

그때 전음이 다시 들려왔다.

[네 사람 모두 외곽에 꽂힌 천둥 번개의 깃대를 하나씩 드시오.]

전음은 지극히 부드러웠다. 마치 귀를 어루만지는 듯한 느낌으로, 소리가 촉각으로 느껴질 수도 있다는 사실을 새삼 깨닫게 했다.

'천둥 번개의 깃대?'

성검이 망설이는 사이 굉우소가 걸음을 옮겨 벽천오승들이 이루고 있는 오방진의 외곽에 꽂힌 깃대 하나를 뽑았다.

원래 그 깃대는 치티 파티스들이 지니고 다니는 것으로, 역시 서장 불교에서만 찾을 수 있는 특색이었다.

치티 파티스란 죽음의 신 야마의 수행원들로 괴이한 해골들이다. 그들은 천둥 번개의 깃대라는, 해골을 단 깃대를 들고 춤을 추는 모습으로 형상화된다. 그 때문에 춤추는 죽음의 관장자들이라는 별칭으로 불리기도 한다.

[잠시 후 우주의 축이 움직이며 서로 다른 공간의 혈이 열릴 것이오. 어떤 현상이 일어날지 장담할 수 없으나, 무슨 일이 벌어지더라도 절대 그 깃대를 놓치거나 자리를 옮겨서는 안 되오.]

전음은 간곡한 부탁이라도 하듯 애절하게 들렸다. 하지만 그것도 잠시, 곧 편안하고 기이한 음률로 이어졌다.

그 음률은 마치 노래로 줄거리를 이야기하는 잡극 배우의 것 같았는데, 들리는 즉시 머리 속에 형상이 그려졌다.

[우주의 생성은 다른 이의 구원을 위해 자신의 해탈을 뒤로 미루고 있는 완전한 존재들, 즉 보살들에 의해 이루어졌소. 간혹 천상의 붓다가 스스로 보살로 현현한 바 있으니, 그 보살들은 각각 하나씩의 징표를 지녔소.]

그 전음에 이어 누군가의 새로운 전음이 들렸다. 보다 자애롭고 느릿한, 사르르 잠을 부르는 듯한 음성이었다.

[징표를 지닌 보살은 모두 다섯으로 바퀴, 번개, 보석, 연꽃, 두 겹의 번개. 그 각각의 징표에 따라 보살들은 차크라 파니, 바즈라 파니, 라트나 파니, 파드마 파니, 비시바 파니로 불리오.]

또 다른 전음.

이번엔 아주 멀리서 들려오듯 아득한 음성이다. 그런데 그제야 성검은 벽천오승들이 지니고 있는, 진흙 부적에 양각된 문양이 각각 바퀴와 번개, 보석, 연꽃, 두 겹의 번개라는 사실을 확인했다.

[생성이 있으면 소멸이 있듯 삶이 있으면 죽음이 있소. 죽음을 관장하는 신은 아마, 치티 파티스를 거느리고 다니며 늘 삶의 배후에 그림자처럼 서 있소.]

또 다른 전음.

묘한 일이었다. 전음이 이어지면서 성검을 비롯한 네 사람은 점차 안정을 찾아갔다. 고막을 자극하고 머리를 울리던 기의 공명이 점차 사그러들기 시작한 것이다.

한 가지 특이한 것은 전음과는 별도로 벽천오승이 외는 진언이 끊이지 않고 이어졌다는 점이다. 그 때문에 성검 일행은 늘 두 종류의 소리를 받아들여야 했다.

[모든 공간은 창조, 즉 삶의 잉태와 죽음 사이에 놓여 있으며, 삶과 죽음 역시 수레바퀴처럼 반복됩니다.]

또 다른 전음.

어느새 일행은 벽천오승과 알 수 없는 유대감을 느끼게 되었다. 빛과 그림자처럼 서로 다른 위치에서, 그러나 하나로 합일된 일체감을 갖게 된 것이다.

[이제 다섯 보살과 죽음의 신 야마가 거느린 치티 파티스가 하나의 세계를 이루었으니, 공간의 혈이 열리는 순간 자신의 공간을 잃고 방황하던 영혼과 육체가 이 세계 안으로 소환되리라.]

다섯 번째 승려의 전음을 끝으로 이야기는 멈추어졌다.

그들의 전음을 듣는 동안 성검은 어렵지 않게 벽천오승의 의도를 파악했다. 그들은 불당 자체를 스스로 움직이는 하나의 세계로 만든 후 공간의 혈이 열리는 사이 일검수를 소환하려는 것이다. 그러기 위해 우주의 창조자인 다섯 보살과 죽음을 관장하는 신 야마의 수행원들 역할을 맡은 것이다.

또한 범어로 적힌 진언과 만다라 등으로 현실과는 격리되고, 또 다른 차원의 공간과는 연결된 세계를 일시적으로 완벽하게 갖추어놓은 셈이다.

얼마의 시간이 흘렀을까. 한동안 잔잔하게 느껴지던 기의 회오리가 다시 거세지기 시작했다. 벽천오승이 이룬 오방진의 정중앙에 놓여 있던 만다라가 바르르 떨리기 시작했고, 천장의 탕카는 마치 물속에서 물살에 흔들리는 수초처럼 기이하게 이지러지는 중이다.

때를 맞추어 벽천오승의 진언이 점차 소리를 높여갔다. 어느새 시간은 오시에 육박해 가고 있었던 것이다.

"옴 함 크샤 마라바라야 훔 파트……."

벽천오승의 음성은 보다 고조되었고, 나중에는 정신을 차리지 못할 만큼 빠르게 발음되어 마치 '오옴' 하는 소리로만 들릴 정도였다.

촤아아아—

이제 법당 안은 말 그대로 폭풍이 부는 갈대 숲처럼 강한 기의 회오리에 휩싸여 있었다. 사방 벽면에 붙은 탕가는 파르르, 떨리며 벽면에서 떨어져 나갈 것처럼 거세게 펄럭거렸고, 제단의 불상들도 진동을 이기지 못하고 하나둘 쓰러져 바닥에 굴렀다.

벽천오승조차도 그 기의 강력한 충돌에 당혹스러운 표정을 지었다. 그들은 점점 더 크고 빠른 음성으로 진언을 외며 두 손으로는 진흙 부적을 꽉 움켜쥐었다.

성검과 굉우소, 취봉접과 주허자의 사정은 더욱 좋지 않았다. 그들이 들고 있는 천둥 번개의 깃대는 신 내린 대나무처럼 바들바들 떨며 손을 벗어나려고 기를 써댔으며, 점차로는 법당 바닥까지 뒤흔들리는 느낌이었다.

콰콰콰콰쾅ㅡ!

불당 안을 맴돌던 기들이 상충하며 뇌전과 폭사가 일었다. 폭사의 충격으로 공간이 갈라지고 뇌전의 공간 속에서 괴물의 아가리처럼 음산한 검은 소용돌이가 모습을 드러내기 시작했다.

'맙소사!'

성검의 두 눈이 크게 홉떠졌다. 분명 일 년 전 천검궁에서 벌어졌던 것과 비슷한 현상이 불당 안에서 재현되고 있는 것이다.

제4장

고판성의 과거

"예상보다 사태가 심각하군."

고관성의 음성이 동굴 안에 울려 퍼졌다.

보름 전 성하각에서 천우쌍노를 죽이고 달아난 후 고관성은 북경 외곽의 죽림에서 화향검과 일전을 겨룬 바 있다.

그때 화향검은 가볍지 않은 내상을 입어 한동안 몸을 움직일 수도 없었다. 그런데 무슨 이유 때문인지 고관성은 그의 치료에 성의를 보였다.

혼수상태에서 깨어났을 때, 화향검은 이곳 야산의 동굴 안에 눕혀져 있었다. 고관성의 말대로라면 닷새 만에 깨어난 것이다.

그사이 고관성은 자신의 적대 세력을 제거하기 위해 황실로 돌아가려 했다. 하지만 한발 늦었다. 반대파의 조정 관리들은 일찌감치 환관들과 야합해 그를 역적으로 몬 상태였다. 모든 게 천검궁주 역천휘의 지시에 따라 치밀하게 짜여진 계획이었다.

　고관성으로서는 난감한 일이었다. 자신의 누명을 벗으려 해도 방도가 없었다. 그가 성하각에서 천우쌍노와 만나고 있던 그 시각에 황실에선 일찌감치 그를 추종하던 세력들에 대해 대대적인 숙청 작업이 벌어졌던 것이다. 이제 황실엔 고관성을 비호할 인물이 단 한 명도 남아 있지 않았다.

　그뿐만이 아니다. 이미 대륙 각지에 고관성에 대한 수배령이 내려진 상태다. 반대파에게 회유된 고관성의 수하들은 거짓 증언으로 고관성에게 역적의 올가미를 씌웠으니, 이제 고관성 혼자서는 그 올가미를 벗을 수 없는 형편이었다.

　황제는 워낙에 귀가 얇고 믿음이 적은 인물이 아니던가. 그러한 사정은 고관성이라는 환관에 대해서라고 다르지 않았다. 역모라는 말 한마디에 황제는 그동안 고관성에게 기울였던 마음을 거두고 대역 죄인의 죄를 덮어씌운 것이다.

　"나야 그럭저럭 이 한 몸을 지킬 자신이 있으나 자네가 걱정이야."

　고관성이 동굴 벽에 기대어 앉은 화향검을 보며 말했다.

　"난 상관없소. 어차피 초야에 묻혀 살 생각이었으니까. 다만 여전히 풀리지 않는 궁금증 때문에 머리가 아플 뿐이오."

　"하하, 언젠간 그 비밀이 밝혀지겠지. 하지만 그때까지 자네가 살아 있으리라는 보장은 누구도 할 수 없네."

　"……?"

　화향검이 무슨 뜻이냐는 듯 고관성의 두 눈을 빤히 쳐다보았다.

　"자네의 처지 역시 나와 크게 다르지 않다는 얘길세."

　"나도 당신과 함께 역모죄를 뒤집어쓰고 있다는 얘기요?"

"그렇지는 않아. 하지만 더 나을 것도 없지. 내가 두려워하는 것도 황실 따위가 아니야. 어차피 지금의 황제는 제 몸 하나 추스르지 못하는 위인일세. 정녕 두려운 것은 천검궁의 역천휘야."

시선을 돌려 멍하니 동굴 밖의 풍경에 눈길을 주던 고관성이 착잡한 듯 뇌까렸다.

"음… 이제 천검궁은 본격적으로 당신을 제거하려 날뛰겠구려. 하하, 당신 말대로 나 역시 천검궁의 표적이 된 상황일 테고."

"틀리지 않아. 이미 북경 전체에, 아니, 대륙 전체에 천검궁의 천라지망이 펼쳐져 있겠지. 우리는 저자에 나가는 동시에 그들과 맞닥뜨리게 될 게야."

"……."

혼란스러웠다. 화향검은 아직까지도 역천휘가 자신을 배신할 만한 이유를 찾지 못했다. 아무리 곱씹어 생각해 보아도 자신은 천검궁주에게 죄를 지은 적이 없는 것이다.

"몇 가지 물어봐도 되겠는가?"

"뜻대로."

화향검은 힘없는 음성으로 대답했다. 묻는 것은 어디까지나 고관성의 자유다. 그 대답을 하느냐 마느냐가 화향검의 마음에 달렸듯이.

"역천휘가 원하는 것이 무엇일까?"

"글쎄올시다. 보시다시피 난 제거 대상이 아닙니까. 설마 궁주가 제거 대상인 내게 자신의 속마음을 내비쳤겠소?"

"최근 왜국의 낭인들이 대거 대륙에 잠입했네. 은밀히 조사해 본 결과 천검궁과 접선하고 있더군. 그 부분에 대해선 알고 있겠지?"

"……!"

물론 알고 있는 일이었다.

천검궁 내에서 모반을 일으켰던 황보검웅이 왜국의 흑천설야와 연합하기 이전부터 역천휘는 이미 낭인 집단인 야검진성과 결탁했다. 그는 야검진성을 통해 왜나라의 막부와도 교섭 중이다. 더욱이 대륙으로 사들인 야검진성의 낭인들을 이용해 천검궁의 살인 혈첩에 오른 인물들을 암살하고 있다.

그런 모든 움직임은 하나의 목적을 위해서다. 혁명.

최근에야 알게 된 사실이지만 역천휘는 왜국의 도발을 이용해 황실과 전면전을 벌일 계획이다. 물론 왜국의 도발은 어디까지나 역천휘가 모반을 일으키는 명분을 위해서다. 나라가 혼란한 틈을 타서 혁명군을 일으키고 황위를 찬탈할 계획인 것이다.

"자네도 알겠지만 최근 이 나라는 큰 혼란에 사로잡혀 있네. 북쪽에선 몽골족이 끊임없이 대륙 재찬탈의 야욕을 키우고 있으며, 남쪽에선 왜구의 침략과 약탈로 민심이 흉흉하지. 이미 나라의 운이 다한 것인지도 모르네."

고관성이 착잡한 음성으로 말했다.

그의 말은 사실이었다. 오이라트 부족의 에센이 토목보에서 명나라의 오십만 대군을 격파하고 대명 황제를 포로로 잡았던 일은 결코 오래전의 일이 아니다. 그럼에도 현 황제는 그런 역사를 잊었다는 듯 부국강병에는 전혀 관심을 기울이지 않고 있다.

결코 몽골족만이 문제가 되는 것이 아니었다. 수십 년 전에는 내륙으로 들어온 왜구 무리가 수많은 도시를 함락시키며 절강성 동부에 치명적인 타격을 입히기도 했다. 당시 왜구는 장장 팔십여 일 동안 소흥과 항주는 물론 남경까지 치고 올라갔는데, 그 과정에서 목숨을 잃은 백성의 수가 오천 명을 헤아렸다. 그런데 정작 황당한 것은 그 사건을 일으킨 왜구의 수가 고작 육십여 명에 불과했다는 점이다. 왜구 한 명이 팔구십 명에 이르는 백성들의 목숨을 빼앗은 셈이다.

이쯤 되면 정말이지 나라의 운이 다했다는 말이 나돌 만도 했다. 역사상 대륙의 어느 왕조가 그러한 치욕을 맛보았던가.

하지만 황제는 여전히 정신을 차리지 못했다. 당쟁을 방관하고 정사에선 일찌감치 손을 놓은 채 음주가무만을 즐길 뿐이다. 백성들은 차라리 썩을 대로 썩어 빠진 황실을 통째로 뒤엎을 영웅을 기다리고 있는지도 모른다.

"하지만 결코 역천휘는 황제의 재목이 아니야."

"무슨 근거로 그리 말씀을 하시는 게요?"

"그와의 인연 때문이지."

"……?"

화향검은 말없이 고관성을 바라보았다.

역천휘에게 들은 바에 의하면 확실히 그들의 인연은 악연이다. 하지만 만약 두 사람 중 한 사람이 앙심을 품게 된다면 그것은 고관성에 대해 역천휘가 품어야 하는 것이 아닐까.

'진실이 따로 있는 것일까?'

나직이 한숨을 내쉬는 화향검의 눈에 의혹이 담겼다.

"당신의 정체에 대해 물어도 되겠소?"

화향검이 담담한 표정으로 입을 열었다.

"고관성, 보잘것없는 환관이지. 아니, 이제는 그 자리에서조차 쫓겨났으니 세상에서 가장 비참한 사내가 된 셈이군. 하하, 그렇지 않은가. 장가도 갈 수 없고 아이도 낳을 수 없는 처지이니 말이야. 하긴 내 나이에 그런 것을 따진다는 것 자체가 무의미하겠지만."

"천우쌍노와는 어떤 관계였소?"

"……."

동굴 안으로 공명하는 음성에 귀 기울이며 고관성은 한동안 아무 말도 하지 않은 채 밖의 풍경에 눈길을 주었다.

하지만 잠시 후,

"동지였지."

고관성이 씁쓸한 미소를 내비치며 말했다.

"언제부턴가 내 나이를 잊었다네. 세월이 흐르는 것이 더 이상 의미가 없었거든. 난 이미 내 인생을 잃은 사람이니까."

"……."

"굳이 숨길 이유는 없겠지. 이유야 어쨌든 지금 나와 자네는 같은 처지이니 말일세. 천우쌍노는 은하대맥이라는 비밀 단체의 수뇌부인 유천십이성의 일원이었네. 나 역시 그랬지. 천검궁에서도 이미 우리의 존재를 알고 있을 걸세. 아니, 은하대맥은 이미 천검궁에 의해 괴멸된 셈이군. 천우쌍노가 회유되었을 정도니 말이야."

"고관성 당신도 은하대맥의 수뇌였단 말이오?"

화향검의 음성이 가늘게 떨렸다.

그가 은하대맥의 존재를 알게 된 것은 작년 봄, 일검수 류추영 사건 이후다. 어떤 식으로든 일검수가 천검궁에 대한 저항 세력을 양성하고 있으리라 생각했지만, 막상 그 일은 화향검에게 적지 않은 충격을 준 바 있다.

이후 화향검 역시 은하대맥의 색출에 심혈을 기울였다. 하지만 그 실체는 좀체 알아내기 힘들었다. 은하대맥이란 조직이 점 조직 형태로 구성된 데다 워낙 흑막에 가려져 있었기 때문이다.

하지만 역천휘는 어떻게 일 년여 만에 은하대맥을 괴멸시킬 수 있었을까? 그것도 가장 가깝게 지내온 화향검조차 모르게.

의혹은 끝이 없었다. 결코 풀리지 않는 매듭처럼.

"그래. 하지만 내가 은하대맥에 든 것은 거창한 신념이 있었기 때문은 아니야. 그저 사적인 복수심 때문이었지."

"복수심이라구요?"

점점 이해할 수 없는 말뿐이었다. 복수심이라니, 복수심 역시 고관성에 대해 역천휘가 품어야 할 감정이 아니던가.

하지만 고관성의 생각은 다른 듯했다.

"과거 그는 내게 빚을 졌지. 그것도 두 차례에 걸쳐."

그의 시선은 여전히 동굴 밖에 머물러 있었다. 마치 쓰라린 추억을 떠올리기라도 한다는 듯 씁쓸한 표정을 지은 채.

고관성은 차분한 어조로 자신과 역천휘의 과거를 이야기하기 시작했다. 그런데 그 이야기는 이제껏 화향검이 알고 있던 것과는 전혀 상반된 내용이었다.

고관성은 원래 귀주성 귀양 출신으로 본명은 고궁비(固弓秘)이며 선풍도장(仙風道場)이라는 무관의 장주였다. 비록 규모는 작았으나 그의 오대조로부터 대대로 내려오는 동안 제법 명성을 쌓을 수 있었다. 특히 선풍도장의 무공은 도가와 불가의 철학이 교묘하게 어우러져 아주 독특한 초식을 창안해 내는 데 성공했다.

일찌감치 부친 고춘풍(固春豊)으로부터 도장의 운영권을 넘겨받은 고관성은 남부럽지 않은 삶을 살며 점차 귀주성 일대의 후기지수로 각광을 받았다. 무공의 자질을 타고난 기재인 데다가 머리도 비상했다. 더욱이 누구라도 첫눈에 호감을 느끼게 될 만큼 준수한 외모여서 귀양 지역 처자들의 선망의 대상이 되었다. 상황이 그러니 그의 부친은 외아들인 고관성에게 큰 기대를 품을 수밖에 없었다.

나름대로 귀양 지역에서는 유지 측에 속했으므로 고관성은 아쉬움이라는 것을 모르며 자랐다. 그저 무공을 연마하고 간혹 서책을 읽는 것 외에는 달리 그가 할 일이 없었다. 부모를 잘 만난 덕에 고생없이 자신에게 주어진 길만 묵묵히 걸어가면 되는 것이다. 어차피 탄탄대로이니 막힐 것도 없었다.

하지만 고관성이 자신이야말로 천하의 행운아라고 여기는 데는 다른 이유가 있었다. 그의 부인 화인옥 때문이다.

화인옥은 귀양 지역에서 상당한 부를 축적한 거상 화문연의 막내딸로 가히 대륙제일미라 할 만했다. 더욱이 심성이 곱고 총명한 데다, 칠현금의 탄주와 노래 실력이 절정에 달했다. 당연히 최고의 신붓감으로 손꼽혔다. 그런데 운이 좋게도 고관성이 화인옥 아비의 눈에 띄어 중매가 오갔고, 결국은 혼례까지 치르게 된 것이다.

아무래도 화문연은 상업에 종사하다 보니 자신의 재산을 지킬 힘이 필요했고, 당시만 해도 귀양에선 선풍도장을 따라갈 만한 무림 세력이 없었다. 그가 화인옥을 고관성에게 시집보낸 이유 가운데 하나일 것이다.

어쨌거나 최고의 미녀를 얻은 고관성은 행운아가 아닐 수 없었다. 하늘은 마치 고관성을 위해 세상을 창조한 것처럼 그에게 많은 기쁨을 선사했다. 화인옥과 혼례를 올린 지 일 년 만에 아들을 낳았다. 그야말로 최고의 경사였다.

선풍도장도 더욱 번창해 갔다. 그도 그럴 것이 귀주성 일대에서 열린 크고 작은 무림대회에서 고관성은 늘 장원을 차지했고, 그러다 보니 다른 유파의 제자들까지 고관성 밑으로 들어오기 위해 애썼다.

하지만 어찌 알았으랴. 인생이란 것은 참으로 묘해서 또 다른 누군가의 인생에 영향을 받게 마련이다. 고관성의 인생 역시 다르지 않았다.

천검궁이 귀양 지역으로 마수를 뻗기 시작한 것은 고관성과 화인옥 사이에서 낳은 아들 고영검이 막 걸음마를 뗄 즈음이었다. 한참 아들의 재롱에 즐거움을 느낄 시기였으나 사정은 그렇지 못했다. 천검궁은 이미 귀주성 일대를 장악했으며 귀양이라고 해서 다를 바 없었다.

고관성은 침착하게 사태를 관망했다. 선풍도장의 역대 장주들은 정파니 사파니 하는 구분에 초연했고, 고관성 역시 마찬가지였다. 그저 물살을 따라 유연하게 흔들리는 물풀처럼 모든 세파에서 초연해지고 싶었을 뿐이다. 그러니 천검궁이 대세라면 조용히 그 흐름에 몸을 맡기면 그만이다.

어느 날, 드디어 선풍도장에도 천검궁의 첩지가 도착했다. 정중한 문체로 혈맹을 제의하는 첩지였다. 하지만 그 첩지가 무엇을 의미하는지 모를 고관성이 아니었다. 그들과 혈맹을 맺는 순간, 선풍도장은 천검궁의 한 지부로 전락하고 마는 것이다.

하지만 그렇다 한들 어떠하랴. 선풍도장은 여전히 선풍도장이며, 그 무공의 뿌리가 바뀌는 것도 아니다. 그저 천검궁으로부터 얼마간의 간섭을 받으며, 필요에 따라 그들의 편에 서주면 그만이다. 물론 만족스러울 리 없지만 전쟁을 벌이는 것보다는 그 편이 수월했다.

고관성은 선풍도장의 원로들과 그 일을 상의했고, 원로들 역시 고관성의 뜻에 동조했다. 괜한 명분에 휩싸여 선풍도장의 안위를 위태롭게 하는 것보다는 조용히 세상의 흐름에 몸을 맡기는 것이 현명하다는 생각에 동조했기 때문이다.

하지만 단지 그뿐이었다면 원로들은 고관성에게 얼마간 실망했을지도 모른다. 본시 무(武)를 익힌다는 것은 자신을 지키고 세우는 일이 아니던가. 부딪치지도 않고 지레 겁을 먹고 머리를 숙인다는 것은 무인에게 있어선 더없이 큰 수치다. 그런데 왜 원로들은 그토록 쉽게 그와 뜻을 같이했을까.

그들은 고관성이 어떤 인물인지 잘 알고 있었다, 사려 깊고 의지가 굳으며, 선풍도장을 그 무엇보다 아낀다는 것을.

중요한 것은 명분이 아니라 실리였다. 고관성은 어떠한 일이 있더라도 선풍도장의 개파 정신과 맥을 이을 인물이었다. 천검궁의 일개 지부로 전락하는 한이 있어도 결코 선풍도장의 고유한 무학과 사상을 잃지 않을 인물. 그들은 그저 혼란으로 가득한 강호가 하루빨리 잠잠해지기를 기다릴 생각이었다.

결국 고관성은 천검궁의 역천휘에게 화친을 약속하는 답장을 보냈고, 적당한 날을 잡아 그를 직접 선풍도장으로 초대했다. 마침 역천휘는 귀양에 머물고 있었으니 그와 대면하는 일은 어렵지 않았다.

하지만 그 초대는 결국 모든 악연의 시작이 되고 말았다. 초대에 응한 역천휘는 선풍도장에서 보지 말았어야 할 것을 보았고, 그것이 결국 비극을 낳은 것이다.

옛말은 그르지 않았다. 모든 전쟁의 뿌리는 여인이다. 나라가 기우는 것도 그렇고 비극의 시작도 그렇다.

역천휘가 초대된 날 선풍도장에선 모처럼의 연회가 열렸다. 화친을 약속하는 자리인만큼 술과 노래, 춤이 빠질 수 없다.

그런데 왜 하필 고관성은 그날 아내의 칠현금 탄주가 듣고 싶었을까. 어쩌면 자신의 뜻과 어긋난 화친 때문에 신경이 날카로워져 있었는지도 모른다. 겉으로는 웃고 떠들며 술을 들이켰지만, 한편으론 씁쓸한 마음을 달랠 수 없었다. 비록 어쩔 수 없는 선택이었다고 해도 자신의 뜻을 굽힌 것은 사실이었으니까.

고관성은 시비 하나를 보내 아내를 불러오게 했다. 불현듯 아내가 그리워졌고, 그녀의 탄주를 들으며 위로받고 싶었던 것인지도 모른다.

지독히도 아름다운 날이었다. 새털구름이 자리잡은 하늘은 더없이 맑았고, 연못이 있는 정원에선 벌과 나비가 꽃을 찾아 헤맸다. 며칠 전까지만 해도 봉오리를 틀어쥐었던 목련이 활짝 꽃을 피웠고, 크고 작은 화초들이 저마다의 향기를 뿜어냈다.

하지만 그런 풍경들도 화인옥처럼 아름답지는 않았다. 휘파람새의 울음소리와 뒤섞여 정원을 맴도는 화인옥의 탄주와 노랫소리는 고즈넉하게 눈 쌓이는 풍경처럼 고관성의 마음을 편안하게 어루만져 주었다.

그제야 고관성은 제대로 된 술맛을 느낄 수 있었다. 자신이 지키고자 하는 것들이 무엇인지를 깨달은 것이다.

'그래, 나는 이미 많은 것을 얻지 않았는가. 나를 믿고 따르는 이들을 지키기 위해서라면 무엇인들 하지 못하리.'

고관성은 한순간 마음을 아프게 비집던 회한에서 벗어나 세상에서 가장 아름다운 아내를 바라보았다. 자신이 얼마나 행복한 사내인가를 다시 한 번 확인하며.

하지만 그날 그 자리에 화인옥의 아름다움에 취한 또 한 사내가 있었음을 안 것은 그로부터 많은 날이 흐른 뒤였다.

2

천검궁주 역천휘.

그는 화인옥을 보는 순간 마치 세상이 환하게 밝아지는 느낌이었다.

이제껏 숱한 여자들을 보아오는 동안 한 번도 느끼지 못했던 가슴 떨림을 느끼고 만 것이다. 그것이 사랑인지는 확인할 수 없었다. 하지만 그가 이루고자 하는 강호일통의 꿈도 화인옥을 얻고 싶다는 욕망보다는 크지 않았다.

그날 이후, 비로소 역천휘와 고관성의 악연이 시작되었다.

"이제 내가 왜 그에게 복수를 하려는지 이해할 수 있겠는가?"

고관성이 허허로운 표정으로 화향검을 바라보았다.

"결국 천검궁주가 혈맹을 깬 겁니까?"

"그래, 이후 역천휘는 혈맹의 관계를 이용해 나를 전쟁에 내보냈네. 함정이었지. 도저히 이길 수 없는 싸움에 우리 선풍도장의 문도들을 몰아넣은 게야. 상대는 마교였네. 비록 삼백여 년 전 음양마 독거이의 실종 이후 세력이 크게 위축되긴 했으나, 마교의 명성은 헛되지 않았네. 우리에게 있어 마교는 도저히 무너지지 않을 거산처럼 느껴졌지. 그 수가 최소 삼천을 헤아렸으니까. 하지만 그 전쟁에 참여한 세력은 우리 선풍도장의 백여 명 무사를 포함해 모두 오백여 명에 불과했네.

비슷한 처지에 있던 무림방파로 소모품에 불과했지. 역천휘가 약속했던 지원군은 없었네. 오로지 우리 오백여 명의 연합군이 삼천에 달하는 마교의 정예 부대와 맞붙은 거야."

"……."

화향검은 말을 잊은 채 고관성의 얼굴을 빤히 들여다보았다. 동굴 안에 공명하는 음성처럼 그의 얼굴 역시 허허로워 보였다.

"그 싸움은 불과 하루 만에 끝났네. 결과는 연합군의 전멸이었지. 나는 백여 명에 달하는 문도들이 죽는 모습을 두 눈으로 똑똑히 지켜보아야 했네. 눈에서 불길이 치솟고, 천둥이라도 치는 것처럼 머리 속이 쾅쾅 울렸지. 그리고 어느 순간 누군가의 창에 찔려 정신을 잃었네. 구사일생으로 목숨을 건졌으나 마교의 포로가 되고 말았지. 이 년가량이 지난 후, 마교는 천검궁에 굴복했네. 그리고 뇌옥에 갇혔던 포로들을 모두 풀어주었지. 고향으로 돌아와 보니 모든 것이 변해 있더군. 선풍도장은 자취도 없이 사라졌고, 식솔들은 마교의 무사들에 의해 모두 죽었네. 하지만 그 역시 역천휘의 계략이었지. 그 시점이 공교롭게도 마교와 천검궁의 화친이 이루어지기 직전이었으니까."

"그렇다면……."

"역천휘의 뜻대로 되었지. 선풍도장의 식솔들 중 일부가 마교의 전리품이 되어 끌려가게 되었는데 그중에는 내 아내도 있었네. 그런데 귀양을 벗어난 어느 들판에서 역천휘가 이끄는 천검궁의 무사들이 그들을 제압하고 아내를 구했지. 물론 그 역시 하나의 각본이었네, 내 아내를 거두기 위한."

고관성의 눈에 아련한 슬픔이 어렸다.

"그렇다면 아들은……."

"글쎄… 선풍도장에 마교 무리가 들이닥쳤을 때 아내는 아들을 데리고 달아나다가 적에게 당해 실신했었다는군. 깨어났을 때 이미 아들은 없었고, 그녀는 마교의 전리품이 되어 귀양을 벗어나고 있었던 거야."

"하지만 그게 천검궁주의 소행이라고 어떻게 확신할 수 있습니까?"

화향검은 나직이 고개를 흔들며 고관성의 대답을 기다렸다.

피식, 실소를 터뜨린 고관성이 아무 말 없이 화향검을 쳐다보았다. 무엇 때문인지 그의 눈엔 짙은 연민이 담겨 있었다.

"아직도 천검궁주에 대해 미련을 버리지 못했군."

"……."

그런가, 정말 그러한가. 화향검은 잠시 생각에 잠겼다. 분명 고관성과 역천휘 두 사람 중 한 사람의 말은 거짓이다.

아마도 고관성의 말이 진실일 것이다. 자신은 이제껏 천검궁주 역천휘의 가면만을 보고 살아온 것이다. 그렇기에 지금과 같은 상황에 처한 것이 아닌가.

"나 역시 믿고 싶지 않았네. 소문을 좇아 아내를 만나기 위해 천검궁으로 향하면서도 난 다시 아내를 찾을 수 있으리라 믿었네. 하지만 그러지 않아야 했어."

"……."

"역천휘는 내가 살아 있다는 사실을 감쪽같이 몰랐던 모양이야. 그도 그럴 것이 마교에 잡힐 당시 나는 그저 평범한 복장이었고, 그들은 나란 존재에 대해 그다지 알고 싶어하지 않았거든. 그저 필요할 때 이용할 수 있는 포로라고만 생각했을 뿐이지. 나 역시 내가 선풍도장의 장주임을 굳이 밝힐 이유가 없었고."

고관성의 말은 계속 이어졌다.

그는 아내를 만나기 위해 천검궁에 몰래 잠입했다. 정황으로 보아 모든 일이 역천휘의 계략임을 간파했던 것이다. 그런 상황에서 신분을 밝히고 대문을 통해 떳떳하게 들어가려고 하는 멍청이가 어디 있겠는가.

어렵게 아내 화인옥의 거처에 잠입한 고관성은, 그러나 뜻하지 않은 대접을 받았다.

화인옥은 처음 한동안 말없이 눈물을 흘릴 뿐이었다. 이제껏 죽었다고 믿어왔던 남편이 눈앞에 나타났으니 당혹스러웠으리라.

하지만 얼마 후, 그녀는 믿을 수 없으리만치 냉정해졌다. 눈물을 닦고 서릿발처럼 차가운 음성으로 한마디 한마디를 토해냈다.

"우리 사이엔 아들이 있었지요? 그 아이는 당신과 나를 잇는 끈이었습니다. 하지만… 그 아이는 이제 존재하지 않습니다. 우리의 인연도 끝이 난 것입니다. 그러니 다시는 나를 찾지 말아주세요. 부탁입니다."

화인옥은 마치 얼음으로 빚어놓은 사람처럼 견고했다.

고관성이 어떤 식으로든 그녀의 마음을 돌리려 했으나 허사였다. 그녀는 고관성에게 이미 자신들의 부부 연이 끊어졌음을 각인시키는 한편, 제발 조용히 돌아가 줄 것을 빌었다.

고관성으로서는 하늘이 무너지는 느낌이었다. 그는 더 이상 예전의 행복했던 사내가 아니다. 아니, 갑자기 나락으로 떨어진 세상에서 가장 불행한 사내였을 뿐이다.

"정말 이유를 알 수 없었네. 그녀가 왜 그때 내게 그렇게 냉정했는지."

고관성의 눈빛이 다시 흐려졌다.

화향검이 무슨 말인가를 하려 했으나, 고관성의 말은 다시 이어지고 있었다.

"그날 나는 조용히 그 자리를 떠나오는 수밖에 없었지. 아내와 아이, 식솔들을 지키지 못한 못난 사내가 무엇을 할 수 있었겠는가. 그런데 얼마 후 뜻하지 않은 소식을 듣게 되었네. 천검궁주의 아내가 죽었다는……."

그랬다. 나중에야 알게 된 일이지만 고관성이 다녀갔던 바로 그날, 화인옥은 목을 매 죽은 것이다.

하지만 어찌 된 일인지 당시 그녀의 죽음은 타살로 처리되었다. 더욱이 그 살인자는 얼굴 없는 색마로 악명을 떨치던 귀산몽이라는 소문이 번져 갔다.

고관성이 그 이유를 알게 된 것은 천검궁의 무사들에 쫓기면서부터다. 그들이 쫓는 인물은 귀산몽이 아니라 고관성 자신이었던 것이다.

"아내의 유서를 확인한 것은 훗날 그녀의 시중을 들던 시비를 통해서였네. 그 유서를 읽은 후에야 난 그녀가 그날 내게 왜 그렇게 얼음 인간처럼 차갑고 견고해야 했는지를 알게 되었지. 그녀는 자신이 정조를 지키지 못한 것을 스스로 단죄하려 했던 것이야. 더욱이 그날 나를 따라나섰다면 자신은 물론 나 역시 역천휘에게 죽게 되리란 것을 알았던 것이지. 참 어리석었지, 그녀도 나도. 그 유서를 통해 나는 한 가지 사실을 더 알게 되었네. 그녀가 굳이 역천휘와 혼례를 치를 수밖에 없었던 것은 아들을 찾기 위해서였음을. 하지만 그 말이 무슨 뜻인지, 아들이 살아 있는지 아닌지는 끝내 알 수 없었네. 아직까지도 그렇고."

긴 이야기를 마친 고관성이 다시 동굴 밖으로 시선을 돌렸다.

밖은 유난히 흐리고 바람이 많았다.

"서글픈 이야기군요."

화향검은 담담하게 말했다. 무슨 말인가를 해주고 싶었으나 도대체 어떤 이야기를 해줄 수 있겠는가.

"이제 자네 이야기를 듣고 싶군. 어떻게 해서 역천휘를 만나게 되었는지. 무엇 때문에 그렇게 그에게 집착하고 있는 것인지."

마음을 추스른 고관성이 가볍게 웃으며 물었다.

그의 눈빛을 마주 보며 화향검은 묘한 생각에 젖어들었다. 마치 먼 길을 여행하다가 뜻하지 않은 나그네를 만나 모닥불을 피우고 밤새 인생에 대해 이야기 나누고 있는 것처럼 편안한 느낌.

"궁주를 만난 것은 나이 일곱이 되던 해였습니다. 제 아버지는 검을 만드는 장인이었지요. 쇠를 다루는 솜씨가 능해 적지 않은 이름을 얻은 모양이었습니다."

화향검은 담담한 음성으로 서두를 열었다. 그는 고관성의 이야기를 듣고 난 지금에서야 자신과 그가 비슷한 처지임을 공감한 것인지도 모른다. 그래서 오랫동안 가슴속에 묻어왔던 이야기를 풀어낼 생각을 한 것인지도.

하지만 그가 막 역천휘를 만나게 된 사연을 이야기하려 할 때 고관성이 손을 뻗어 그의 말을 제지했다.

[조용히 하게. 드디어 천검궁의 개들이 우리 냄새를 맡은 모양이야.]

"……!"

화향검은 다급히 호흡을 조절하며 청각을 극대화했다.

새가 날갯짓하는 소리, 바람이 수풀을 스치는 소리만이 들려올 뿐이다. 하지만 동굴로 불어오는 바람 속에서 희미한 이물감이 느껴졌다. 촉각을 곤두세우지 않고는 느끼기 힘들 만큼 미세한 살기다.

[우리의 위치가 발각된 것입니까?]

[글쎄. 장담할 수 없군. 대략 다섯 명 정도인데, 하나하나가 빼어난 기도를 지니고 있어. 풀잎을 스치듯 신형을 옮기고 있는 게 느껴져. 거리는 대략 오십여 장, 아마도 동굴을 발견하고 확인차 오는 것이겠지.]

고관성은 차분한 어조로 전음을 날리며 동굴 벽에 세워둔 검을 지그시 쥐었다.

이미 확인한 바 있지만 고관성은 그 무위를 확인할 수 없는 고수다. 비록 화향검이 얼마간의 내상으로 평소에 비해 감각이 무디어지긴 했으나 살기를 감지하지 못할 정도는 아니다. 화향검이 그들의 존재를 느끼지 못한 것은 그만큼 상대의 신법과 기를 갈무리하는 솜씨가 빼어났기 때문이다. 그럼에도 고관성은 그 미세한 살기를 본능적으로 감지해 낸 것이다.

[움직일 수 있겠는가? 저들을 제압하는 것은 문제가 아니야. 하지만 만약 이 산 전체에 천라지망이 펼쳐져 있다면 길을 뚫는 것이 쉽지만은 않겠지.]

고관성이 걱정스러운 눈으로 화향검을 바라보았다.

묘한 느낌이었다. 화향검 자신은 고관성을 암살하려던 자객이었다. 그런데 왜 고관성은 이렇듯 자신의 안위를 염려하고 있는 것일까.

[운신할 정도는 됩니다. 하지만 우린 어차피 가는 길이 다르지 않습니까? 동굴을 벗어나는 즉시 두 갈래로 나뉘는 것이 좋겠습니다.]

화향검은 자신으로 인해 고관성이 위기에 처하길 원치 않았다. 상대가 천검궁의 무사들이라면 달아나고 싶은 마음도 없었다. 어차피 이 싸움은 자신의 몫이니까.

하지만 고관성은 고개를 저었다.

[안 될 말일세, 아직 자네의 이야기를 듣지 못했으니까. 난 궁금한 것은 참지 못하는 성격이지. 반드시 자네의 이야기를 들어야겠어. 그러니 함께 가는 수밖에.]

"……?"

알 수 없는 일이다. 마치 고관성을 오랫동안 알아온 것처럼 그의 말 한마디 한마디가 마음을 적셨다.

[어서 검을 들게.]

담담한 눈빛을 건네며 고관성이 뜻 모를 미소를 내비쳤다.

잠시 후, 두 명의 검수가 조심스레 동굴 안으로 들어왔다. 흑의를 걸친 데다 죽립을 깊게 눌러써서 얼굴을 알아볼 수 없었지만 검의 모양새로 보아 왜국의 인자들이 분명했다.

동굴은 그다지 깊지 않았다. 하지만 빛이 새어 들어오는 입구를 제외하고는 어둠에 휘감겨 있었다.

언뜻 둘러보기에 동굴은 텅 비어 있다. 하지만 검수들은 일제히 걸음을 멈춘 후 허리에 꽂힌 검집에서 스르르, 검을 뽑았다. 미약하게나마 사람이 머물렀던 흔적을 느낀 것이다.

검을 흘려 잡은 채 잠시 기척을 살피던 두 명의 검수가 한 발 한 발 조심스럽게 걸음을 옮겼다. 사람의 체온을 느끼기라도 하겠다는 듯 정신을 하나로 집중한 채 만약의 기습에 대비하는 것이다.

어려서부터 인자(忍者) 교육을 받아온 그들에겐 동물적인 감지 능력이 있었지만 좀체 살기는 느껴지지 않았다.

인자들은 동굴의 한중간에서 낮게 날숨을 토해내며 멈춰 섰다. 아무리 봐도 텅 빈 동굴일 뿐이다. 얼마간 감지되는 듯했던 온기는 그저 텁텁한 동굴의 습기일지도 모른다.

확인이 필요했던 것일까. 인자 하나가 품에서 화섭자를 꺼내 들었다. 하지만 이미 몸의 긴장은 풀어진 상태다.

화르륵—

화섭자에서 불길이 피어올랐다. 불빛과 함께 인자들의 그림자가 동굴의 벽면을 가득 메웠다. 그뿐이다. 동굴엔 아무도 없다.

찌이이—

동굴 천장에 매달려 있던 박쥐 몇 마리가 불빛에 놀라 날카로운 울음소리를 내며 퍼더덕, 날갯짓을 했다.

스팟!

흘려 잡은 듯하던 검이 빠르게 반응하며 허공에 그어지는 순간 박쥐 한 마리가 정확히 두 토막이 나 바닥으로 떨어졌다.

"후우—"

인자의 입에서 낮게 한숨이 새어 나왔다. 너무 긴장해 있었다.

화섭자로 바닥에 떨어진 박쥐를 비추던 인자가 기이한 웃음을 내비쳤다. 놀라서 검을 휘두른 동료를 조롱하기 위해서다. 하지만 어찌 된 일일까. 불빛을 받은 동료의 얼굴이 납빛으로 굳어져 있었다. 그 이유를 눈치 챘다 싶은 순간,

스파팟—

두 줄기 섬광이 일었고, 뭔가 목이 따끔해지는 것을 느꼈다. 그 느낌이 무엇인지 미처 깨닫기도 전,

"허어어—"

채 발음이 되지 못한 단말마가 들려왔다.

인자들은 그렇게 동시에 검에 당해 동굴 바닥으로 푹, 쓰러졌다. 그 순간, 두 개의 인영이 새처럼 부드럽게 바닥에 착지했다. 귀식대법으

로 호흡과 체온을 없앤 후 박쥐처럼 천장에 매달려 있던 고관성과 화향검이다.

[내가 동굴 밖으로 몸을 날린 후 셋을 센 다음 뛰쳐나오게.]

고관성이 전음을 보내며 천천히 걸음을 옮겼다. 마치 허공을 딛고 있는 것처럼 바닥에선 모래나 흙 밟히는 미세한 소리조차 들리지 않았다.

잠시 후, 입구 근처에 잠시 멈춰 섰던 고관성이 섬전처럼 빠르게 밖으로 쏘아져 나갔다.

"흐아―"

"헙!"

검이 대기를 가르는 예리한 파공성에 이어 인자들의 신음성이 들렸다. 날숨을 토해내는 것처럼 작아서 멀리 퍼져 나가지 못할 소리였다.

'하나, 둘, 셋!'

정확히 셋을 센 후 화향검이 신형을 날렸다. 내상이 완치되지 않은 탓인지 내장이 울리는 느낌이 전해졌지만 신법은 여전히 쾌속했다.

"……?"

눈부신 빛이 두 눈을 자극해 화향검은 순간적으로 눈을 감았다. 하지만 짧은 순간 동공을 통해 들어왔던 영상이 잔상으로 남았다.

분명히 신음성을 흘린 것은 두 명에 불과했으나, 바닥에는 어느새 세 명의 인자가 쓰러져 있었다. 도대체 어떤 검법을 구사한 것일까. 인자들은 하나같이 목줄기에 가는 검상이 그어졌을 뿐이다.

화향검은 천천히 눈을 떴다. 배검의 자세로 멈춰 선 고관성의 모습이 눈에 띄었다. 그는 마치 바람의 방향을 점치기라도 하듯 지그시 눈을 감은 채 왼손을 뻗은 상태다.

"상황이 좋지 않군."

"예?"

"인자들의 수가 예상보다 많아. 족히 백 명은 됨 직한 무리가 산을 오르고 있네. 더욱이 그들은 칡범처럼 날쌔고 빠른 자들이야."

고관성이 조용히 몸을 돌려 화향검을 바라보았다.

이제까지와는 달리 냉막한 시선이었다. 방금 전 피를 보았기 때문일까? 잠잠하게 갈무리되었던 기도가 온몸에서 뻗쳐 오르는 게 느껴졌다.

"절벽을 오를 수 있겠는가?"

화향검은 천천히 고개를 돌려 뒤편을 바라보았다.

그제야 안 사실이지만 이제껏 그가 머물고 있던 동굴은 깎아지른 듯한 절벽 아래에 자리잡고 있었다. 인자들이 산을 오르고 있다면 달아날 길은 절벽밖에 없다.

"어쩔 수 없지 않습니까."

"아니, 꼭 그렇지는 않아. 이곳에서 인자들과 목숨을 걸고 승부를 내는 방법도 있지. 물론 이길 확률은 절벽을 오르는 것보다 적을 테지만."

농담인지 진담인지 모를 말을 하며 고관성이 웃음을 내비쳤다.

"그것도 괜찮은 방법이군요."

"하하! 그만두세. 아무래도 절벽을 오르는 게 좋을 것 같군. 그러면 최소한 하초가 건실해지지 않겠는가."

"……?"

이번에도 고관성의 말을 어떻게 받아들여야 할지 판단하기 힘들었다. 고관성은 또 그런 화향검의 표정을 보며 사람 좋은 웃음을 웃었다.

"웃지 않는군. 우리 환관들 사이에선 이런 식의 농담이 꽤나 높게 평가되는데 말이야."

"그렇군요."

기어코 화향검의 입에서도 피식, 웃음이 새어 나왔다.

"자, 시간이 없네. 어서 절벽을 오르게. 저자들은 이리 떼처럼 끈질 기게 우리를 따라붙을 거야. 이제부터 아주 지겹고 끈질긴 추격전이 벌어지겠지. 어쩔 수 없이 자네의 이야기는 달아나며 틈틈이 들어야 할 것 같군."

"그것도 괜찮겠지요."

가볍게 웃어 보인 화향검은 곧장 절벽을 향해 신형을 솟구쳤다.

파파파팟—

화향검은 적당히 발 디딜 곳을 찾아 연속적으로 도약하며 쭉쭉 뻗어 올라갔다. 내상을 입은 사람이라고는 보이지 않을 만큼 표홀하고 경쾌 한 움직임이었다.

"화향검, 처음부터 네가 낯설지 않았다. 왜일까."

절벽 아래 홀로 남은 고관성이 나직이 중얼거렸다.

이유를 알 수 없지만, 그는 화향검이라는 젊은 무사가 어딘가 자신 과 닮았다는 생각을 쉽게 떨칠 수 없었다.

제5장

돌아온 일검수

우주의 축이 뒤엉킨다. 서로 다른 공간과 공간의 문이 열리고, 온갖 암흑과 빛이 뒤엉키며 거대한 회오리를 일으킨다.

콰콰콰콰쾅!

서로 다른 기의 상충으로 인해 불당은 보다 거센 뇌전과 폭사에 휩싸였다. 천둥 번개의 깃대가 빛과 암흑을 빨아들이며 벼락을 맞은 듯 강한 전류를 타고 요동했다.

"으아아악!"

성검은 살과 뼈가 분리되는 듯한 충격을 견뎌내며 온 힘을 다해 깃대를 잡고 있었다. 그런 사정은 취봉접과 굉우소, 주허자 역시 마찬가지였다. 마치 온몸이 불길에 휘감긴 것처럼 뜨겁게 달궈졌고 입에서는 단내가 물씬 풍겼다.

기경팔맥의 흐름이 곳곳에서 뒤엉키는가 하면 백회혈에선 한줄기

흰 연기가 아지랑이처럼 흔들리며 피어올랐다.

[견뎌내야 하오!]

벽천오승 가운데 누군가가 다급히 전음을 보냈다. 하지만 그 전음 역시 상당히 불안하게 느껴졌다.

실제로 벽천오승의 사정도 좋지 않았다. 그들은 마치 파랑에 몸을 맡긴 듯 가부좌를 튼 상태에서 위아래로 심하게 요동하며 힘겹게 진언을 외는 중이다. 얼굴은 붉게 상기되었고, 온몸의 핏줄이 끓어오르듯 부풀었다 잦아들었다를 반복했다.

사태는 점차 심각해졌다. 벽천오승이 움켜쥐고 있던 다섯 개의 진흙 부적이 쩌어억, 소리를 내며 갈라졌다. 벽에 걸린 탕카들이 화르륵 불길에 휩싸였고, 단상의 불상들조차 금이 가 쪼개지기 시작했다.

천장 부근의 검은 회오리는 더욱 빠르게 휘돌았다. 마치 불당을 통째로 집어삼키려는 것처럼 기분 나쁜 바람 소리까지 일으켰다.

하지만 그러면 그럴수록 벽천오승의 진언은 더욱 힘차고 낭랑하게 법당 안에 울렸다. 그리고 한순간, 불당 바닥의 정중앙에 놓여 있던 황금 만다라가 서서히 벌어지기 시작했다. 연꽃이 개화를 하듯 휘황한 서광을 뿜어내며 정확히 여덟 조각의 꽃잎을 펼쳤다.

"아—"

성검의 입에서 낮은 탄성이 새어 나왔다.

만다라가 열리는 것과 동시에 허공의 검은 회오리가 빠르게 역회전 하기 시작했다. 그리고 잠시 후,

콰르르르—

눈부신 섬광과 함께 굉음이 일었다.

"으아아아악!"

처절한 비명성. 하지만 그것은 이제껏 불당에서 힘겹게 마의 힘과 대적하던 사람들의 비명이 아니었다.

"……!"

섬광이 사라지는 순간 불당 안의 사람들은 놀란 눈을 흡뜰 수밖에 없었다. 하나의 검은 연기가 점차 사람의 형상으로 변해가는 모습이 눈에 들어왔다. 필시 방금 전의 그 비명성은 연기 인영에게서 비롯된 것이리라.

놀라운 일은 그뿐만이 아니었다. 이제껏 허공에 떠 있던 소용돌이가 열린 만다라 안으로 순식간에 휘말려들었다. 공간의 폭사와 함께 무수히 일던 뇌전과 굉음, 서로 다른 기와 기의 충돌도 사라졌다.

마치 태고의 신비처럼 무겁고 은밀한 정적이 불당 안을 맴돌았다.

얼마의 시간이 흘렀을까. 사람의 형상으로 변해가던 연기가 서서히 견혔다. 그리고 비로소 한 사람의 모습이 온전하게 드러났다.

"맙소사—"

일검수의 소환에 대해 반신반의하던 취봉접의 입에서 낮은 신음성이 새어 나왔다.

그녀의 눈에, 성검과 광우소, 주허자의 눈에 이제껏 존재하지 않던 한 사람의 모습이 들어왔다. 바로 일검수 류추영의 모습이!

하지만 바로 그때,

"허읍—"

벽천오승이 일제히 객혈하며 바닥으로 쓰러졌다. 류추영의 소환을 위해 너무 많은 기력을 소모한 탓이다.

성검을 비롯한 네 사람 역시 이제껏 쥐고 있던 천둥 번개의 깃대를 놓치며 털썩, 그 자리에 주저앉고 말았다. 일검수의 소환 의식이 성공리에 끝난 것을 확인한 후 긴장이 풀어지며 급속히 내기가 고갈된 것이다.

"아버지……."

성검의 입에서 애절한 음성이 새어 나왔다.

그는 자신이 방금 전 경험한 불가사의한 힘의 정체를 느낄 새도 없이 아버지를 만났다는 사실 하나에 금세 흥분하고 말았다.

하지만 아직은 일의 성패를 확신할 수 없는 상황이었다. 일검수의 상태가 어떠한지를 알 수 없었기 때문이다.

실제로 일검수는 마치 강시처럼 소름이 돋는 모습으로 미동도 없이 한자리에 붙박여 있었다. 한 그루 나무가 아닌가 싶을 만큼 고요히 정지된 모습이다.

"어서… 어서 일검수의 독맥과 임맥의 소통을 차단하시오."

바닥에 쓰러진 벽천오승 중 하나가 다급한 음성을 토해냈다. 그는 힘겹게 말을 토해냈으나 도저히 일어설 수 없는 상황인 듯했다.

하지만 그 말을 듣고도 성검은 미처 움직이지 못했다. 마음이 급해 무엇을 어떻게 해야 할지 도저히 생각해 낼 수 없었던 것이다.

그때 주허자가 다급히 신형을 날려 일검수의 백회혈을 점혈했다. 중지를 이용해 가볍게 가격했음에도 류추영은 마치 통나무처럼 그대로 쓰러져 버렸다.

깜짝 놀란 성검은 곧장 일검수에게 다가가 심장의 박동을 확인했다. 아주 미세하긴 하지만 실낱같은 호흡이 이어지고 있었다.

"주 노선배, 어째서 급소를……."

이해할 수 없다는 표정으로 주허자를 바라보는데, 마침 벽천오승의 음성이 법당 안에 잔잔하게 울렸다.

"잘하시었소."

"아닙니다. 벽천오승이 아니었다면 미처 생각지 못했을 겁니다."

주허자가 정중하게 대답했다.

"주 늙은이야, 도대체 뭐가 어떻게 된 것인지 설명 좀 해보거라. 일검수가 왜 저렇게 멍한 것이지?"

취봉접이 주허자의 엉덩이를 토닥이며 물었다.

적어도 학문에 관해선, 특히 인체의 복잡다단한 생리에 대해선 주허자를 따를 인물이 없었다.

"일종의 시차(時差) 때문이지. 일검수는 지금 전혀 다른 공간에서 이곳으로 순식간에 이동했어. 그곳과 이곳의 시간대는 상상을 초월할 만큼 다르겠지. 그러니 몸이 그것에 적응하지 못한 것이야. 그럴 경우 임독양맥의 타통은 오히려 기의 폭사를 유발할 수 있지. 그래서 그 둘을 차단한 것이야."

"쩝, 무슨 소린지 모르겠네. 하지만 주 늙은이야, 그런 논리라면 오류가 있지 않느냐? 일검수는 이미 이쪽 공간에서 저쪽 공간으로 넘어간 적이 있지. 그런데 그때는 어떻게 무사할 수 있었느냐?"

"취봉접, 임자의 작은 머리로 그런 것을 생각하려 하지 마."

"뭐야?"

취봉접의 눈초리가 날카롭게 치켜 올라갔다.

주허자는 사람은 좋았으나 간혹 남을 무시하는 경향이 있었다. 그거야 그가 지식의 바다라고 불릴 만큼 해박하니 그럴 수도 있지만, 사람 많은 곳에서 대놓고 무시를 하니 취봉접으로선 부아가 치밀어 오르는 게 당연하다.

"하하! 임자, 농담이야. 사실 나도 딱히 설명하기가 어려워서 그래.

하지만 이런 예를 들면 어떨까? 가령 전설의 북해신궁의 무공 가운데는 상대를 한순간에 얼려 버리는 섬탄빙장(閃彈氷掌)이라는 것이 있지. 그 일장에 당한 사람은 순식간에 얼음 조각이 되고 말아. 그런데 과거 우리 선조께선 얼음이 된 사람을 살린 적이 있지. 그때도 지금처럼 임독양맥을 차단한 후 서서히 몸에 든 빙독을 풀어준 것이야. 그런데 그 작업이 꼬박 서른여섯 시진에 걸쳐 이루어졌지. 즉, 얼리는 데는 찰나의 시간이 필요했지만, 그것을 해동하는 데는 사흘이 걸렸다는 얘기야. 물론 적절한 사례라고는 할 수 없지만 지금 일검수의 처지도 비슷하다고는 볼 수 있지."

"끄응― 별로 어렵지도 않은 얘기군."

취봉접은 현기증이 나는지 이마를 짚으면서도 대수롭지 않다는 듯 말했다.

"주 노선배, 아버지를 정상으로 되돌릴 수 있다는 말씀이지요?"

성검이 초조한 표정으로 물었다.

사실 일검수의 소환이 실제로 이루어졌다는 것 자체도 충격적인 일이었다. 각계의 전문가들이 모여 있는 만큼 그들에게 맡기는 수밖에 없다. 하지만 막상 미동도 없는 아비를 보자 초조감이 밀려들었다.

"장담은 할 수 없다만 벽천오승이 계시니 별일은 없을 게다. 지금 네 아비는 모든 생리 현상이 중단된 상태다. 일종의 가사 상태라고 할 수 있지. 하지만 그것은 생리의 부작용을 막기 위한 처사이니 염려하지 않아도 된다. 지금 시급하게 안정을 취할 분들은 오히려 벽천오승이다. 일단 저분들이 잠시 쉬게 한 후 우리가 추궁과혈로 내공의 운용을 돕는 수밖에 없다. 적어도 일검수는 그때까지 별 탈이 없을 테니 말이야."

"주 선배, 그 일은 제게 맡기십시오. 주 선배와 취 선배 역시 무리하게 내력을 소모하셨을 테니 우선 몸을 돌보실 필요가 있습니다. 잠시 이곳에서 운기행공이라도 하시지요. 전 일검수, 이 친구가 휴식을 취할 수 있도록 조치하겠습니다."

굉우소가 정중하게 말한 후 조심스레 일검수를 들어 안았다.

"백부, 아버지는 제가 모시겠습니다."

"괜찮다. 너 역시 피로할 것이니 이곳에서 두 분 선배님과 함께 몸을 다스리거라."

"하지만……."

막 몸을 일으키려던 성검은 현기증을 느끼며 자리에 주저앉았다. 네 사람 가운데 가장 내력이 달리니 당연한 일이다.

"일검수는 네 아비이기 이전에 내 벗이니라."

굉우소가 부드러운 미소를 내비치며 불당을 나갔다. 그제야 성검은 그가 자신만큼이나 흥분한 상태임을 깨달았다.

불당 안은 이제 무덤처럼 고요해졌다. 취봉접과 주허자는 어느새 가부좌를 틀고 앉아 운기행공에 들어갔고, 벽천오승은 편안히 바닥에 누워 있었다. 깊은 잠에 들기라도 한 것처럼.

'기묘한 하루군.'

난장판이 되다시피 한 불당을 둘러보며 성검은 나직이 한숨을 쉬었다. 앞으로 많은 것들이 변해가리라.

장순금이 숙소를 벗어난 것은 다음날 새벽이었다.

자정 무렵 숙소로 돌아와 깊은 잠에 빠졌던 성검은 새벽녘 한 명의 무사가 부르는 소리를 듣고 잠에서 깨어났다.

"류 대협, 장순금이란 자가 기어코 소란을 일으켰습니다."

무사가 다급히 상황을 설명했다.

성검이 굉우소에게 부탁해 장순금에게 몇 명의 감시자를 붙였는데, 무사는 그들 중 한 명이었다.

성검은 허겁지겁 옷을 걸친 후 곧장 무사를 따라갔다.

추성각(秋星閣) 마당. 장순금 주위에는 십여 명의 흑의무사가 진식을 펼치고 있었는데, 그중 한 명은 일전에 보았던 고수 장호였다.

"장순금!"

마당으로 들어선 성검은 경직된 표정으로 그를 노려보았다.

검을 빼 든 채 무사들과 대치하고 있던 장순금이 천천히 고개를 돌렸다. 그의 표정은 상당히 낯선 것이었다. 얼마 전 왜국의 인자들을 도륙할 때 보여졌던 냉막한 눈빛도 눈빛이지만, 감정이라고는 전혀 느껴지지 않는 얼굴빛이 한순간 성검을 당혹스럽게 했다.

그것도 재주라면 묘한 재주였다. 단지 표정의 변화만으로 장순금은 순식간에 다른 사람처럼 보여졌다. 지금 그의 모습대로라면 만약 길거리에서 우연히 마주치더라도 그가 장순금임을 알아볼 수 없을 듯했다.

"이제 본색을 드러낼 때가 된 것인가?"

장순금 앞에 멈춰 선 성검이 차가운 음성으로 물었다.

"후후, 이상하다 했지. 처음부터 나를 의심한 것이었구려. 나를 안심시키기 위해 동방칠수 삼인방을 뇌옥에 가둔 것이고?"

"틀리지 않다."

"영리하군. 역시 일검수 류 대협의 아들다워."

장순금이 야릇한 미소를 내비쳤다.

그 바람에 오히려 성검이 당혹스러워졌다. 장순금은 이미 자신의 존재를 알고 있었던 것이다. 그렇다면 그것은 곧 성검의 정체가 이미 장순금의 배후 세력에게 감지되었다는 의미가 아닌가.

하긴, 채승옥은 물론 은하대맥의 수뇌부인 유천십이성 가운데도 성검의 정체를 아는 이들이 있다. 은하대맥은 이미 천검궁의 수중에 들어갔고, 그것은 곧 성검의 정체가 그들에게 알려졌을 수도 있음을 의미한다.

"그런데 이상하군. 그렇다면 지금까지 기다려 온 이유가 무엇이오?"

"자네의 배후를 밝히는 게 목적이었지. 가령 전서구를 띄운다거나 외부로 나가 누군가와 접선하기를 기다렸어. 하지만 너무 성급하게 움직였군. 사정이 이렇게 된 이상 어쩔 수 없지. 고문이라도 해서 배후를 밝혀내는 수밖에."

"그게 생각처럼 쉬울까?"

뜻 모를 말을 토해낸 장순금이 천천히 검을 기울였다.

마침 그때 굉우소가 모습을 드러냈다. 그 역시 보고를 받고 서둘러 온 것이다.

"장호, 자네가 나서게."

잠시 장순금을 바라보던 굉우소가 담담하게 말했다.

"존명!"

장호는 천천히 걸음을 옮겨 장순금 앞에 마주 섰다.

이미 한차례 그의 실력을 확인한 바 있으므로 성검은 잠자코 상황을 지켜보았다. 하지만 쉽게 승부를 예측할 수 없었다. 장호의 무공도 상당한 수준이었지만 장순금 역시 만만치 않은 실력이었다.

"삼 초를 양보하겠다."

냉막한 시선으로 장순금을 노려보던 장호가 억양이 느껴지지 않는 어조로 말했다.

어쩌면 장호 역시 본능적으로 장순금의 수준을 가늠하고 있었던 것인지도 모른다. 그렇지 않다면 지금과 같은 상황에서 굳이 격식을 차릴 필요가 없다.

하지만 정작 장순금은 냉소를 흘릴 뿐이다.

"글쎄, 그렇게 길게 끌고 갈 이유가 있을까?"

"……!"

"단 일 초면 충분하지."

말을 마친 장순금이 검을 휘둘러 허공에 우아한 곡선을 그었다.

스팟―

뜻하지 않은 일격이었다. 장호의 시선이 검에 현혹된 사이 예리한 은광이 파공성을 내며 쏘아져 나왔다.

"헛!"

장호는 본능적으로 신형을 기울였다.

아슬아슬하게 암기를 피했지만 문제는 그 다음이었다. 장순금의 신법은 그야말로 바람 같았다. 허공에 뿌려지던 검의 잔광이 사라지기도 전에 검은 이미 그의 목울대를 노리며 꽂혀들고 있었다.

"타핫―"

위기를 느낀 장호는 다급히 쌍수를 휘저었다. 그 순간, 그의 신형이 미끄러지듯 일 장가량 뒤로 밀렸다. 장호 역시 쌍수로 장순금의 눈을 현혹하며 기이한 퇴법을 펼쳐 위기를 모면한 것이다.

하지만 그의 퇴법이 장순금의 진법보다 빠를 수는 없었다. 장순금은 손목을 회전시켜 기이한 파형을 만들어내며 현란하게 검을 뻗어갔고, 장호는 허겁지겁 밀리며 점차 중심을 잃었다.

'대단하군.'

더 이상 지켜볼 수만은 없었다. 성검은 검집에서 지그시 검을 밀어냈다. 장호를 돕기 위해 끼어들 수밖에 없는 상황이다.

하지만 그 순간, 장순금이 걸음을 뚝, 멈춰 세웠다.

"소림의 무공이군."

"......?"

장순금의 말에 장호는 당혹스런 표정을 지었다.

그의 얼굴은 이미 벌겋게 상기되어 있었다. 동방칠수 삼인방을 제압할 때 보여주었던 오만함은 더 이상 찾아볼 수 없었다.

한순간 말할 수 없는 수치심이 밀려들었다. 사실 장호가 군이 삼 초를 양보한 것은 굉우소가 전음으로 지시했기 때문이다. 즉, 삼 초를 양보해 장순금이 지닌 무학의 뿌리를 확인하려 했던 것이다.

하지만 결과적으로 장호는 자신이 소림사의 속가제자임을 들키고 말았을 뿐이다. 차마 고개를 들고 굉우소를 대할 자신이 없었다.

"류 대협."

장순금이 고개를 돌려 성검을 바라보았다.

"말씀하시게."

"내 정체를 밝히는 것은 쉬울 수도, 그렇지 않을 수도 있소."

"무슨 의미지?"

성검이 냉막한 시선으로 장순금을 바라보았다. 장순금의 어법은 명쾌하지 않았고, 그것이 얼마간의 짜증을 불러일으켰다.

"이 단체의 정체를 먼저 밝힐 필요가 있다는 얘기지. 만약 목적이 부합하는 단체라면 나 스스로 정체를 밝힐 것이고, 그렇지 않다면 죽는 한이 있어도 밝힐 수 없소. 어차피 내 실력으로는 류 대협을 비롯한 여러 고수들을 따돌리고 이곳을 빠져나갈 수 없는 형편이오. 그러니 류 대협이 정체를 밝힌다고 해서 문제가 될 것은 없을 것 같구려."

"……."

뜻밖의 제안에 성검은 잠시 굉우소를 바라보았다. 어차피 결정권을 가진 이는 굉우소였으므로.

"내가 말하지."

뚫어져라 장순금을 쳐다보던 굉우소가 천천히 입을 열었다.

2

호북성 의창 천검궁 본산.

죽림 속의 수룡각은 언제나처럼 정적에 휩싸여 있다. 간혹 바람이 불 때마다 대나무 잎새들이 서걱거리며 몸을 부딪칠 뿐이다.

지난 일 년 사이에 많은 것이 바뀌었다. 언제나 벗처럼 함께했던 여추도 사라졌고, 애증의 눈빛으로 지켜봐 왔던 화향검도 떠났다. 천검 궁주 역천휘에게는 정을 느낄 대상이 더 이상 존재하지 않는다.

"또 하나가 내게서 떠나가는구나."

서탁의 난초를 묵묵히 들여다보던 역천휘가 낮게 중얼거렸다. 물을 거르지 않았음에도 난이 시들고 있었다.

역천휘는 길게 한숨을 토해내며 상념에 젖어들었다. 자신에게 왔던 많은 이들의 얼굴이 스쳤다.

가장 먼저 떠오른 얼굴은 아내 화인옥이었다. 선풍도장의 연회에서 처음 본 순간부터 그녀를 사랑했다. 그것이 비극의 시작이었다.

역천휘는 맹수의 사랑을 알 뿐이다. 맹수는 자신이 취하고자 하는 것을 취함으로써 사랑을 성취한다.

화인옥을 사랑한 순간부터 그는 그녀를 취하고자 마음먹었다. 그래서 선풍도장을 무너뜨렸다. 뿐인가, 마교를 조종해 그녀를 위기에 빠뜨렸다. 그리고 홀연히 나타나 그녀를 구한 후 자연스레 아내로 맞아들인 것이다.

손바닥을 뒤집는 것처럼 쉬운 일이었다.

하지만 끝내 결정하지 못한 것이 있었다. 고관성과 화인옥 사이에서 태어난 아이……. 그는 차마 그 아이를 죽이지 못했다.

결국 역천휘는 그 아이를 한 사내에게 맡겼다. 비록 죽이지는 못했지만 화인옥의 눈앞에 둘 수는 없는 일이었다. 화인옥도 그 사실을 얼마간 감지하고 있었던 듯하다, 그녀가 역천휘의 청혼을 수락하며 터무니없이 많은 눈물을 쏟은 것을 보면.

어떤 과정을 거쳤든 화인옥이 무슨 생각을 하고 있든 역천휘는 행복했다, 그녀가 옆에 있다는 사실만으로도.

하지만 모든 것을 다 가질 수는 없었다. 어느 날 화인옥은 스스로 목숨을 끊었다.

역천휘는 분노했다. 그깟 계집, 곧 잊혀지리라 믿었다. 하지만 시간이 흐를수록 화인옥의 영상은 더욱 또렷해졌다. 비로소 그는 자신이 진정으로 그녀를 사랑했음을 깨달았다. 화인옥의 아들을 되찾아 살수로 키우며 그 아이의 모습을 뒤에서 훔쳐보기 시작한 것도 그런 이유에서였다.

'꼭 그렇게밖에 할 수 없었던가?'

역천휘는 상기된 얼굴로 시든 난초를 노려볼 뿐이다.

만약 고관성이 다시 모습을 드러내지 않았다면, 역천휘는 끝내 화인옥의 아들을 자신의 아들로 여기며 살아갔을지도 모른다. 하지만 이미 늦었다. 고관성에 대한 원망이 결국 모든 것을 뒤틀어놓았다.

'후회하지 않으리라! 어차피 지존의 자리는 외로워야 하지 않겠는가.'

역천휘는 길게 한숨을 내쉬었다.

얼마를 그렇게 혼자 앉아 있었을까. 죽림을 가로지르는 인기척이 느껴졌다.

사람에게는 저마다의 보법이 있다. 그것은 마치 표정이나 목소리처럼 확연히 누군가를 특징 지을 수 있는 습성이다. 지금 수룡각을 향해 다가오고 있는 인물의 보법 역시 다르지 않았다. 귀에 익은 걸음 소리다.

"궁주."

수룡각 앞에서 걸음을 멈춘 사내가 조심스레 입을 열었다.

최근 화향검을 대신해 검영단의 단주가 된 장용휘였다. 그는 이번 일로 인해 뜻밖의 수혜자가 되었다.

"들어오게."

역천휘는 길게 한숨을 토해내며 오랜 상념에서 벗어났다.

"음, 유천십이성이라……."

굉우소의 표정이 한층 무거워졌다.

장순금이 자신의 정체를 밝혔을 때, 좌중은 충격을 떨칠 수 없었다. 은하대맥의 유천십이성. 그것이 장순금의 정체였던 것이다.

유천십이성, 그들은 각계의 인사 열두 명으로 구성된 은하대맥의 수뇌부가 아닌가. 하지만 작금의 상황에서 유천십이성에 대한 정의는 쉽지 않았다.

최근 은하대맥은 천검궁에 의해 거의 장악되다시피 했다. 누가 적인지 아군인지도 모르기에 사태를 수습할 방안조차 없는 상황이다.

굉우소 역시 그 점을 잘 알고 있었다. 그는 냉막한 표정으로 장순금을 노려보았다. 장순금에 대한 처리가 쉽지 않았기 때문이다.

"나 역시 혼란스럽소."

장순금이 길게 한숨을 내쉬었다.

그가 동방칠수의 용병 무사를 가장해 성검에게 접근할 때만 해도 상황은 지금처럼 심각하지 않았다.

당시 유천십이성은 서로에 대한 정보를 철저하게 숨겼기에 장순금의 잠입에 대해 아는 이는 거의 없었다. 그저 믿을 만한 수하 한 명이 유천십이성과 장순금의 연락책으로 활동했고, 장순금은 그 수하를 통해 은하대맥의 운영에 관여했을 뿐이다.

그런데 어느 순간, 연락책이 사라졌다. 수하의 행방도 묘연해졌다. 그로 인해 장순금은 마치 미아가 된 느낌이었다. 그가 성검과 함께 하남성 일대의 패권을 장악하는 임무에 휩쓸린 사이 수뇌부에 많은 변화가 일어난 것이 분명했다.

마침 그 즈음 뜻하지 않은 일들이 벌어졌다. 천년밀문이 등장했고, 성검은 새로운 인물들에 의해 위기를 모면한 것이다. 천검궁에 대한 또 다른 저항 세력이 있음을 눈치 챈 것도 그 즈음이었다.

결국 장순금은 동방칠수 삼인방과 함께 성검의 뒤를 쫓아 이곳까지 오게 되었다. 현재로선 유천십이성과의 유일한 접선책이 성검이라고 판단했기 때문이다. 그러던 차에 이곳을 염탐하다가 발각되었고, 비로소 굉우소를 통해 정도무한종의 정체를 듣게 된 것이다.

"하지만 당신의 말을 어떻게 믿을 수 있겠소?"

장순금으로부터 자초지종을 들은 굉우소가 굳은 얼굴로 물었다.

아닌 게 아니라, 누구도 믿지 못할 상황이었다. 만약 장순금이 천검궁의 첩자라면 정도무한종은 그 한 사람으로 인해 큰 위기에 처하게 될 것이므로.

"내가 묻고 싶은 말이구려. 어떻게 하면 나를 믿을 수 있겠소?"

"……!"

굉우소와 성검은 서로를 마주 보며 길게 한숨을 내쉬었다. 쉽게 판단이 서지 않는 일이고, 그만큼 섣불리 결정할 수도 없는 일이었다.

뭉게구름이 떠도는 하늘을 새 한 마리가 가로지르고 있었다.

굉우소는 장순금을 뇌옥에 가두었다. 그의 말이 사실임을 확인하기 전까지는 어쩔 수 없는 일이었다.

당연하다는 듯 장순금이 뇌옥에 들어가는 것과 동시에 동방칠수 삼인방이 풀려났다, 마치 임무 교대라도 하는 것처럼.

빠드드득—

뇌옥에서 풀려나 성검의 숙소로 안내된 지 이미 일각가량이 흘렀음에도 성검과 동방칠수 삼인방은 아무런 대화도 나누지 않고 있었다. 그저 간간이 변금은이 이를 갈아대는 소리가 들릴 뿐이다.

그러거나 말거나 성검은 애벌레처럼 침상에 모로 누워 책을 읽고 있었다. 한동안 책을 읽지 않아 목에 찔레넝쿨처럼 뾰족뾰족한 가시들이 돋았다는 듯이.

빠도도득―

변금은이 이를 가는 소리에 독기가 더해져 갔다.

그럴 만도 했다. 꼬박 엿새 동안 죄없이 뇌옥에 갇혀 있지 않았는가. 더욱이 그들을 뇌옥에 가둔 것은 친형제처럼 믿어왔던 성검이다.

빠도도도독―

"어허이, 시끄러워서 책도 못 읽겠구나. 금은아, 그렇게 이를 갈아대다가는 이가 상해서 두부도 못 씹어 먹게 될 게다, 이놈."

결국 성검은 책을 접어 머리맡에 내려놓은 후 꾸부정하게 일어나 앉았다.

동방칠수 삼인방의 눈이 일제히 성검을 노려보고 있었다. 하나같이 독기가 펄펄 날리는 눈빛이다.

세 사람 모두 행색이 형편없었다. 옷은 때에 절었고, 밥도 제때 먹지 못한 것인지 살이 쪽 빠졌다.

특히 변금은의 몰골이 가장 볼 만했다. 얼마나 서럽게 울었던 것인지, 얼굴엔 눈물 자국이 선연하게 찍혀 있었다. 성검을 가장 잘 따랐던 만큼 배신감도 컸던 모양이다. 막상 그 모습을 보자 성검은 또 마음 한편이 싸하게 아려왔다.

"금은아."

성검이 부드러운 음성으로 말하며 침상에서 내려가 변금은의 손을 꽉 움켜쥐었다.

그 순간, 변금은은 흠칫 물러서다가 멀뚱히 성검의 얼굴을 쳐다보았다. 도대체 일이 어떻게 되어 돌아가는 것인지 모르겠다는 듯.

"설마 이 형님을 정말로 의심하고 있었던 것은 아니겠지? 그나저나 상처는 어떠하냐? 내가 특별히 용한 의원을 붙여주었거늘."

"……?"

변금은과 철행궁, 모용각이 고개를 갸우뚱했다. 도대체 누가 누굴 의심했다는 것인지 냉큼 판단이 서지 않았던 것이다.

"무척 서운하구나. 너희 모두 내 마음을 모르고 있었다니 말이야."

성검은 길게 한숨을 내쉰 후 다시 침상으로 돌아가 앉았다.

"형님, 그게 무슨 말씀이십니까? 형님이 저희를 의심해서 뇌옥에 가두지 않았습니까. 흐흐흑, 면회도 한 번 안 오시고……."

"저희가 형님을 만나기 위해 얼마나 고생을 하며 왔는지 아십니까?"

"흐흐흑. 섭섭했습니다, 형님."

동방칠수 삼인방이 일제히 울음을 터뜨렸다. 뭐가 뭔지는 아직 모르겠지만 성검에게 깊은 뜻이 있었으리란 생각이 문득 든 것이다.

'사실 내가 무심하기는 했지. 면회를 가서 사식이라도 넣어줬어야 하는 건데……. 음회회, 하지만 공사가 다망하다 보니 틈이 나지 않더구나.'

성검이 잠시 애틋한 표정을 지었다.

변금은과 철행궁, 모용각이 섭섭해하는 것은 당연했다. 실제로 성검은 그동안 그들의 일을 까맣게 잊고 있었다. 일검수의 소환과 장순금의 문제로 고민하는 것만으로도 머리카락이 빠질 지경이었다.

하지만 '미안하다. 내가 너희를 이용했어. 게다가 사식 넣는 것도 깜빡했구나' 하고 말하면 동방칠수 삼인방이 무척 섭섭해할 것 같았다.

"음… 고생 많았지?"

성검은 애정이 듬뿍 담긴 눈으로 동방칠수 삼인방을 차례로 훑어보았다. 이제 어떤 식으로든 그들을 뇌옥에 가둘 수밖에 없던 사정을 들려줄 차례다.

"내가 너희를 뇌옥에 가둔 것은 피치 못할 사정이 있었기 때문이다. 면회를 가지 못한 것도, 사식을 넣지 못한 것도."

언어의 마술사답게 온갖 미사여구를 끌어다 붙이고, 과장하고, 때로는 사기도 치면서 얘기하는 동안 동방칠수 삼인방은 서서히 사건의 전말을 이해해 갔다.

성검이 미어지는 슬픔을 억누르며 그런 결정을 내릴 수밖에 없었던 사정을 이야기할 때쯤 변금은은 주르륵, 눈물을 흘렸다.

또한 면회도 못하고 사식도 넣어주지 못해 뜬눈으로 밤을 새느라 눈이 충혈되었다는 이야기를 할 때는 철행궁과 모용각까지 흐느껴 울었다.

끝으로, 성검의 계획을 눈치 채고 마음으로 이해해 주리라 믿었던 동방칠수가 성검 자신을 의심하고 있다는 사실이 얼마나 서글픈지 애잔한 음성으로 말할 즈음엔 아예 엉엉, 울며 통곡의 바다를 이루었다.

이런 저런 변명을 늘어놓다 보니, 나중에는 정말 그랬던 것 같아 성검 자신조차도 눈물이 날 정도였다.

"흐흐흑, 의형제라는 이름도 덧없구나. 내 마음이 곧 너희 마음인 줄 알았건만, 너희 마음은 내 마음이 아니었으니……. 흐흐흑, 그동안 내가 얼마나 형 구실을 못했으면 너희가 작은 시련도 견디지 못하고 내게 의심하는 마음을 품었을꼬. 흐흐흑!"

성검은 침상에 얼굴을 묻고 쥐어짜는 듯한 음성으로 말했다.

"형니임— 금은이가 잘못했습니다. 저는 왜 이렇게 머리가 나빠서 형님 가슴에 대못을 박는 것인지……. 흐흐흑, 할 수만 있다면 다음 세상에선 부디 똑똑한 형님 아들로 태어나 효도하며 살고 싶습니다,

형니임—"

"형님, 제가 제일 나쁜 놈입니다. 금은이와 용각이가 철없이 굴 때 잘 타이르고 다독여야 했건만 똑같이 못나게 굴었으니……."

"죄송합니다, 형니임— 용각이는 너무 분해서 형님을 암살할 생각까지 했습니다. 저는 정말 버러지만도 못한 놈입니다."

"엥?"

모용각의 말에 성검은 퍼뜩 정신을 차렸다.

'나쁜 놈의 쉬키들, 분명히 뇌옥에서 매일같이 나를 죽이는 궁리만 하고 있었을 거야.'

성검의 온몸에 파르르, 소름이 돋았다.

제6장

폭풍 속의 정도무한종

일검수가 소환된 지 닷새째.

대전에는 굉우소와 벽천오승, 심공, 주허자, 취봉접, 성검과 초지 외에 몇 명의 정도무한종 중진이 자리잡고 있었다.

밝은 햇빛이 들창을 통해 들어왔다. 벚꽃이 이미 시들었음에도, 향긋한 꽃 향기와 목련꽃에 뭉개진 빛살들이 쾌적하게 대전을 채웠다.

하지만 그곳에 모인 이들은 하나같이 굳은 표정이다. 예상과 달리 일검수가 좀체 깨어나지 못하고 있었기 때문이다.

"우리가 모르는 어떤 문제가 있는 게 아닙니까?"

굉우소가 참담한 음성을 토해냈다.

"글쎄올시다. 몸은 이미 안정을 되찾았으나 의식이 깨어나지 못하고 있습니다. 어쩌면 두 차례에 걸친 공간 이동이 본능적으로 그의 의식을 마비시킨 것이 아닌가 싶소."

주허자가 심각한 표정으로 말했다.

하지만 벽천오승은 가볍게 고개를 저었다. 그들은 이미 나름대로 일검수의 상태에 대해 어떤 결론을 내린 것이다.

"아마도 그와는 얼마간 다른 듯합니다."

벽천오승의 일해가 무겁게 입을 열었다.

"짐작 가는 바라도 있습니까?"

"그렇습니다. 우리 생각엔 일검수의 의식은 닫혀 있는 것이 아니라 존재하지 않는 것으로 보입니다."

"의식이 존재하지 않다니… 어떻게 그런 일이 가능하단 말입니까?"

성검이 화들짝 놀라 끼어들었다.

"젊은 시주, 그렇게 드문 일은 아닐세. 갑작스런 충격에 놀란 영(靈)이 육체를 이탈해 돌아오지 않는 경우가 종종 있게 마련이지."

벽천오승의 삼공이 낮게 한숨을 내쉬며 말했다.

"혹 유체 이탈(幽體離脫)을 말씀하시는 겁니까?"

주허자가 고개를 주억거리며 물었다. 일검수의 현재 상태로 보아 가장 가능성이 높은 해석이다.

유체 이탈이란 인간의 육신과 구분되는 유체(幽體), 즉 영혼 따위가 몸에서 빠져나가는 것을 의미한다. 간혹 꿈을 유체 이탈로 해석하는 경우도 있지만, 전문적으로 그 현상을 다루는 이들의 견해는 다르다.

벽천오승이 말하는 경우 역시 꿈과는 확연히 다른 것이다.

"맞소. 고도의 흥분 상태나 긴장 상태, 혹은 생사가 걸린 위급한 상황에서 급작스레 유체 이탈이 일어날 수도 있소."

"그, 그럼 어떻게 되는 겁니까?"

성검의 표정이 어두워졌다.

벽천오승은 난감한 표정을 지을 뿐 아무런 대답도 하지 못했다.

간혹 기공을 수련하는 단계에서 의도적으로 영체가 육신을 벗어나는 경우도 있다. 하지만 지금 일검수의 처지는 그런 식의 유체 이탈과는 다르다.

"솔직히 말씀해 주시지요."

두 눈을 감고 있던 굉우소가 지그시 눈을 떠 벽천오승을 바라보았다.

"자발성의 문제요. 의도적인 유체 이탈이라면 유체는 자신의 육신으로 돌아오는 길을 잘 알고 있소. 하지만 위급한 상황에서의 급작스러운 유체 이탈이라면 사정이 다르지요. 어쩌면 영영 자신의 육신으로 돌아오지 못할 수도 있다는 얘기요."

"……!"

성검의 얼굴이 납빛으로 굳어졌다.

왜 그렇게 계속해서 아버지와 엇갈려야 하는지 가슴이 답답했다. 만약 유체가 돌아오지 못한다면 아버지는 죽은 것이나 다름없지 않은가.

"대사, 그렇다면 일검수의 몸은 어찌 되는 것입니까? 의식이 없으니 먹고 마시는 것도 불가능하지 않습니까."

주허자가 심각한 얼굴로 고개를 저었다. 아무래도 일이 어려워졌다는 생각을 떨칠 수가 없었다.

"지금 우리는 일검수의 생체 작용을 거의 중지시켜 놓은 상태입니다. 저 상태로도 한 달 정도는 버틸 수 있습니다. 하지만 그전에 유체가 돌아오지 못한다면……."

벽천오승의 오통이 말을 받았다.

주허자는 이번에도 고개를 저을 뿐이다. 의술로 해결할 수 있는 문제라면 어떻게든 그가 해결할 수 있을 것이다. 하지만 유체 이탈은 의술로 어찌해 볼 수 있는 문제가 아니다. 차라리 영매나 영환술사의 몫에 가깝다.

"그래도 무슨 방법이 있지 않겠습니까?"

굉우소의 눈빛이 가늘게 떨렸다. 그는 일검수에 대한 믿음이 누구보다 강하다. 일검수는 이제껏 불가능한 많은 일들을 해왔다. 비록 천검궁에 패하긴 했지만 그는 늘 기적을 몰고 다니는 사나이였다. 이번에도 다르지 않을 것이라 믿었다.

"찾아보는 수밖에요. 어차피 모든 일은 앞으로 사흘, 길게는 보름 안에 판가름날 것입니다. 그동안 찾지 못한다면 그때는 일검수를 포기할수밖에 없소."

"하지만 대사께서는 분명 앞으로 한 달 정도는 더 버틸 수 있다고 하지 않으셨습니까?"

성검이 다급한 음성으로 물었다.

벽천오승의 입에서 나오는 한마디 한마디가 그의 촉각을 곤두세우고 있는 것이다. 심지어는 마치 그들이 저승사자처럼 느껴지기까지 했다.

"물론 육체가 버틸 수 있는 시간은 한 달 이상이 될 수도 있소. 하지만 문제는 일검수의 유체요. 일단 몸을 벗어난 유체는 다시 육체에 깃들고자 하는 속성이 있소이다. 하지만 자신의 유체를 찾지 못한다면 어떤 식으로든 다른 육체를 찾으려 하겠지."

"타인의 몸에 빙의될 수도 있다는 얘깁니까?"

주허자가 다시 물었다.

"그렇습니다. 유체가 지상을 떠도는 기간은 짧게는 사흘, 길게는 보름 정도로 보지요. 유체는 그 기간이 지나기 전에 타인에게 빙의되거나 유계(幽界)로 흘러 들어갈 수밖에 없습니다. 그러니 일검수를 살리고자 한다면 그 안에 그의 유체를 불러들여야 하오. 하지만……."

일해가 말끝을 흐리며 한숨을 내쉬었다.

"일찍이 벽천오승의 명성을 들어왔습니다. 다섯 대사라면 충분히 일검수의 유체를 불러올 수 있지 않겠습니까?"

"쉽지 않소. 차라리 누군가의 몸에 빙의된 영혼을 제령(除靈)하는 작업이라면 수월할 것이오. 하지만 어디에 있는지도 모를 일검수의 유체를 찾는다는 것은……."

일해는 다시 말끝을 흐렸고, 주허자는 몰아붙이듯 재촉했다.

"하지만 다른 공간에 있던 일검수까지 불러들이지 않았습니까. 제가보기에 그것은 유체를 불러들이는 일보다는 어려운 작업이었을 텐데요?"

"그렇지 않소. 결과에서도 알 수 있듯 우리 다섯 늙은이들은 이미 실패하지 않았습니까. 놀랍게도 일검수의 몸은 공간의 한계를 뛰어넘었습니다. 그런데 유체는 그러지 못했지요. 최악의 경우 우리는 일검수의 유체가 이미 닫혀 버린 다른 공간에 있을 수도 있다는 생각이오."

"……!"

주허자는 기어코 말을 잃었다.

일해의 말은 충분히 납득할 수 있다. 일반적으로 공간의 초월 능력은 유체에게 부여된 능력이다. 하지만 어떤 이유에서든 이번엔 그것이 뒤바뀌었다. 육체는 소환되었으나 유체는 사라진 것이다.

"하지만 기다려 봅시다. 방금 전에 내가 했던 말은 아주 기분 나쁜 가정일 뿐입니다. 어쩌면 일검수의 유체는 일검수의 육신과 마찬가지로 어디선가 잠들어 있는 것인지도 모르지 않소? 그것도 아주 가까이에서."

"……."

이번에도 주허자는 아무 말도 하지 못했다. 그저 알 수 없는 침음성을 흘리며 들창 너머로 부서지고 있는 햇빛에 시선을 주었을 뿐이다.

이제 대전 안으로는 무거운 정적만이 내려앉았다. 모두가 석상처럼 굳어져 있는 것이다.

시간은 빠르게 흘러갔다.

뭔가를 기다리는 사람들에게 시간은 두 가지 길이로 존재한다. 촌각의 시간이 영원처럼 느껴지는가 하면 길고 긴 날들이 찰나간에 흐르기도 한다.

성검은 그 사이에 있었다. 찰나와 영원의 시간 속에서 그 두 가지를 모두 느끼며 괴로워했다.

하루, 이틀, 사흘……. 그렇게 보름여의 시간이 흘러갔다. 그리고 뜻하지 않은 일이 벌어졌다.

두웅, 둥―

정오를 갓 지난 시각, 정도무한종의 본산 종각에서 거대한 쇠종이 무겁게 울었다. 성검 일행이 이곳에 도착한 후 한 번도 울지 않았던 종이다.

"형님, 무슨 일일까요?"

"새해가 밝았습니까? 어라, 아닌데……."

"헤헤, 오늘부터는 점심 시간을 알리기 위해서 종을 울리기로 한 게 아닐까요?"

마침 성검과 함께 식사를 하기 위해 방으로 들어섰던 동방칠수 삼인방이 일제히 말했다.

생각 같아서는 다시 뇌옥에 가둬두고 싶었지만, 그보다는 무슨 일인지 밝히는 게 급선무였다. 분명히 좋은 징조는 아닌 듯했다.

그 생각은 틀리지 않았다. 잠시 후 몇 명의 무사가 성검의 방으로 들이닥친 것이다.

"류 대협, 어서 피하십시오!"

"……?"

성검의 양미가 잠시 꿈틀했다.

대충 짐작이 가는 일이었다. 동방칠수 삼인방이 곤륜산에 도착하던 날 왜나라의 인자들 역시 이곳에 모습을 드러내지 않았는가.

더욱이 정체를 확신할 수 없는 장순금 역시 뇌옥에 갇혀 있다. 만약 그가 정도무한종 본산에 당도하기 전에 누군가에게 이미 전서구를 날려 위치를 보고했다면?

"아니, 무슨 일입니까? 혹 부엌에 불이라도 난 겁니까?"

"어허, 그럼 정말 큰일인데."

"설마 점심을 굶게 되는 것은 아니겠지요?"

삼인방이 심각한 표정으로 한마디씩 중얼거렸다.

다행히 무사는 그들 말을 한 귀로 듣고 한 귀로 흘렸다. 오로지 자신의 임무만 다 하면 된다는 듯 다시 재촉했다.

"적들의 침입입니다. 시간이 없습니다. 곧장 후원을 가로질러 가십시오. 후문 근처에 류 대협 일행을 호위할 무사들이 기다리고 있을 겁니다."

"적들이라면 누구를 말하는 것이오?"

"저희도 아직 알 수 없습니다. 자, 시간이 없습니다. 어서……."

말을 마친 무사는 짧게 목례한 후 곧장 몸을 돌렸다. 상황으로 보아 일부 세력만이 성검 일행과 함께 달아나고 나머지는 본산을 지킬 의도인 듯했다.

성검은 일단 밖으로 나가보기로 했다. 사태를 파악해야 어떤 결정이든 내릴 수 있다. 무작정 달아날 수만은 없는 일이었다.

하지만 걱정이 앞서기도 했다. 이미 굉우소는 모든 사태를 감안해 결정을 내렸을 것이다. 침입자들의 정체가 무엇이건 수적 열세인 것만은 확실하다. 그렇다면 무엇보다 아버지 일검수가 걱정이었다.

'설상가상이군.'

잠시 망연히 서 있는데, 멀뚱히 자신을 쳐다보고 있는 삼인방의 모습이 보였다.

"저, 형님……."

눈이 마주치길 기다렸다는 듯 변금은이 난감한 표정으로 운을 떼었다.

솔직히 성검은 도저히 그와 노닥거릴 기분이 아니었다. 분명 '그럼 밥은 못 먹게 되는 건가요?' 라고 묻거나, '그래도 밥은 먹고 가죠' 하면서 염장을 지를 게 뻔한 일이다. 거기에서 그칠 일이 아니다. 한 놈이 말하면 또 다른 놈이 뒤를 잇는 삼인방 특유의 연쇄 반응이 일어날 것이 자명하다.

"닥쳐! 한마디도 하지 마!"

성검은 버럭 소리를 내지른 후 검을 들고 곧장 방을 빠져나갔다. 아무래도 본산 정문에 가서 어찌 된 사정인지 알아봐야 할 것 같아서다. 달아나느냐 마느냐는 그 후에 결정할 일이었다.

이제 성검이 빠져나간 방엔 삼인방만이 아연한 표정으로 남아 있었다.

"금은아, 너 형님에게 무슨 말을 하려고 했니?"

무거운 정적을 견뎌낼 수 없다는 듯 철행궁이 물었다.

"응? 그럼 밥은 못 먹게 되는 거냐고 물어보고 싶었어."

"음. 나랑 비슷한 생각을 했구나. 난 무슨 일이 있어도 밥은 먹고 가야 하지 않겠느냐고 형님을 설득할 생각이었는데."

변금은의 대답에 모용각이 맞장구를 쳤다.

상황은 좋지 않았다.

성검이 도착했을 때 본산 정문에는 이백여 명의 정도무한종 무사가 도열한 상태였다. 굉우소가 발산도를 거머쥔 채 무리 앞에 서 있었고, 장호를 비롯해 평소 낯을 익힌 고수들이 굉우소 뒤에 포진했다.

언뜻 이해할 수 없는 것은 도대체 그 많은 무사들이 평소엔 어디에 숨어 있었는가 하는 점이다.

한 달이 다 되어가도록 성검은 정도무한종의 무사들이 훈련하는 모습을 단 한 번도 보지 못했다. 본산은 마치 무덤처럼 조용했다. 특별한 경우 이삼십 명의 무사가 모습을 드러낸 것을 보기는 했지만, 그것도 한두 번에 불과했다.

'정도무한종…… . 참 묘한 곳이군.'

가볍게 고개를 저으며 성검은 굉우소 옆으로 다가갔다.

멀리 정도무한종 본산의 산문이 보였다. 족히 오 리는 됨 직한 거리다. 언뜻 보기에도 신법이 예사롭지 않은 복면인들이 빠르게 이쪽을 향해 달려오고 있었다. 대략 짐작하기에 오백 명쯤 되어 보였다.

"피하라는 지시를 받았을 텐데?"

굉우소가 산문 쪽에 눈길을 둔 채 건조한 음성으로 말했다.

"생각보다 수가 많군요."

"그래. 하지만 예상했던 자들은 아니군."

"천검궁에서 사들인 인자들입니다. 몇 차례 본 적이 있어서 저들을 한눈에 알아볼 수 있지요. 대륙의 무사들과는 달리 철저하게 인술(忍術)을 교육받은 자들이지만 두려워할 정도는 아닙니다. 정도무한종 무사들의 실력이라면 결코 밀리지 않을 겁니다."

유심히 복면인들을 살피던 성검이 담담하게 말했다.

결코 호들갑 떨 일이 아니었다. 성검은 이미 굉우소의 실력을 일견한 적이 있고, 상대의 전력도 대충은 감을 잡았다. 질 싸움이 아니다. 그러니 달아날 필요도 없을 것이다.

"하지만 내 생각이 틀리지 않다면 저자들은 전초 부대에 불과해. 곧 천검궁의 고수들이 모습을 드러내겠지. 어서 후문으로 가거라. 일검수를 지키는 것이 네 일이다. 일행도 너를 기다리고 있을 게야."

"음회회, 그렇다면 군이 제가 갈 필요가 없겠군요. 제가 아니어도 아버지를 모실 사람들은 충분할 테니 말입니다."

"예나 지금이나 지지리도 말을 안 듣는구나."

굉우소는 무표정한 얼굴로 농담인지 진담인지 구분이 가지 않는 말을 늘어놓았다.

아직 위기감을 느끼지 못한 것일까. 굉우소는 군이 성검에게 떠나라고 강요하지 않았다. 어쩌면 성검의 말처럼 급박한 상황이 아니라고 여긴 것인지도 모른다.

그사이 왜나라의 인자들은 오십여 장 거리로 좁혀들고 있었다.

인자들은 마치 판으로 찍어낸 기왓장처럼 똑같은 복장이었다. 흑의에 검은 복면, 등에 가로질러 멘 왜검, 매화 문양이 수놓아진 검은 장갑.

"히야앗─"

인자들의 전방에 자리잡고 있던 검수 하나가 검을 높이 치켜들며 날카로운 기합성을 내질렀다.

그것이 신호이기라도 한 듯 그를 따르던 인자들이 일제히 고함을 내지르며 검을 치켜들었다. 미처 숨을 돌릴 사이도 없이 곧장 밀고 들어올 태세였다.

"왜놈들의 싸움 방식은 아주 독특하군요. 적어도 강호에서는 몇 마디 인사라도 나눈 후에 쌈박질을 할 텐데 말입니다."

성검이 엄지로 검격을 슬쩍 밀어내며 말했다.

"저놈들도 그러고 싶은데 우리말을 몰라서 저러는 게 아닐까?"

"……."

굉우소의 말에 성검은 그를 빤히 쳐다보았다.

굉우소의 표정은 여전히 굳어 있었다. 하긴, 그는 늘 농담인지 진담인지 헷갈릴 만큼 진지한 표정으로 웃겼다.

"그렇게 빤히 쳐다보니 수줍어지는구나."

"음회회. 백부, 언제 시간을 내서 제 아우들과 진지하게 대화를 나눠 보십시오. 말이 정말 잘 통할 듯합니다."

"자네 아우들?"

"아, 제 수하들 말입니다. 철행궁과 모용각, 변금은. 그 외에도 현현경, 소자경, 북우초 등의 아우들이 있지요."

성검은 자기가 말해 놓고도 너무 웃겨서 웃음을 참기가 힘들었다.

굉우소가 그들과 대화를 나누는 장면이 머리에 그려졌기 때문이다.

하지만 굉우소는 쯧쯧, 혀를 찰 뿐이다. 성검은 자신의 농담에 대해 설명하려 했지만 미처 그럴 여유가 없었다. 인자들의 검이 눈부시게 햇빛을 반사하며 쏟아져 들어오고 있었던 것이다.

"어딜!"

굉우소와 성검은 거의 동시에 검을 뽑으며 신형을 뻗었다.

2

"크하악!"

"헙—"

미처 검이 흐르는 방향을 감지할 사이도 없이 인자들의 입에서 비명 성이 터져 나왔다.

압도적인 수적 우세에도 불구하고 그들은 도저히 정도무한종 무사들을 당해낼 수 없었다. 특히 폭풍처럼 무리를 가르는 두 사람으로 인해 일찌감치 전의가 꺾였다.

"능파천도(能破天圖)!"

굉우소가 일갈을 내지르며 발산도를 휘두르는 순간, 거대한 검풍이 인자들을 가르며 휘몰아쳤다. 검풍은 바닥에 깔렸던 자갈과 모래를 휩쓸어가며 그대로 수십 명의 인자 몸을 강타했다.

"으아아악!"

인자들은 비명을 내지르며 추풍낙엽처럼 쓰러졌다.

성검의 검 역시 파괴적이었다. 그는 초자영에게서 배운 기공을 검법에 접목하고 있었다.

"열해뇌풍(裂海雷風)!"

검을 쥔 성검의 우수가 바르르, 진동하며 뻗어 나가는 순간, 지천으로 핀 들꽃들이 회오리치며 인자들의 진영을 휩쓸어갔다.

꽃과 검기. 그 절묘한 조화는 강맹하고 우악스러운 칼바람을 세상에서 가장 아름다운 살인술로 승화시켜 놓은 듯했다. 검신을 타고 올라 검봉에 맺힌 한 점 검화가 폭사하는 순간, 자잘한 물방울처럼 변한 검경이 인자들의 몸을 꿰뚫었고, 그때마다 피가 뿌려지며 꽃잎을 붉게 적셨다.

장호를 비롯한 정도무한종의 무사들도 인자들과 뒤섞여 치열하게 혈전을 벌였다. 허공을 가르는 검의 파공성과 비명, 그리고 자욱하게 뿌려지는 선혈.

인자들은 집요하고 끈덕졌다. 처음 한동안 전의를 상실한 듯했으나, 막상 정도무한종 무사들과 뒤섞여 베고 베이며 낭자한 선혈 사이를 휘젓는 동안, 그들은 피 맛에 길든 이리 떼처럼 변해갔다. 검흔이 새겨지고, 사지 중 어느 부분이 검에 베어 잘려 나간 상태에서도 검을 놓지 않았다. 절대 물러서지도 않았다.

"으아악!"

끊이지 않는 비명성.

곤륜산 정상부 정도무한종 본산의 오후가 핏빛으로 물들고 있었다. 이제 질 때가 되었다는 듯 봄꽃들이 우수수 바람에 날렸다.

"헉, 헉, 헉!"

성검은 가쁜 숨을 몰아쉬며 천천히 뒷걸음질쳤다.

족히 오십여 명의 인자들을 혼자 도륙했다. 하지만 어느 순간부터인가 숨이 차 오르기 시작했고 검이 무뎌졌다. 미친 듯이 싸움에 임했을 때는 몰랐으나, 이제 그 역시 지쳤다. 비록 무공의 수준에 현격한 차이가 있긴 했지만 상대들도 나름대로 정예 교육을 받은 인자들이다. 지금 같은 상황이라면 얼마나 더 버틸 수 있을지 장담할 수 없다.

한 가지 다행스러운 것은 반 시진 가까이 싸움이 벌어지는 동안 인자들의 수가 급격히 줄어들었다는 점이다. 싸움을 시작할 때만 해도 오백여 명에 달했던 그들이 이제는 백여 명도 채 남지 않았다.

"백부, 정말 후속 부대가 있을까요?"

퇴법을 펼쳐 굉우소가 있는 곳까지 다다른 성검이 숨을 헐떡이며 물었다.

"글쎄. 아니길 바라지만 그런 상황이 벌어진다면 죽음을 각오해야 할 게다."

"차라리 지금 달아나는 게 어떻겠습니까? 퇴각하면서 추격자들의 목숨을 하나둘 빼앗는 겁니다."

"그것도 좋은 생각이다. 하지만 네 아비를 생각해 보거라. 그는 예전에도 그랬고 지금도 그렇고 정파연합의 마지막 희망이다. 그가 안전한 곳으로 피신할 때까지 우리는 이곳에서 시간을 벌어야 한다."

"하지만 아버지는 지금……."

굉우소의 우정에 싸한 감동을 느끼면서도 성검은 마음이 무거웠다.

벽천오승의 말에 따르면 유체가 이탈한 상태에서 스스로 버틸 수 있는 한계는 바로 오늘까지다. 오늘 돌아오지 못한다면 그의 유체는 영원히 돌아오지 못한다. 절망적이다. 하지만 굉우소는 지금 그 실낱같은 희망 때문에 목숨을 건 일전까지 각오하고 있는 것이다.

"말하지 않았느냐. 나는 네 아비를 믿는다. 일검수는 반드시 돌아올 것이야."

"……!"

"자, 다시 시작해 볼까? 우선은 이자들 먼저 깨끗하게 정리해야겠지. 이후의 일이 어떻게 전개되든."

굉우소는 천천히 고개를 돌려 전황을 살폈다.

왜국의 인자들은 이미 굉우소와 성검의 괴력을 확인해서인지 그들 두 사람에게 섣불리 다가서지 못한 채 두텁게 에워싸고만 있었다. 하지만 각개격파를 하듯 곳곳에서 정도무한종 무사들과 치열한 접전을 벌이는 중이었다.

"백부, 내기할까요?"

성검이 씨익, 웃으며 굉우소를 바라보았다.

굉우소는 성검의 의중을 간파했는지 곧장 대답해 왔다.

"좋다. 두 당 술 한 동이로 하자. 물론 차이가 나는 만큼 술을 사야 하는 게다."

"음회회, 좋습니다. 하지만 그런 식으로 표현을 하시니 왠지 소나 돼지를 잡는 백정처럼 느껴지는군요."

"아닌 게 아니라 때로는 그런 생각이 들지. 하지만 어쩌겠느냐, 강호의 질서란 본시 약육강식인 것을."

"씁쓸하군요."

성검은 길게 심호흡을 한 후 곧장 신형을 뻗었다.

스팟—

예리한 검광이 허공을 가로질렀다.

"허으!"

공기 주머니에서 바람이 빠져나가는 듯한 단말마와 함께 복면인이 풀썩 주저앉았다. 흉하게 쩌억 갈라진 복면인의 가슴이 순식간에 피에 젖어들었다.

'하나.'

성검은 무감한 눈빛으로 세 방향에서 치고 들어오는 인자들을 쏘아보았다.

쇄애애액—

좌측에서 달려들던 인자의 검이 어깻죽지를 찍어 내려왔다. 거의 동시에 전방에서도 검이 뻗어왔으며 우측으로 쏘아지던 인자는 신형을 솟구쳐 공중제비를 돌며 장작을 패듯 검을 수직으로 뻗는 중이다.

하나같이 쾌속한 몸놀림이었지만 성검의 눈엔 지극히 느리게 그려질 뿐이다.

허보(虛步)의 자세를 취하고 있던 성검은 오른발을 축으로 신형을 돌려 좌측의 인자를 베었다. 언뜻 성검의 검이 간발의 차로 우위를 점한 듯한 양상이다. 하지만 그렇지 않다. 확연한 기량의 차이였다.

'둘.'

상대의 검로를 이미 꿰뚫고 있기라도 한 것일까. 성검의 검은 흐름을 멈추지 않았다. 유연하게 꺾이며, 허공에서 검을 찍어 내려오고 있는 인자의 검을 쳐낸 후 그 반동을 이용해 곧장 우측으로 파고들던 인자의 심장에 검을 박아 넣었다.

"헙!"

이번에도 인자의 입에선 낮은 단말마가 새어 나왔을 뿐이다.

'셋.'

허공에 떠 있던 인자는 성검의 검에 튕겨 힘겹게 바닥에 착지했다.

하지만 미처 자세를 잡기도 전에 성검의 검이 목울대에 꽂혔다.

"……!"

미처 단말마를 토해낼 사이도 없이 인자는 동공을 크게 확대시킨 채 숨을 끊었다. 성검의 검은 상대의 급소만을 노리고 있는 것이다.

그것이야말로 성검이 베풀 수 있는 유일한 은혜였다. 어차피 상대를 베어야만 할 상황이라면 철사 하나로 소를 단숨에 쓰러뜨리는 백정의 자비를 배워야 한다.

'넷. 미안하구나. 하지만 고통없이 가거라.'

순식간에 네 명의 인자를 벤 성검은 천천히 고개를 돌려 무감한 눈으로 사방을 둘러보았다. 여기저기서 죽고 죽이는 잔혹한 살육이 벌어지고 있었다.

'어디에도 부처가 없는 세상이로구나.'

갑자기 알 수 없는 허무가 전신으로 밀려들었다.

하지만 그것은 아주 잠시 동안의 일이었다. 성검의 눈에는 죽어가는 정도무한종 무사들의 모습이 들어왔고, 무표정한 얼굴로 인자들을 베어 나가는 굉우소의 모습도 들어왔다. 그것이 현실이었다.

"간닷!"

벼락이라도 맞은 것처럼 바르르, 진저리를 치던 성검이 검을 빗겨든 채 전방을 향해 쏘아져 들어갔다. 현란하고 눈부신 햇빛이 여러 각도에서 부서지기 시작했다.

싸움은 한 시진 만에 끝났다.

오백여 명에 이르던 인자들 가운데 숨이 붙어 있는 자는 하나도 없었다. 달아난다고 해도 갈 곳이 없었을 것이다.

굉우소는 몇 군데 검상을 입었으나 하나같이 경미한 것들이었다. 마치 가시나무에 긁힌 것처럼 약간의 혈흔만이 남아 있는 정도다.

성검 역시 마찬가지였다. 옆구리에 이 촌 길이의 검상을 입어 피가 흐르는 것 외에는 이렇다 할 상처가 없었다. 하지만 정도무한종의 무사들은 제법 큰 타격을 입었다. 팔십여 명이 죽었고 오십 명가량이 중상을 입었다.

"천검궁의 속셈이 뭘까요? 이렇게 무모한 공격을 해오다니."

성검은 이해할 수 없다는 표정으로 주위를 둘러보았다.

"무모하다고는 할 수 없지. 역천휘는 아주 교활하고 영악한 인간이야."

굉우소가 무겁게 한숨을 내쉬었다.

"그건 또 무슨 말씀입니까?"

"어차피 왜국의 인자들은 소모품에 불과하다. 더없이 훌륭한 소모품이지. 그가 굳이 왜국의 인자들을 보낸 이유가 무엇인지 아느냐?"

"글쎄요. 그야 천검궁 소속 무사들의 피를 보고 싶지 않아서였겠지요."

성검은 당연하다는 듯 말하며 멀리 산문 아래를 살폈다. 굉우소의 예상이 틀리지 않는다면 이제 곧 천검궁의 후속 부대가 밀려올 것이다.

"아니야. 역천휘는 그렇게 자애로운 우두머리가 아니지. 그는 자기 부하들보다 왜국의 인자들을 더 신뢰한 것뿐이야."

"예? 그게 무슨……."

"만약 천검궁의 무사들이었다면 이렇게 전멸당하는 일은 없었을 게다. 상황이 불리하다 싶으면 후퇴했을 테지. 후퇴 명령이 용납되지 않는다 해도 그렇게 했을 거야. 굳이 천검궁 본대로 돌아가지 못한다 해도 죽는 것보다는 나을 테니 말이야. 하지만 왜국의 인자들은 다르지. 그들에겐 본대 외엔 돌아갈 곳이 없어. 중원에서 낙오된다면 그들에게 남는 것은 어차피 죽음뿐이니까."

"……!"

결코 틀린 말이 아니다. 어차피 전초부대는 정도무한종의 발목을 붙잡는 임무를 띠었을 것이다.

그렇다면 왜국의 인자들은 제대로 임무를 수행한 셈이다. 비록 정도무한종이 싸움에서 승리했지만, 부상자가 너무 많아 달아날 수 없는 상황이 되었다. 이제 그들은 이곳 본산에서 목숨을 건 일전을 치러내야 한다.

얼마의 시간이 흘렀을까. 산문으로 또 한 무리의 흑의무사들이 올라오고 있었다. 의심할 여지없이 천검궁의 무사들이다. 하지만 이번엔 그다지 많은 수가 아니었다. 백 명이 될까 말까 한 숫자다.

"정예 부대인 모양이군."

굉우소가 담담한 음성으로 말했다.

"신법이 예사롭지 않군요. 혹, 검영단이 아닐까 싶습니다."

"검영단?"

"예. 지난봄에 일어났던 황보검웅의 모반을 실질적으로 제압한 자들입니다."

"일검수가 거사를 일으켰던 날을 말하는 게군."

굉우소는 얼마간 씁쓸한 표정으로 산문 쪽을 바라보았다.

어쩌면 불길한 예감에 젖어 있는 것인지도 모른다. 일 년 전 굉우소의 거사가 실패했듯 자신 역시 끝내 천검궁이라는 괴물 앞에 쓰러지고 마는 것은 아닌가 하는.

"검영단은 천검궁의 그림자 부대로 불립니다. 그들이 하는 일은 아주 은밀해서 천검궁의 수뇌부들조차 그 움직임을 제대로 알지 못합니다. 총 오백 명의 일급 고수로 이루어져 있으며, 비상시에는 각 부대에서 인원을 차출해 오천 대군을 형성하지요."

느릿한 음성으로 이야기하며 성검은 한 사내의 모습을 떠올렸다. 화향검, 어쩌면 지금 산을 오르고 있는 자들 가운데 그가 끼어 있을지도 모른다고 생각한 것이다.

마음이 편치 않았다. 왠지 형제처럼 느껴지는 사내였다. 그런데 어쩐 일인지 늘 적으로 만나게 된다. 그렇다 해도 이제까지는 운 좋게 빗겨갈 수 있었으나 이번만은 그러지 못할 것이다.

'제발 아니었으면 좋겠군.'

성검의 입에서 나직한 한숨이 새어 나왔다.

천검궁의 무사들이 본산 정문까지 도달하는 데는 결코 오랜 시간이 걸리지 않았다. 마치 초상비처럼 무게가 느껴지지 않는 경쾌한 신법으로 유유히 밀어닥쳤다.

"볼 만하군."

십 장여 앞에서 걸음을 멈춘 흑의무사들 가운데 유난히 날카로운 인상을 지닌 무사 하나가 주변을 둘러보며 말했다.

왜국 인자들의 시체가 여기저기 널린 가운데, 한쪽에선 정도무한종의 무사들이 동료들의 주검을 한군데로 모으고 있었다. 심하게 부상당한 무사들은 이미 장원 안으로 옮겨진 터라 그곳에 남은 정도무한종 무사들의 수는 칠십여 명에 불과했다.

성검은 빠르게 천검궁 무사들의 모습을 훑어 나갔다. 혹시라도 화향검이 있지 않나 하는 생각 때문이었다. 하지만 다행히 그의 모습은 보이지 않았다.

"나는 천검궁 소속 검영단주 장용휘다. 이쯤 되면 그쪽도 정체를 밝혀야하지 않겠는가?"

날카로운 인상의 무사가 괴소를 흘리며 운을 떼었다.

장용휘! 그는 삼십 대 중반 정도로 보였으며, 마치 방금 간 칼처럼 날카로운 예기를 드러냈다. 끝이 갈고리처럼 휘어진 두 자루 비수를 허리에 찼으며, 등에는 장검을 꽂고 있었다. 언뜻 보기에도 변칙 공격에 능한 무사인 듯했다.

굉우소와 성검은 잠시 서로를 바라보았다. 적어도 아직까지 그들은 정도무한종의 정체를 제대로 파악하지 못한 셈이다.

하지만 잠시 후 장용휘의 두 눈이 가늘게 떠지며 파르르, 떨렸다. 그의 시선은 굉우소에 붙박여 있었다.

"의외야. 뜻밖의 대어를 낚게 될 것 같단 말이지."

"……!"

굉우소는 담담히 장용휘와 눈을 마주쳤다.

하긴, 천검궁의 정예 부대라면 자신을 모를 리 없다. 실제로 만난 적이 없다 해도 굉우소의 초상화를 본 적은 있을 것이다. 천검궁은 지난 이십여 년간 정파연합의 생존자들을 사냥개처럼 추적해 오지 않았던가.

"혹, 발산도 굉우소가 아니시오?"

장용휘의 말투는 어느새 정중하게 변해 있었다.

"제대로 보았네. 내가 바로 천검궁 무사들의 저승사자로 알려진 굉우소지."

"……."

성검은 굉우소의 얼굴을 빤히 쳐다보았다. 천검궁 무사들의 저승사자라니, 소개치고는 좀 유치했다. 아무래도 그가 또 농담을 하고 있는 게 아닌가 싶었다.

하지만 장용휘는 그 재미없는 농담에도 허리까지 꺾어가며 앙천대소하기 시작했다.

"그랬군, 그러했어! 파하하하!"

"버릇없는 자군. 초상집에 와서 그렇게 크게 웃어 젖히다니 말이야."

"……?"

성검은 이번에도 한숨을 내쉬며 굉우소를 쳐다보았다.

"굉우소, 나 장용휘가 당신에게 어떤 식으로 감사해야 할지 고민이되는구려. 당신으로 인해 내 인생이 바뀌게 될 것이오. 출세길이 열렸단 말이지, 흐흐흐."

"흥, 인생이 바뀌는 게 아니라 생사가 바뀔 것이다. 지금은 이승에 몸담고 있지만 곧 구천을 헤매게 될 테니 말이야."

"글쎄, 잠시 후면 알게 되겠지."

여전히 미소를 머금은 채 장용휘가 한 손을 가볍게 들어 전방으로 뻗었다.

그 순간, 이제까지 미동도 없이 도열해 있던 검영단의 무사들이 일제히 검을 뽑으며 쏘아져 들어왔다.

스팟—

예리한 검광과 파공성이 다시 정도무한종 본산 정문을 가득 메우기 시작했다.

쉽지 않은 상황이었다. 정도무한종 무사들은 이미 한차례의 싸움으로 지칠 대로 지쳐 있는 상황이다. 더욱이 상대는 왜국의 인자들과는 비교가 되지 않을 만큼 기량이 뛰어난 천검궁의 정예 부대다.

"으아악!"

"커흡!"

마치 우박 소리처럼 여기저기서 비명성이 연달아 울렸다.

3

'이건 완전히 늪에 빠진 기분이군.'

성검은 가쁜 숨을 몰아쉬었다.

그는 십여 명의 천검궁 무사에게 둘러싸인 채 고전하고 있었다. 하나같이 빼어난 검수들로, 지친 성검에겐 무척이나 귀찮은 상대들이었다. 그들은 묘한 검진을 이룬 채 꾸준히 성검을 괴롭혔다. 공격을 한다기보다는 마치 하나의 결계를 이루어 성검을 가두어두려는 듯 견고한 벽을 치고 있을 뿐이었다.

굉우소의 처지 역시 크게 다르지 않았다. 그는 장용휘를 비롯한 십여 명의 검수와 겨루며 반 각의 시간 동안 팽팽하게 맞수를 이루었다. 굉우소가 무리하게 공력을 소모한 탓이기도 했으나, 무엇보다 장용휘의 실력이 만만치 않았다. 충분히 실력으로 검영단의 단주 자리에 올랐을 법했다.

굉우소와 성검이 그렇게 검수들의 결계 안에 갇혀 있는 동안 정도무한종의 무사들은 빠르게 세를 잃어갔다. 언뜻 검영단의 검수들과 평수를 이루는 실력이었지만, 이미 힘겨운 일전을 치른 뒤라 급속히 체력이 떨어졌던 것이다.

동방칠수 삼인방이 나타난 것은 싸움이 벌어진 지 약 일각가량이 지날 무렵이었다.

"헤헤, 형님! 섭섭합니다. 저희는 또 형님 혼자 달아났는 줄 알았습니다."

변금은이 장도를 휘두르며 성검을 에워싸고 있던 검수들에게 덤벼들고 있었다.

철행궁과 모용각 역시 뒤따르고 있었으나 어쩐 일인지 이번엔 조용했다. 그도 그럴 것이 철행궁은 두 자루 비수로 검수들을 상대하기 바빴고, 모용각 역시 철궁을 휘두르랴, 화살을 날리랴 이래저래 바빠 보였다.

삼인방의 등장으로 성검을 에워싸고 있던 검진은 이미 흔들리고 있었다.

성검은 그 틈을 놓치지 않고 두 명의 검수를 일검에 베며 검진 밖으로 빠져나갔다. 검수들은 빠르게 곡선을 그리며 다시 성검과 삼인방을 에워쌌지만, 이미 진의 위력은 깨진 것이나 다름없었다.

'그래도 가끔은 기특한 구석이 느껴지는 녀석들이야.'

성검의 얼굴에 희미한 미소가 어렸다. 하지만 그것도 잠시,

"아버지는 어찌 되셨느냐?"

일검수를 떠올린 성검이 씁쓸한 음성으로 물었다.

"헤헤, 일검수 대협은 주 늙은이와 취봉접이 보호하고 있습니다. 저희는 형님이 후문으로 갔는지 알고 그곳으로 갔다가 엉겁결에 그들과 함께 몸을 숨겼습니다. 그런데 이 금은이가 갑자기 형님 생각이 나서

'형님은 어딜 가셨지?' 하고 물었습니다. 그랬더니 주 늙은이가 '그러게 말이다' 하는 게 아니겠습니까? 그래서 그제야 우리는 형님이 아직 이곳에 계실 거라고 생각하게 되었습니다. 그래서 금은이가 또 '형님이 없으면 우리도 숨거나 달아날 수 없다' 하고 말했습니다. 그랬더니 철 형님도, '그래, 형님을 데리러 가자. 간 김에 밥도 먹고 가자' 하고 말했지요. 그랬더니 이번엔 또 모 형님이, '맞아. 밥을 못 먹었더니 힘이 없어서 도망가지도 못하겠다' 하고……. 헤헤, 형님. 왜 그렇게 빤히 쳐다보십니까?'

"나도 모르겠다, 내가 왜 널 빤히 쳐다보고 있는지."

성검이 길게 한숨을 내쉬며 고개를 절레절레 흔들었다. 하지만 그 순간 또 언뜻 스치는 생각이 있어서 이렇게 물었다.

"그래서 밥은 먹고 왔느냐?"

"헤헤. 예, 형님. 형님도 진지 드셨습니까?"

"……"

성검은 이번에도 변금은을 빤히 쳐다보았을 뿐 달리 할 말을 찾지 못했다.

한편, 굉우소와 장용휘의 싸움은 절정에 달해 있었다.

장용휘의 무위는 굉우소를 놀라게 하기에 충분했다. 이제껏 수많은 검수들을 상대해 왔지만 장용휘처럼 빼어난 검수는 드물었다. 아홉 명의 검수가 장용휘를 도와 합격하고 있다는 점을 감안한다 하더라도, 장용휘는 보기 드문 실력이었다.

일찍이 일검수와 함께 정파연합을 구성해 천검궁과 전쟁을 벌일 당시, 굉우소는 개세구로와 잠시 겨뤄본 적이 있다. 비록 승부를 내지 못했지만 개세구로의 실력은 굉우소에 비해 한 수 아래였다. 그런데 지금 상대하고 있는 장용휘 역시 과거 개세구로가 지녔던 실력에 비해 처지지 않았다.

'나이에 비해 뛰어난 진전을 이룬 자다. 천검궁의 천하가 된 지 이십여 년! 권불십년이라 했건만 천검궁은 갈수록 견고해지고 있지 않은가.'

한순간 굉우소는 씁쓸한 기분에 젖어들었다.

유일한 희망인 일검수 류추영은 폐인이 되었고, 천검궁은 결코 무너지지 않을 철옹성이 되어가고 있었다.

'나도 이미 늙었다. 어쩌면 끝내 천검궁을 무너뜨리지 못한 채 쓰러질 수도 있다. 그래, 나와 일검수의 시대는 이미 저문 것인지도 모른다.'

굉우소의 얼굴에 어두운 그림자가 드리워졌다.

하지만 잠시 후, 발산도를 쥔 그의 손에 힘이 실렸다. 비록 조만간 퇴물이 된다 할지라도 오늘 싸움만은 반드시 이기고 싶었다. 일검수와 굉우소 자신의 자존심을 지키기 위해. 그리고 이제 새롭게 정도무한종을 이끌어가게 될 성검을 위해.

"이야압!"

굉우소는 뇌성 같은 일갈을 내지르며 장도를 휘둘렀다. 일단 합격진을 이루어 자신의 공격을 무력화시키고 있는 검수들을 견제하기 위해서였다.

한줄기 도풍이 회오리를 일으켰다. 검수들은 다급히 한 발씩 물러서며 검막을 펼쳤고, 그로 인해 강기와 강기가 폭사했다.

콰콰콰콰쾅!

강기의 폭사로 바닥에서 자욱한 먼지가 일었다. 한순간 검진이 흔들렸고, 굉우소는 그 틈을 놓치지 않았다.

"받아랏!"

굉우소가 오른발을 앞으로 크게 내디디며 손목을 휘돌리자 발산도에서 괴이한 파공성이 일었다.

크하아아앙―!

용의 울음소리 같기도 하고 백호의 포효 같기도 한 파공성과 함께 한줄기 청색 도기(刀氣)가 창룡처럼 꿈틀대며 장용휘를 덮쳐 갔다.

"헛!"

장용휘는 다급히 두 걸음을 물러서서 궁보의 자세를 취했다. 동시에 원을 그리듯 아래에서 위로 검을 치켜올렸다.

카카카캉!

쇠와 쇠가 부딪친 듯한 굉음이 일었고, 뒤이어 발산도에서 뿜어진 청색 도기가 호선을 그리며 허공으로 튕겨져 올랐다. 하지만 그 순간,

"일도단광(一刀斷光)!"

굉우소의 신형이 섬전처럼 빠르게 장용휘를 지나쳐 갔다.

"……!"

장용휘는 신당의 석상처럼 그 자리에 가만히 멈춰 있었다. 마치 시간이 정지한 공간에서 굉우소 한 사람만이 그 시간의 흐름에 역행해 움직인 게 아닌가 하는 착각이 일 정도였다.

"허으―"

얼마의 시간이 뚝뚝, 끊기듯 흘러간 후에야 장용휘의 입에서 낮은 신음성이 흘렀다. 그리고 그 신음성의 여운이 채 사라지기도 전에 그의 몸통에 가는 선혈이 일직선으로 그어졌다.

쿵!

허리 위의 몸뚱이가 땅바닥에 처박힌 것도 그 순간이다.

이후 멈춰졌던 듯한 시간이 다시 움직이기 시작했다. 얼어붙었던 강물이 해빙되어 빠르게 흘러가듯이.

전세는 삽시간에 뒤바뀌었다. 성검과 삼인방을 가두었던 검진 역시 거짓말처럼 풀렸다. 우두머리를 잃은 그들의 조직력이 순식간에 와해되기 시작한 것이다.

그것을 더욱 부추긴 것은 굉우소의 가공할 위력이었다. 일단 장용휘가 쓰러지자 굉우소는 빠르게 천검궁 무사들을 도륙해 갔다. 도저히 멈출 것 같지 않은 도도한 강물의 흐름처럼 발산도는 유유히 전장을 누볐고, 그때마다 자욱한 피보라가 뿜어졌다.

"와아아아—!"

꺼져 가기 직전의 촛불처럼 거칠게 요동하던 정도무한종 무사들이 일제히 환호성을 내질렀다. 그들 역시 싸움의 흐름이 뒤바뀐 것을 깨달은 것이다. 흩어져 가던 조직력이 되살아났고, 자신감이 검에 힘을 실었다.

상황을 인식한 것은 비단 그들만이 아니었다.

"퇴각하라!"

누군가의 외침에 천검궁 무사들은 썰물처럼 빠르게 산문을 향해 달아나기 시작했다.

"와아아아—"

거대한 함성이 다시 한 번 정도무한종 본산에 울려 퍼졌다.

얼마의 시간이 흐른 후, 성검은 품에서 마른 헝겊을 꺼내 피에 젖은 검을 닦아냈다. 하지만 그의 시선은 한 그루 거목처럼 서 있는 굉우소에게 붙박여 있었다.

"과연 영웅이라 불릴 만하군."

검집에 검을 꽂으며 성검은 나지막하게 중얼거렸다.

과거 굉우소를 처음 보았을 때 느꼈던 막연한 동경과 짜릿한 전율은 여전히 성검의 기억에 남아 있었다. 더욱이 굉우소는 지금, 거인의 모습으로 그 기억에 생명력을 불어넣고 있다. 그것이 굉우소를 존경할 수밖에 없는 이유였다.

"백부, 여전하십니다."

천천히 걸음을 옮겨 그에게 다가간 성검이 말했다.

"그래, 나는 여전히 미남이다. 왜, 중매라도 서려느냐?"

"음회회, 그러고 싶지만 백부의 농담을 이해할 처자가 몇이나 되겠습니까."

"하긴 그렇군."

굉우소가 애매한 표정으로 미소를 지었다. 그 미소는 마치 곰이 웃는다거나 물고기가 웃는 것처럼 어색한 미소였다.

정도무한종 본산에서 종소리가 다시 울린 것은 노을이 처마 끝의 풍경을 흥건히 적실 무렵이었다.

두웅, 둥—

쇠종이 노을 빛에 동심원의 파문을 일으키며 흩어져 갔다.

지칠 대로 지쳐 있던 무사들은 화들짝 놀라 연무장으로 뛰쳐나갔다. 성검과 동방칠수 삼인방 역시 심각한 표정으로 연무장을 향했다. 채 하루도 지나기 전에 천검궁에서 다시 싸움을 걸어오리라고는 예상치 못했다.

하지만 잠시 후, 뜻밖의 일이 벌어졌다.

"류 대협, 혹 고지기라는 늙은 승려를 아시는지요?"

다급히 달려와 성검 앞에 선 무사가 숨을 헐떡이며 물었다.

"엥?"

성검은 멍한 표정으로 무사를 쳐다보았다.

모를 리가 없다. 한때 숭산 항마봉에서 동거하며 쌓은 정이 얼마이던가. 그와 함께 대륙을 종횡하며 무전취식 따위의 사소한 죄를 밥 먹고 잠 잘 때마다 저질렀다. 그러면서 쌓은 정이 또 얼마이던가.

하지만 그 고지기가 왜 지금 문제가 되고 있는 것일까. 성검은 비상을 알리는 타종과 고지기를 쉽게 연관 지을 수 없었다.

'혹 화룡방에서 어찌어찌 내 거처를 알고 고지기 스님의 부고(訃告)라도 전하기 위해 사람을 보낸 것인가?'

기껏 생각해 낼 수 있는 게 그 정도였다. 그도 그럴 것이 고지기는 죽을 날을 코앞에 둔 반송장이었으니…….

"허허, 그래도 내겐 더없이 인자한 스승이었는데 그동안 너무 무심했군. 결국 임종조차 지키지 못했으니 불초 제자 성검이 또 하나의 죄를 안고 살아가게 되었구나."

성검은 가볍게 고개를 저으며 혼자 중얼거렸다.

"예?"

무사가 고개를 삐뚜름하게 꺾으며 물었다. 도통 무슨 말인지 이해할 수 없었던 것이다.

"아닐세. 고지기 스님이라면 내 사부가 되시는데?"

"아, 그렇군요. 그런 줄도 모르고……."

"그나저나 무슨 일이지? 혹 화룡방이란 곳에서 사람을 보내왔는가?"

성검은 대충 짐작이 간다는 듯 씁쓸한 음성으로 물었다.

"아닙니다. 대문 밖에 고지기 스님이 직접 와 계십니다."

"엥? 그럴 리가!"

뜻밖의 말에 잠시 당황하던 성검이 곧장 대문을 향해 달려갔다. 그 모습을 멀뚱히 지켜보던 동방칠수 삼인방도 덩달아 달려갔다. 그 바람에 목련꽃 몇 송이가 투둑, 바닥으로 떨어져 내렸다.

"스, 스님!"

날듯이 대문에 당도한 성검이 놀란 눈으로 고지기를 바라보았다.

대문 근처엔 몇 명의 수문 위사가 까무러친 채 엎어져 있었다. 그들의 중간에 서 있는 늙은 중놈은 분명히 고지기였다.

"이놈, 성검아—"

고지기가 활짝 웃으며 두 손을 벌렸다.

하지만 성검은 가만히 멈춰 서서 고개를 갸우뚱했다. 아무리 보아도 고지기가 고지기 같아 보이지 않았기 때문이다. 잠시 후 그의 시선은 고지기 뒤편에 놓인 수레에 가 닿았다. 그리고 다시 한 번 깜짝 놀라고 말았다.

"아니, 저 개는……."

놀랄 만도 했다. 비좁은 수레 위엔 염자방이 입에 거품을 문 채 쓰러져 있고, 수레 머리엔 개 한 마리가 묶여 있는데 분명 낯익은 개였다.

아니, 어디에서 봤는지도 또렷하게 기억났다. 사특하게 웃는 개는 드넓은 대륙에서도 결코 흔치 않았으니까.

"푸헤헤, 네놈도 한번 된통당한 적이 있다며? 맞다. 여룡이 그놈이다."

"도대체 이게 어찌 된 일입니까? 오늘내일 하던 분이 이렇게 회춘하시질 않나, 자방이는 입에 거품을 물고 쓰러지질 않나, 장 형님은 개로 변해 수레를 끌지 않나……."

"이야기가 길다. 우선 안으로 들어가서 밥이나 먹자꾸나. 한시라도 빨리 네놈을 만나기 위해 식사도 거르고 달려오지 않았겠느냐."

고지기가 덥석 성검을 안으며 말했다.

한편, 대문가에 늘어서 있던 동방칠수 삼인방은 묘한 표정으로 전음을 주고받았다.

[형님, 저 늙은 중놈이 밥을 먹자는데요?]

[그렇구나. 그런데 참 이상하다. 아무리 보아도 밥을 축내는 식충이에 불과할 듯한데 왜 이렇게 친근감이 느껴지지?]

[그러게 말이다. 나는 친근감을 넘어서서 존경심까지 이는구나. 저렇게 당당하게 밥을 달라고 하다니. 저렇게 말하는데 밥을 안 주면 괜히 나쁜 놈 같지 않느냐. 내가 보기에 저 늙은 중놈은 어딜 가도 결코 굶지 않을 중놈이다.]

변금은과 모용각, 철행궁이 고개를 끄덕이며 서로의 얼굴을 빤히 쳐다보았다. 벌써 뭔가 한 수 가르침을 받은 듯한 느낌이었다.

[성검이 형님이 지금처럼 빼어난 인재가 된 데는 다 이유가 있었군요. 저런 훌륭한 중놈 밑에서 가르침을 받았다니…….]

[형님은 정말 인복을 타고난 분이야.]

[아무렴. 전생에 좋은 일 무척 많이 하셨을 거야.]

성검과 고지기가 옆을 스쳐 지나갈 때까지도 삼인방은 부러운 시선을 거두지 못한 채 전음을 주고받았다.

"저 수레에 있는 곰 같은 놈은 또 누굴까요, 형님?"

성검이 대문 안으로 사라진 후 변금은은 또 다른 방문객에게 시선을 주며 물었다.

"글쎄다. 입에 거품을 문 것을 보니 상태가 심상치 않구나. 어라, 저 것 좀 보거라. 저놈의 개가 웃고 있지 않느냐?"

"어허, 정말 그렇습니다. 형님, 게다가 술 냄새까지 술술 풍기는걸 요?"

수호성들은 눈앞의 사태에 적잖이 당혹스러워했다.

그들을 배경으로, 노을은 그 찬연한 빛을 이끌고 서서히 멀어져 가 기 시작했다. 힘겹고 기이한 정도무한종 본산의 하루가 저물어가고 있 는 것이다.

제7장

기묘한 동행

　고관성과 화향검은 빗길을 빠르게 내달렸다.

　북경에서부터 시작된 추격전은 지루하게 이어졌다. 당산을 지나 산서성 태원에 이르기까지 인자들은 집요하게 그들을 따라붙고 있는 것이다.

　한 가지 다행스러운 것은 그사이 화향검이 어느 정도 몸을 추슬렀다는 점이다. 하지만 고관성의 사정은 점점 나빠졌다. 화향검을 지키기 위해 무리하게 싸움을 벌이는 바람에 온몸에 검상을 입은 상태다.

　"왜 이토록 나에게 집착하시는 겁니까?"

　빗줄기를 뚫으며 달려가던 화향검이 경직된 음성으로 물었다.

　아무리 생각해도 이해할 수 없는 일이었다. 자신은 고관성을 암살하려던 실수가 아닌가. 그런데 고관성은 지금 목숨을 걸고 화향검 자신을 지키려 한다. 단순히 비슷한 처지에 처해서라는 대답으로는 설명이 부족하다.

"우리는 지금 쫓기는 중일세. 그런 사소한 궁금증은 위기를 벗어난 후에 푸는 게 좋지 않겠는가? 사실, 나는 그렇게 생각이 많지 않은 사람이야. 그저 내가 도울 수 있기에 돕는 것뿐이지."

"……."

화향검은 더 이상 아무것도 물을 수 없었다.

봄이 끝나가려는 것일까. 거센 빗줄기가 사정없이 퍼부었다. 아마도 이 비에 모든 봄꽃이 지고 말 것이다.

인자들의 수는 갈수록 불어나는 느낌이었다. 도대체 어떻게 왜국의 무사들이 이렇게 대단위로 대륙에 발을 들여놓을 수 있었는지 의문이 일었다.

물론 천검궁주 역천휘가 왜국의 낭인 집단 야검진성과 모종의 협약을 맺었다는 것은 알고 있었다. 하지만 그 수가 터무니없이 많다. 단순히 야검진성의 낭인들만은 아니란 생각이 스쳤다.

'궁주는 내게 너무 많은 것을 감추고 있었다.'

화향검은 다시 역천휘를 떠올렸다. 알 수 없는 일이다. 그는 마치 아비처럼 자신을 대해준 이가 아닌가. 더욱이 나이에 비해 벅찰 만큼 큰 중책들을 맡겼으며, 궁 내의 대소사에 대해 늘 상의했다.

하지만 정작 중요한 것들은 화향검에게 숨겨온 게 분명하다. 지금 벌어지는 모든 일들이 그것을 증명하고 있다.

마침 그믐인데다 비까지 내려 숲길은 칠흑처럼 어두웠다. 다행히 두 사람은 야행성 짐승처럼 어둠에 대한 적응력이 뛰어났다. 밤새 인자들과의 거리를 넓힐 수 있을 것이다.

모든 흔적을 비가 쓸어갈 테고, 그렇게 되면 그들의 추격에서 벗어

날 수도 있다. 그들이 쉬지 않고 빗속을 달리는 이유가 그 때문이다. 하지만,

피슈슈슛—

숲 어디선가 어둠을 가르며 불덩어리가 솟구쳤다.

유성처럼 길게 꼬리를 흔들며 솟구치던 불덩어리는 허공의 한 정점에서 타타타탁, 터지며 눈부신 불꽃을 만들어냈다.

"지독한 녀석들이군."

고관성이 지친 음성을 토해냈다. 이제 머지않아 포위망이 좁혀질 것이다. 최대한 빨리 숲을 벗어나야 한다.

"속도를 높이세."

"하지만 이미 지치지 않았습니까."

화향검이 씁쓸한 표정을 지었다.

"아직은 버틸 만해. 자네의 짐이 되는 일은 없을 테니 염려하지 말게."

"……!"

화향검의 눈이 파르르, 떨렸다. 왜 일까. 고관성은 맹목적인 희생을 각오하고 있다. 아니, 그것은 본능에 가까운 희생이었다.

스팟!

마치 화살처럼 빠르게 고관성의 신형이 쏘아져 나갔다. 이제까지와는 비교도 할 수 없을 만큼 빠른 신법이다.

'이제껏 나 때문에 속도를 조절하고 있었던 게군.'

화향검 역시 전력을 다해 신법을 펼쳤다. 그 역시 더 이상은 고관성의 짐이 되고 싶지 않았다. 이제부터는 그가 고관성을 지켜야 한다. 고관성은 이미 내력을 바닥까지 퍼내지 않았는가.

빗발은 더욱 거세지고 있었다. 그 빗발 속에서도 밤새는 음울한 울음을 울었고, 어느 동굴에선 또 호랑이가 포효했다.

얼마나 달렸을까. 화향검은 좀체 고관성을 따라잡을 수 없었다. 언제부턴가는 방향조차 감지할 수 없었다. 잠시 긴장을 늦춘 사이 고관성의 흔적을 놓친 것이다.

알 수 없는 두려움이 온몸을 죄어왔다. 고관성과 함께할 때는 느끼지 못했던 두려움이다. 이상한 일이지 않은가. 그는 늘 혼자라는 사실에 익숙했고, 이런 식의 위기도 몇 번인가 경험했다. 하지만 왜 이 순간 갑자기 두려움이 몰려오는 것일까.

'내가 그에게 의지하고 있었던 말인가?'

화향검은 알 수 없는 감정의 회오리에 휩싸였다. 그렇게 얼마간을 더 달렸을 때 멀리서 날카로운 비명성이 울렸다.

"……!"

화향검은 곧장 비명성이 들려온 곳으로 몸을 날렸다. 고관성이 그곳에 있음이 분명하기 때문이다.

채채채챙!

"으아악!"

칼과 칼이 부딪치는 소리와 끊이지 않는 비명성. 화향검의 마음이 급해졌고, 그만큼 발이 빨라졌다.

화르르륵—

어둠 저편에서 불덩이가 늘어나기 시작했다. 거화(炬火)를 밝히기 시작한 것이다.

거화는 순식간에 이십여 개로 늘어났고, 그사이에도 비명성은 끊이지 않고 이어졌다. 화향검이 전력을 다해 그곳에 당도했을 때 고관성은 힘겹게 절뚝이며 오십여 명에 달하는 검수에게 에워싸여 있었다.

"멈춰랏!"

생각할 거를도 없었다. 화향검은 검을 휘두르며 섬전처럼 뻗어 나갔고, 그 순간 외곽에서 거화를 비추던 무사 두 명이 허무하게 쓰러졌다. 그 틈을 이용해 화향검은 진 안으로 들어가 고관성을 부축했다.

"쯧쯧, 어리석군. 자네는 이곳으로 오지 말았어야 했네."

잔뜩 찌푸린 얼굴로 고관성이 말했다. 아마도 그는 화향검에게 길을 열어주기 위해 일부러 이곳에서 시간을 끌며 낭인들을 모은 듯했다.

"어르신이야말로… 어리석습니다. 일찌감치 이들의 천라지망을 뚫을 수 있었을 텐데……."

화향검이 더듬거리며 말했다.

그는 그동안 고관성을 어떻게 불러야 할지 고민해 왔다. 이제껏 호칭을 생략한 것도 그래서였다. 처음처럼 '당신'이라고 부를 수도 없고, 대협이란 호칭도 어색했다. 기껏 생각해 낸 것이 '어르신'이란 호칭이었으나, 그것 역시 어색하기는 마찬가지였다. 더듬거린 이유도 그 때문이었다.

하지만 고관성은 호칭 따위에는 관심을 두지 않은 채 담담히 말했다.

"날 부축할 필요 없네. 등을 맞대게. 이왕 이렇게 되었으니 최대한 빨리 이곳을 벗어나야 하지 않겠는가."

"그렇군요."

화향검은 고개를 끄덕여 보인 후 몸을 돌려 전방의 인자들에게 검을 겨누었다.

인자들은 침착하게 두 사람을 에워싸고 있을 뿐이다. 바닥에는 이미 십여 명의 인자가 쓰러져 있었다. 화향검이 벤 두 명을 제외하고 모두 고관성에게 당한 것이다. 이미 두 사람의 무위를 확인해서일까. 인자들은 좀처럼 공격할 기미를 보이지 않았다.

"기다릴 시간이 없네. 놈들은 이제부터 꾸역꾸역 이곳으로 모여들게야."

가쁜 호흡을 내쉬며 고관성이 말했다. 이미 지칠 대로 지쳐 있는 것이다.

하지만 화향검으로선 좀체 인자들을 뚫고 나갈 엄두가 나지 않았다. 무엇보다 고관성의 상태가 좋지 않았기 때문이다. 더욱이 인자들의 기도 역시 예사롭지 않다.

거화를 비추고 있는 이십여 명의 인자는 언뜻 보기에도 하류무사들이 분명했다. 하지만 검진을 이룬 삼십여 명의 인자는 날 선 검처럼 예리한 기도를 지녔다. 고관성이 고전을 면치 못한 것만 보아도 상당한 수준의 검수들임에 틀림없다.

고관성 역시 쉽게 활로를 찾지 못하고 있는 듯했다. 가쁜 숨소리가 화향검의 어깨 너머로 들려올 뿐, 미동조차 없다. 그렇게 또 잠시의 시간이 흘러갔다.

"그동안 즐거웠네."

"……?"

"이제 더 이상은 자네를 보살필 수 없을 듯하군. 그러니 자네가 원했던 것처럼 각자의 길을 가세. 저들의 벽은 보기보다 견고해. 어차피 둘로 나누는 수밖에 없네. 섭섭해도 이해하게."

고관성이 냉막한 음성으로 말했다.

하지만 그의 의도를 모를 화향검이 아니다. 고관성은 또다시 그 맹목적인 희생으로 화향검에게 활로를 뚫어주려는 것이다.

멀리서 왜인들의 음성이 빗소리를 뚫고 희미하게 들려왔다. 분명 이곳을 향해 달려오고 있는 것이리라. 더 이상 망설일 시간조차 없었다. 그럼에도 화향검은 무엇을 어찌해야 할지 알 수 없었다. 하지만 한순간, 화향검의 얼굴에 미소가 번졌다.

"이제 어느 쪽으로 가실 생각입니까?"

"글쎄, 나는 지금 서쪽을 바라보고 있으니 어쩌면 저 멀리 청해성에 닿을 수도 있겠지."

고관성이 허허로운 음성으로 말했다.

"그렇군요."

"자네는 어느 쪽으로 갈 생각인가?"

"글쎄요. 동쪽을 향하고 있으니 산동성을 지나 저 멀리 도화도로 가야 할까요? 하지만 저 역시 청해성으로 가야 할 것 같습니다. 왠지 망망한 바다보다는 고원이 그립습니다. 그쪽에서 양 떼를 몰며 조용히 산과 초원을 떠도는 게 어울릴 듯합니다."

"……!"

고관성이 천천히 고개를 돌려 화향검을 바라보았다. 아마도 이곳에서 두 사람 다 뼈를 묻게 될 것이다. 이미 왜인들의 천라지망은 견고한 그물처럼 이곳을 감싸고 있을 테니까.

"이왕 목적지도 같으니 함께 움직이는 게 어떻겠습니까?"

"어쩔 수 없는 일이군. 자, 가세!"

스팟—

거화 불빛을 받아 번뜩이던 고관성의 검이 한순간 허공에 빛살을 그었다.

2

채채챙!

이제껏 미동도 없던 인자들이 빠르게 어깨를 밀착시키며 일제히 검을 뻗어 고관성을 막아섰다. 견고한 합격에 고관성의 검은 힘없이 팅겨졌다.

하지만 뒤로 한 걸음 물러서는 듯하던 고관성이 갑자기 신형을 폭사하며 검을 힘껏 휘둘렀다.

스파팟—

북을 찢듯 한줄기 검기가 허공을 찢어발겼고, 촘촘히 밀착해 있던 검수 네 명의 몸이 상하로 양단되며 고꾸라졌다. 그들이 미처 검을 회수하지도 못한 사이 뜻밖의 일격이 가해진 것이다.

고관성의 공격은 거기에서 멈추지 않았다. 언제 절룩거렸는가 싶게 그의 신형은 빠르게 좌측으로 이동했고, 다급히 검을 뻗어오던 검수의 복부에 검을 박았다. 검수가 뻗은 검은 아슬아슬하게 고관성의 목과 어깨 사이에 걸쳐져 있었다.

하지만 그 순간, 두 명의 검수가 양쪽에서 바람처럼 쏘아져 들어왔다.

"헛—"

고관성의 입에서 당혹성이 흘렀다. 미처 검수의 복부에 박힌 검을 뽑을 사이도 없이 두 자루 검이 요혈을 찔러 들어온 것이다.

선택의 여지가 없었다. 고관성은 방금 전 자신이 검을 찔러 넣었던 검수의 몸을 떠안은 채 빙그르르 회전하며 바닥으로 몸을 날렸다. 서걱, 검이 육질을 가르는 소리가 귓전에 울렸다. 하지만 다행히 검이 가른 것은 이미 숨을 끊은 검수의 몸뚱이였다.

바닥에 등이 닿는 순간, 고관성은 두 발로 검에 꽂힌 검수의 몸뚱이를 밀어냈다. 시체가 밀려나며 흥건히 피에 젖은 검신이 거화의 불빛에 이글거렸다.

"하얏!"

허공에 떠올랐던 검수의 시체가 뒤로 밀리며 시야를 여는 순간, 두 자루 검이 머리를 노리며 도낏날처럼 내리 꽂히는 모습이 눈에 들어왔다.

"……!"

고관성의 두 눈이 홉떠졌다. 그는 다급히 좌측으로 몸을 굴리며 검수의 다리를 베어갔다. 하지만 이미 늦었다.

"협—"

희미한 신음성이 고관성의 입에서 흘러나왔다. 그리고 잠시 후, 묵직한 몸뚱이가 그의 몸을 덮어왔다. 방금 전 두 다리를 절단당한 좌측의 검수가 고관성의 몸을 덮치며 쓰러진 것이다.

"어르신!"

화향검의 음성이 귓전에 닿았다. 이명처럼 우우, 울리는 음성이다.

고관성은 다급히 신형을 일으키며 아직 몸에 엉겨 꿈틀거리고 있는 검수의 몸에 검을 찔러 넣었다.

"혁!"

검수의 단말마가 낮게 울렸다.

"이런……."

고관성이 침음성을 흘렸다. 어깨죽지에 한 자루 검이 박혔다. 검의 손잡이에는 잘려 나간 검수의 손이 붙어 있다가 툭, 바닥으로 떨어졌다. 화향검의 검에 당한 것이 분명하다.

거센 빗발은 순식간에 고관성의 몸을 붉게 물들이고 있었다. 고관성과 화향검 두 사람은 서로의 얼굴을 바라보았다. 하지만 그것은 아주 잠시였다. 사방에서 검수들이 두 사람을 향해 쏟아져 들어오고 있는 것이다.

"헛."

고관성은 뜻밖의 상황에 짧은 신음성을 내질렀다. 화향검이 빠르게 다가와 그를 어깨에 짊어진 것이다.

"이제부터는 제가 지켜 드리겠습니다. 청해성까지 혼자 가는 것은 너무 외롭지 않겠습니까?"

스팟.

말의 여운이 사라지기도 전에 화향검의 검이 우측으로 뻗으며 아래에서 위로 치켜져 올라갔다. 그 순간 또 외마디 비명이 울렸고, 비에 섞여 미지근한 선혈이 고관성의 얼굴로 뿌려졌다.

화향검이 섬전처럼 전방으로 뻗어갔다. 검수들이 길을 막아섰으나, 화향검은 믿을 수 없을 만큼 빠른 속도로 달리며 그들을 하나하나 쓰러뜨렸다.

"헉, 헉, 헉—"

고관성의 귓전에 화향검의 가쁜 숨소리가 들려왔다. 이명처럼 우우, 울리는 소리다. 어깨죽지를 다쳐서일까. 귀의 기능에 이상이 생긴 게 분명하다.

스팟―

또 한 차례 비명이 울렸다.

화향검은 흠칫, 몸의 균형을 잃는가 싶더니 다시 빠르게 전방을 향해 쏘아졌다. 마치 한 마리 적토마처럼 멈추지 않고 달리는 것이다.

거화의 불빛은 이미 시야에서 사라졌다. 전방에는 몸을 적시는 차가운 비와 어둠만이 펼쳐져 있다.

너무 많은 피를 쏟아낸 것일까. 고관성은 의식이 점차 흐려졌다. 상처 입은 어깻죽지에서는 쉬지 않고 피가 흘러내렸고, 몸이 차갑게 굳어가는 느낌이다.

"따뜻하군……."

희미해져 가는 의식으로 고관성은 그렇게 중얼거리고 있었다.

"헉, 헉, 헉―"

화향검의 호흡은 더욱 가빠져 갔다.

이미 꽤나 많은 거리를 달려왔으나 인자들의 추격은 끊이지 않았다. 더욱이, 곳곳에 또 다른 인자들이 매복해 있었다. 한순간도 방심할 수 없다. 숲 속에선 간간이 불꽃이 쏘아져 올라갔고, 비는 더욱 거세졌다. 도저히 벗어날 수 없는 미로 같았다.

그런데 어느 순간, 어둠 저편에서 날카로운 비명성이 연달아 울렸다.

"……!"

화향검은 우뚝 멈춰 선 후 비명성이 들려온 곳을 응시했다.

스스스스슷―

젖은 풀잎을 스치며 누군가가 빠르게 달려오고 있었다. 화향검은 길게 심호흡을 한 후 검을 쥔 손에 힘을 실었다.

"……!"

약 사 장여 앞에서 하나의 검은 인영이 멈춰 섰다. 분명 왜국의 인자는 아니었다. 비록 칠흑 같은 어둠 속이었지만 화향검은 그의 윤곽을 얼마간 확인할 수 있었다. 그것은 상대 역시 마찬가지인 듯했다.

잠시 이쪽을 바라보던 인영이 늙수그레한 음성으로 입을 열었다.

"왜놈들이 쫓고 있는 게 너희 두 사람이더냐?"

"그렇소."

화향검은 얼마간 경계하는 눈빛으로 그를 쏘아보며 대답했다.

하지만 마음 한편에선 안도의 한숨이 새어 나왔다. 일단 그가 대륙의 말을 하고 있다는 데에 얼마간 안심한 것이다. 더욱이 방금 전 들려온 비명으로 보아 그가 인자들을 죽인 것이 분명하다. 그렇다면 천검궁 소속의 무사도 아닐 것이다.

"흐흐, 일단 나를 따르거라."

"예? 하지만……."

"홍, 해를 끼칠 사람은 아니니 어서 따라오너라. 자세한 이야기는 나중에 하자꾸나."

어둠 속의 노인은 말을 마친 후 자신이 왔던 방향으로 빠르게 달려가기 시작했다.

'괴이한 늙은이군.'

화향검은 잠시 노인의 뒷모습을 바라보다가 그를 좇아 숲을 가로지르기 시작했다. 현재로선 선택의 여지가 없었다.

노인이 지나간 길 여기저기에 왜국 인자들의 주검이 널려 있었다. 얼마 전 비명을 내지른 자들이 바로 그들일 것이다.

'놀라운 신법이군.'

앞서 가는 괴노인을 바라보며 화향검은 내심 놀라지 않을 수 없었다.

괴노인은 좌우 십여 장의 폭으로 갈지자를 그리며 숲을 휘저었는데 속도가 너무 빨라 그 형상을 따라잡기조차 힘들었다.

그는 아마도 매복이 있는지를 확인하기 위해 그런 신법을 펼치고 있을 것이다. 언뜻 괴팍한 성격을 지닌 늙은이처럼 여겨졌으나 그 마음 씀씀이는 꽤나 자상해 보였다. 화향검은 다시 한 번 안도의 한숨을 내쉬었다. 비로소 살길이 트였다고 믿게 된 것이다.

괴노인은 똑같은 방식으로 가파른 산길을 올라갔다. 언제부터인가 비는 그쳤고, 그 대신 자욱한 물안개가 스멀스멀 피어올랐다. 간혹 뜻하지 않은 매복이 있었으나 그들은 대개 노인의 손에 비명횡사하고 말았다.

하지만 추격은 계속되고 있었다. 멀지 않은 뒤편에서 주기적으로 불꽃이 쏘아져 산을 환하게 밝혔고, 희미하게 왜구들의 고함 소리가 들리기도 했다.

"이제 됐다."

십여 리가량을 달려온 노인이 갑자기 걸음을 멈추며 화향검을 돌아보았다. 노인의 뒤편에선 비에 불은 계곡의 물소리가 웅장하게 울리고 있었다.

"노선배, 무엇이 되었다는 말씀입니까? 그쪽은 협곡이 아닙니까. 아무래도 막다른 길인 듯한데……."

화향검은 새삼 경계심을 일으키며 노인의 오 장여 앞에서 걸음을 멈추었다.

"흐흐, 이 녀석아, 그럼 언제까지고 개 떼에게 쫓기듯 산길을 달릴 생각이었더냐?"

"……?"

"보아하니 네놈의 신법 역시 가히 나쁘지 않구나. 이 협곡의 폭은 대략 삼십여 장에 이르느라. 건너뛸 수 있겠느냐?"

괴노인은 느긋한 음성으로 물어왔다.

화향검은 그제야 노인의 의도를 알아챘다. 비록 인자들의 추격술이 상당한 경지에 이르렀다 해도 삼십여 장에 이르는 거리를 뛰어넘을 수 있는 자들은 흔치 않을 것이다. 협곡 너머와 닿은 길이 없다면 더 이상의 추격은 힘겨워지게 마련이다.

하지만 문제는 화향검 역시 삼십여 장에 달하는 협곡을 뛰어넘을 자신이 없다는 점이었다. 도중에 나무라도 한 그루 있어서 그것에 의지해 넘는다면 모르겠으나, 노인의 뒤편에 자리잡은 협곡은 깎아지른 듯한 절벽일 것이다. 그러니 나무 따위가 있을 리 없다.

"왜, 자신이 없느냐?"

물끄러미 화향검을 바라보던 노인이 쏘아붙이듯 물어왔다.

"그렇소. 더욱이 나는 함께 가야 할 일행이 있소."

"네 등에 매달린 그 반송장을 말하는 것이더냐?"

"……."

화향검은 아무 말도 하지 않은 채 괴노인을 뚫어져라 바라보았다.

괴이한 생김새! 노인이야말로 송장에 가까운 모습이었다. 목내이처럼 야위었으며 머리는 온통 회백색으로 셌다. 이목구비는 비교적 또렷했으나 어둠 속에서도 자글자글한 주름이 확연히 눈에 들어왔다.

"음… 의리있는 아이로고!"

잠시 화향검을 바라보던 괴노인이 기이한 미소를 내비쳤다. 하지만 화향검은 가볍게 고개를 흔들었다.

"그저 얼마간 빚이 있을 뿐이오."

"그래, 어쨌거나 착한 아이로구나. 요즘은 세상이 하수상해서 빚쟁이들을 남몰래 죽이기까지 하거든. 그런데 너는 다 죽어가는 빚쟁이를 살리려 하는구나?"

"……."

화향검은 딱히 할 말이 없어 노인을 빤히 쳐다볼 뿐이었다.

그러는 사이 인자들의 웅성거림은 더욱 가까워지고 있었다. 어떤 식으로든 벗어나야 하지만 아무래도 무리였다.

"그럼 이렇게 하자꾸나. 내가 그 반송장을 안고 건너뛸 테니 네놈은 홀몸으로 건너거라. 설마 그것까지 못하겠다고 말하진 않겠지?"

"하지만 어떻게……."

화향검의 두 눈에 의혹이 자리잡았다. 아무리 신법에 능하다 해도 사람을 안고 삼십여 장의 거리를 건너뛴다는 것은 무리다. 더욱이 상대는 주름밖에 남지 않는 상늙은이가 아닌가.

"내게는 그리 어려운 일이 아니니 네놈 걱정이나 하거라."

"……."

"자, 그 반송장을 이리 넘기거라."

괴노인은 빼앗듯 고관성을 넘겨받아 어깨에 걸쳤다. 그리고는 천천히 절벽을 향해 달리기 시작했다.

파, 파, 파파팟—

지극히 느리게 이어지던 노인의 걸음이 어느 순간 눈에 보이지 않을 만큼 빨라졌다. 그리고 어둠 속의 어느 한 지점에서 쐐앳, 파공성을 일으켰다. 노인의 신형이 부드러운 호선을 그리며 어둠 속으로 사라진 것도 그 순간이다.

"저 신법은 혹……."

비록 어둠 속이었으나 화향검은 구름바다를 가로질러 나는 듯한 노인의 유유한 동작에서 하나의 신법을 떠올렸다. 바로 곤륜파의 운해비영.

화향검은 무학에 관한 한 어느 누구에게도 뒤지지 않을 만큼 해박한 지식을 지녔다. 천검궁의 무림 비고에는 강호 각파의 무공 비급이 모아져 있었고, 화향검은 어려서부터 그곳에서 살다시피 했다. 타고난 무골에 머리까지 비상해 그는 한 번 본 것을 잊지 않았으며, 머리 속에 있는 초식을 곧바로 펼쳐 보일 수도 있었다.

하지만 곤륜파 운해비영의 경우, 각종 신법에 관해 적은 책자에 간단하게 특징만이 적혀 있어 그것을 시전할 수는 없는 형편이다. 그 책자는 그저 신법을 통해 상대가 지닌 무학의 뿌리를 확인할 수 있도록 돕는 일종의 무학잡서였던 셈이다.

"어서 건너오지 않고 뭘 하고 있는 게냐?"

계곡 저편에서 노인의 음성이 희미하게 들려왔다.

화향검은 퍼뜩 정신을 차리고 계곡 저편과의 거리를 대충 가늠해 보았다. 그 끝이 보이지 않는 어둠이다. 바닥도 마찬가지였다. 비에 불어 거세게 굽이쳐 흐르는 물소리가 들려올 뿐, 물안개에 가려 아무것도 보이지 않았다.

'하지만 어쩔 수 없는 일 아닌가.'

길게 심호흡을 한 화향검은 절벽에서 오 장여 뒤로 물러선 후 빠르게 전방을 향해 내닫기 시작했다.

쏴아아아—

물안개가 차갑게 얼굴에 부딪치며 갈라지고 있었다.

'운에 맡기는 수밖에.'

절벽 끝을 박차고 허공을 가르며 화향검은 이를 악물었다. 천마행공(天馬行空)의 신법으로 허공에서 두 발을 빠르게 교차해 갔으나 계곡의 끝은 보이지 않았다. 마치 삶과 죽음의 경계처럼 아득하게만 느껴졌다.

그런데 바로 그 순간, 묘하게도 고관성의 모습이 떠올랐다. 삶과 죽음의 경계에서 왜 하필 그의 모습이 떠올랐던 것일까.

3

화향검의 눈은 정확했다. 괴노인의 신법은 분명 운해비영이었다.

일절천하 구룡휘.

강호에서 그는 이미 죽은 사람이다. 하지만 그는 아직 살아 있었고, 화향검과 고관성의 눈앞에 나타났다. 아니, 만약 고관성이 아니었다면 화향검은 그를 만나고도 그가 곤륜파의 절세고수로 손꼽히던 구룡휘임을 알지 못했을 것이다.

화향검은 천마행공의 신법으로 아슬아슬하게 협곡을 뛰어넘었다. 간발의 차였다. 일 척만 못 미쳤어도 그는 까마득한 절벽 아래로 떨어지고 말았을 것이다.

"뭘 그렇게 멀뚱히 서 있느냐!"

가슴을 쓸어 내리고 있는 화향검을 한심하다는 듯 바라보던 괴노인이 팽, 소리를 내질렀다. 그리고 고관성을 떠멘 채 다시 빠르게 달려가기 시작했다. 그렇게 쉬지 않고 삼백여 리를 더 달리고 나서야 노인은 걸음을 멈추었다.

"젊은 놈이 퍽 부실하구나."

화향검이 귀밑머리에 맺힌 땀방울을 쓸어 내리기도 전에 괴노인은 또 잔소리를 늘어놓았다. 노인의 어깨에 걸쳐 있는 고관성은 아직도 혼절한 상태였다. 희부옇게 밝아오는 미명이 노인과 고관성의 모습을 비추었다.

잠시 후 노인은 적당한 동굴을 찾아 그 입구에 고관성을 눕혔다. 노인이 화들짝 놀라며 화향검을 바라본 것도 그 순간이었다.

"아니, 도대체 네놈의 정체가 무엇이냐?"

"예? 그건 왜 갑자기……."

"이 아이, 이 아이와는 무슨 사이더냐? 아니야, 궁비는 분명 죽었다 들었거늘……."

노인은 헷갈린다는 표정으로 고개를 갸웃거리며 고관성의 얼굴을 살폈다. 하지만 그것은 분명 적대감보다는 반가움의 표정이었다.

한동안 그렇게 멍하니 넋을 놓고 있던 노인은 서둘러 약초를 구해 고관성의 상처를 치료했고, 두 시진에 걸쳐 추궁과혈을 했다. 하지만 상처가 깊었던 고관성은 다음날이 되어서야 겨우 깨어났다. 노인의 정체가 밝혀진 것도 그 순간이다.

"아니… 혹 곤륜파의 일절천하 구 장문인 아니십니까?"

정신을 수습한 고관성은 믿을 수 없다는 눈으로 괴노인을 바라보았다.

화향검이 괴노인의 정체에 놀란 것도 그 순간이다. 곤륜파의 일절천하 구룡휘는 이미 오래전에 죽은 고인이 아니던가!

"허허, 이런 일이 있을 수 있는가! 네가 정녕 궁비란 말이더냐?"

"구 백부!"

도대체 어찌 된 사연인지는 알 수 없었으나 괴노인과 고관성은 한동안 두 손을 꼭 움켜쥔 채 눈물까지 내비쳤다.

이후 며칠간 노인, 즉 구룡휘는 고관성을 치료하며 많은 이야기를 나누었다. 그러는 동안 화향검은 자연스럽게 두 사람의 관계를 알게 되었다.

본래 구룡휘는 고관성, 아니, 고궁비의 아비인 고춘풍과 의형제 사이였다. 비록 선풍도장이 이름없는 무림방파에 불과했으나 그곳의 주인인 고춘풍은 의협심이 강하고 사람이 올곧아 구룡휘와는 더없이 마음이 잘 통했다. 그런 까닭에 곤륜파와 선풍도장은 잦은 왕래를 가졌고 식솔끼리도 절친하게 지냈다. 특히 고궁비는 어려서부터 구룡휘를 잘 따라 한때 곤륜파의 속가제자로 들어가기까지 했다.

하지만 어느 날 느닷없이 선풍도장으로 구룡휘의 부고가 날아들었다. 당시 구룡휘의 나이 90세였으니 그리 놀랄 만한 일은 아니었다. 하지만 고춘풍에게 있어선 마치 하늘이 무너지는 듯한 소식이었을 것이다.

고춘풍이 고궁비를 데리고 급히 곤륜파로 향했을 때는 이미 장례가 끝나고 무덤이 만들어진 뒤였다. 그런데 어찌 된 일일까. 죽었다던 구룡휘가 이렇게 멀쩡히 살아 있는 것이다.

하지만 의문을 품은 것은 고관성만이 아니었다. 구룡휘 역시 선풍도장이 멸문했다는 소식을 들은 후 나름대로 그 식솔들의 행방을 은밀히 수소문했으나, 모두 죽었다는 이야기를 들었을 뿐이다. 그런데 고궁비가 이렇듯 살아 있는 것이 아닌가.

의혹도 잠시, 구룡휘는 격한 감정의 소용돌이에 휩싸였다. 그는 취봉접을 피해 정도무한종의 북경 지부로 옮겨오던 길이었다. 그러다 우연히 왜국의 인자들이 대규모로 이동하는 것을 보았고, 그들을 수상히 여겨 미행하다가 쫓기는 두 사람을 만나 도와준 것이다. 그런데 그들 중 한 명이 다름 아닌 고궁비라니, 새삼 인연의 오묘함에 놀랄 수밖에.

"다행히 깊은 내상은 없고, 회복 속도도 빠르구나."

"고맙습니다, 구 백부."

"쯧쯧, 어찌하여 선풍도장의 후대가 이런 고초를 겪어야 한단 말인고. 선하디선한 이들이 살기엔 모진 세상이로다."

지그시 눈을 감은 채 구룡휘는 길게 한숨을 내쉬었다. 그동안 고궁비가 고관성으로 살아와야 했던 인생 역정을 들은 터라 마음이 씁쓸할 수밖에 없었다.

아내 화인옥이 자살했다는 소식을 들은 후 고궁비는 무슨 일이 있어도 천검궁을 자기 손으로 무너뜨리리라 다짐했다. 하지만 이미 강호는 천검궁의 천하였고, 혼자의 힘으로 그것을 무너뜨린다는 것은 불가능한 일이었다.

고궁비가 선택할 수 있는 일은 한 가지밖에 없었다. 황실의 힘을 등에 업고 천검궁을 무너뜨리는 것. 하지만 그가 가진 인맥이라고는 이미 대부분 천검궁에 굴복한 강호방파들밖에 없었다. 그렇다고 한평생 무공만을 익힌 그가 과거를 통해 관료가 된다는 것은 너무 요원한 일이었다.

어쩔 수 없는 일이었다. 그는 당시 황실의 실권을 쥐고 있던 환관 정치성(鄭治星)의 사람이 되기로 마음먹었다. 하지만 그의 사람이 된다는 것도 쉬운 일은 아니었다. 고궁비 같은 이들로선 접견할 기회조차 없었으니까.

하지만 복수심에 불타고 있는 그가 못할 일이 어디에 있겠는가. 어느 날 고궁비는 황궁으로 행차하는 정치성의 교자 앞을 막아섰다. 그를 자객으로 오인한 수십 명의 무사가 일제히 검을 뽑아 덤벼들었다. 하지만 고궁비는 검을 뽑지도 않은 채 그들 모두를 제압했다.

거리는 순식간에 아비규환이 되었고, 정치성의 호위 무사들은 모두 어디 한두 군데가 부러진 채 바닥을 굴렀다.

갑작스런 소란에 놀랐을 법도 하건만 정치성은 거목이었다. 그는 매서운 눈초리로 고궁비를 내려다볼 뿐이었다.

"목적이 무엇이냐?"

냉막한 음성. 비록 환관에 불과했으나, 그의 기도는 지극히 정순했다.

고궁비는 자신이 사람을 제대로 선택했음을 확신했다. 더 이상 망설일 이유가 없었다. 그 자리에서 정치상 앞에 털썩, 무릎을 꿇은 후 검집을 열고 오른손 새끼손가락을 잘라냈다. 자신을 정치성에게 맡길 것을 맹세한 것이다.

잠시 고궁비를 내려다보던 정치성은 갑자기 앙천대소했고, 결국 그를 자신의 심복으로 삼았다.

하지만 그것으로 모든 게 끝난 것은 아니다. 고궁비에게서 일의 자초지종을 들은 정치성은 그에게 하나의 선택을 강요했다. 진정 복수를 하고 싶거든 고궁비 자신이 환관이 되어야 한다는 얘기였다. 정치성은 이미 은퇴할 나이가 되었고, 현재 그가 지닌 힘만으로는 천검궁을 어찌할 수 없다는 게 이유였다.

정치상의 말은 결코 틀리지 않았다. 천검궁은 이미 황실 내의 많은 세력가들을 포섭해 둔 상태였고, 정치상은 그 일에 관여하고 싶어하지 않았다. 결국 그 일은 고궁비의 몫이었다. 정치상이 할 수 있는 일은 그를 위해 길을 닦아놓는 정도에 불과했다.

결코 갈등하지 않았다. 고궁비는 거세했고, 고관성이라는 이름으로 다시 태어났다. 정치상의 도움으로 빠르게 승진 가도를 달렸다. 비록 환관의 처지이긴 했지만 그는 상당한 권력을 거머쥐게 되었다.

하지만 천검궁을 무너뜨리는 일은 여전히 요원했다. 이미 말했듯 황실엔 천검궁을 비호하는 많은 세력들이 있었던 것이다.

그런데 황실엔 또 반대로 고관성처럼 천검궁에 대해 적개심을 가진 이들도 있었다. 몇몇 무관과 문관들이 천검궁을 견제하는 게 눈에 띄었고 고관성은 그들에게 접근했다. 은하대맥의 일원이 된 것도 그들을 통해서였다.

"그나저나 구 백부께서는 어째서 죽음을 가장한 채 살아오신 겁니까?"

고관성이 담담한 음성으로 물었다.

어쩐 일인지 구룡휘는 자신에 관한 일을 굳게 함구하고 있었다. 고관성은 그가 이야기할 때까지 기다릴 생각이었으나, 아무래도 쉽게 이야기할 것 같지 않았다.

"그야……."

"……?"

"흐흐, 아마 넌 이해하지 못할 게다. 나에겐 특별한 일이 일어난 것도 아니고, 그렇다고 뭔가를 계획하고 그리한 것도 아니다. 그저 어느 날 갑자기 모든 게 무상함을 깨달았고, 세상에서 나란 존재를 지워 버리고 싶었지."

구룡휘는 길게 한숨을 내쉬며 말했다.

실제로 고관성은 구룡휘의 말을 쉽게 이해할 수 없었다. 나름대로 일가를 이룬 고인이 거짓 죽음을 가장하는 따위의 장난을 친다는 것은 흔한 일이 아니다. 더욱이 구룡휘는 평소 장난을 좋아하는 사람이 아니다. 그는 늘 공명정대했고, 철학적 사유가 깊었고, 삶을 진지하게 생각하는 사람이었다.

"음… 그러고 보니 네가 만나야 할 사람이 있구나."

잠시 흐린 눈빛으로 하늘을 올려다보던 구룡휘가 뜬금없이 말했다.

"누구를 말씀하시는 것인지……."

"일검수 류추영."

"예? 하지만……."

고관성은 두 눈을 동그랗게 뜬 채 구룡휘를 바라보았다.

도대체 그가 무슨 이야기를 하는 것인지 종잡을 수 없었다. 은하대맥은 워낙 비밀리에 구성된 단체라 맥주의 정체를 아는 이 역시 많지 않았다. 하지만 구룡휘는 은밀히 류추영과 만나왔다. 적어도 그가 지난봄 천검궁에서 사라지기 전까지.

"이제 몸도 많이 회복한 듯하니 자세한 이야기는 가면서 들려주마. 어차피 너희도 몸을 의탁할 곳이 필요하지 않겠느냐?"

구룡휘는 그 마른 얼굴에 활짝 웃음을 드리우며 화향검 쪽으로 눈길을 돌렸다. 왠지 화향검이 고관성과 닮았다고 생각하며.

정도무한종 본산의 밤도 깊어갔다.

처음으로 큰 싸움을 겪은 뒤라 무사들 대부분이 흥분에 휩싸여 있었다. 그들이 정도무한종에 귀의한 목적은 대부분 같았다. 천검궁과의 결전을 위해서다.

정도무한종 무사들은 하나같이 천검궁과 원수를 진 이들이다. 부모가 억울하게 죽었거나 천검궁으로 인해 멸문을 당했거나 어떤 식으로든.

어쨌거나, 무사들은 오늘 싸움으로 인해 비로소 천검궁의 힘을 확인했다. 비록 싸움의 결과는 정도무한종의 승리였지만, 득실을 따진다면 큰 피해를 입은 셈이다.

천검궁은 거인과 같아서 오늘 입은 피해 정도는 그야말로 조족지혈에 불과하다. 반면 정도무한종은 비록 백여 명을 약간 웃도는 사상자를 냈을 뿐이지만 그것은 굉장한 타격이다. 더욱이 이미 실체를 들키고 말았으니 조만간 본산을 옮겨야 할 처지다. 아니, 어쩌면 그럴 틈도 없이 천검궁의 대대적인 토벌 작전이 벌어질지도 모른다.

하지만 굉우소를 비롯한 정도무한종의 중진들은 무사들을 독려하고 빠르게 사태를 수습했다. 덕분에 무사들은 얼마간 안정을 되찾았다.

한편, 추성각에서는 또 다른 일이 진행되고 있었다. 이미 많은 이들이 은연중에 일검수의 부활을 포기했으나 뜻밖의 변수가 생긴 것이다.

고지기의 등장. 정도무한종 본산에 도착해 성검에게서 자초지종을 들은 고지기는 곧장 일검수의 상태를 살피기 시작했다.

사실, 그것은 아주 특수한 상황이었다. 평범한 사람들이라면 공간과 공간 사이의 이동 자체를 믿지 못했을 것이다. 하지만 고지기는 달랐다. 기이한 경험으로 치자면 고지기만큼 다양하게 체험한 이도 드물다.

소림사에서 금개록을 여는 순간부터 고지기는 현실 이면의 세상을 살아온 것이다. 탈화를 겪으며 견디기 힘겨운 고통에 시달렸고, 각종 환각 상태를 맛보았다. 화룡방의 우물 속에선 기어코 그 세상의 실체와 접했다. 막불족의 대통을 이어 화라마종의 제삼대 종주가 된 것이다.

그러한 일련의 과정에서 고지기는 또 기이한 경험을 했다. 탈화 현상으로 인해 급속하게 쇠락해 가던 그가 상상을 초월하는 내공을 얻으며 회춘했으니⋯⋯.

어디 그뿐인가. 이곳 정도무한종 본산으로 향하던 도중엔 장여륭이 개로 변하는 모습까지 보았다. 처음엔 그저 황당할 뿐이었지만 고지기는 그 상황을 절묘하게 이용했다. 장여륭에게 술을 먹인 후 적당한 수레를 구해 끌게 한 것이다.

물론 그때마다 염자방이 훼방을 놓았고 고지기는 또 어쩔 수 없이 입에 거품을 물 때까지 염자방을 두들겨 팼다.

그러다 보니 자연히 웬만한 일엔 내성이 생기게 되었다. 일검수가 공간과 공간 사이를 이동했다는 것도, 그의 유체가 육체에서 분리되었다는 것도 고지기에게는 그다지 대수로운 일이 아니었다. 아마 일검수가 애를 뱄다고 해도 믿었을 것이다.

더욱이 화라마종의 성서인 화라마경을 통해 기현상에 대해 제법 공부를 한 터라 고지기는 자신이 일검수를 치료할 수도 있으리라 생각했다. 그래서 상태를 살피게 된 것이다. 그러길 꼬박 여섯 시진, 고지기가 기어코 낮은 음성을 토해냈다.

"천운이로다."

"……!"

그 한마디에 불당에 모여 있던 이들의 표정에 비로소 화기가 돌았다.

"천운이라니, 그렇다면 아버지가 회생할 수 있단 말씀입니까?"

성검이 고지기 옆으로 바짝 다가가 앉으며 물었다.

"죽지 않았는데 무슨 회생이란 말이냐?"

고지기는 대수롭지 않다는 듯 일검수를 살피며 말했다.

불당 바닥에는 일검수 류추영이 나무토막처럼 누워 있었다. 고지기는 두 손으로 그의 전신을 짚어가는 중이다.

"아직 숨이 붙어 있다는 것은 알지만, 유체가 존재하지 않으니 문제가 아니오."

벽천오승의 일해가 가볍게 고개를 저으며 말했다.

일해는 고지기가 일검수의 상태를 제대로 파악하지 못한 게 아닌가 생각하고 있었던 것이다.

하지만 그 순간, 고지기의 입이 기이하게 말아 올려졌다.

"유체 또한 육신 안에 머물고 있소이다."

"……!"

벽천오승이 놀란 표정으로 서로의 얼굴을 살폈다.

"나는 의학에 관한 지식이 그다지 깊지 않소이다. 하지만 영통(靈通)을 얻은 만큼 유체의 생리에 관해선 제법 아는 편이올시다."

"그럴 리가! 그렇다면 일검수가 왜 아직까지 깨어나지 못하고 있는 것이오?"

일해가 여전히 의혹을 떨치지 못한 채 물었다.

"글쎄올시다. 나 역시 정확한 원인을 알 순 없소. 하지만 몇 가지 추리는 가능하지요. 가령 갑작스런 육체의 고통에 놀라 영(靈)이 스스로를 몸 어딘가에 봉인해 놓았을 수도 있고, 겨울잠을 자듯 깊게 잠든 것일 수도 있소. 또한 퇴화의 가능성도 완전히 배제할 수는 없겠지요. 쉽게 얘기해서 백치가 되었을 수도 있다는 얘깁니다."

"음……."

일해의 입에서 침음성이 새어 나왔다.

미처 생각지 못했으나, 전혀 불가능한 이야기는 아니었다. 특히 유체가 스스로를 봉인했다는 추리는 상당한 설득력을 지녔다. 자기 보호 본능이 강할수록 그러한 현상이 일어날 확률이 높다. 어쩌면 고지기의 말대로 일검수는 소환 과정에서 스스로를 지키기 위해 본능적으로 자신의 유체를 봉인했을 수도 있다.

"도대체 무슨 얘깁니까? 아버지가 깨어날 수 있다는 말씀이냐구요!"

성검이 고지기의 상체를 쥐고 흔들며 버럭 소리를 내질렀다.

법당 안의 사람들은 묘한 표정으로 그 모습을 지켜보았다. '버르장머리없는 놈', '힘만 센 놈', '시원하군' 따위의 생각들을 품은 채.

"쩝! 그야 내가 영통했으니 가능은 하겠구나."

"정말이요, 스님? 음희희희! 역시 제가 인복 하나는 타고났다니까요! 사랑해요, 스님!"

상체를 쥐고 흔들던 손을 놓고 덥석 고지기를 안으며 성검이 환호했다.

그 바람에 법당 안의 사람들은 또 묘한 표정을 지었다. '그런 사이였군', '교활한 놈', '흐뭇한 정경이구먼' 따위의 생각들을 품은 채.

하지만 정작 고지기는 떨떠름한 표정이었다.

말은 쉽게 했지만 일검수를 깨우는 것은 결코 쉬운 일이 아니었다. 유체가 스스로를 몸 어딘가에 봉인해 놓았든, 깊은 잠에 들었든, 퇴화했든 상관없이 일검수가 정상으로 돌아오기 위해선 유체 스스로의 의지가 작용해야 한다. 쉽게 말해 누군가가 간섭할 일이 아니란 얘기다.

"이놈, 성검아. 숨이 막히는구나."

"예? 죄송합니다, 스님. 너무 고마워서……."

"푸헤헤! 네놈 말대로 인복이 좋은 것이지. 솔직히 나 같은 사람 만나는 게 쉬운 일은 아니다. 고금왕래 천지사방 중 같은 곳, 같은 시간대에 이 고지기를 만난다는 게 천운이 아니고서는 불가능하거든."

"지당하신 말씀입니다, 스님."

성검은 어느새 고지기의 등에 달라붙어 어깨를 주무르고 있었다.

"말이 나왔으니 말이지, 소림 역사상 스님처럼 초탈(超脫)하며 또 동시에 속인의 마음을 잘 헤아리는 분이 어디 있겠습니까. 술 맛에 여자 맛까지 확실히 보신 분이니 온갖 주정뱅이며 파락호, 패륜아들을 제도하는 자세가 되었을 것이고, 사특하기 그지없는 사이비 종교에 깊숙이 몸을 담으신 바 있으니 또 사교(邪敎)의 폐해를 누구보다 뼈저리게 느끼실 게 아니겠습니까?"

비교적 정성껏 고지기를 띄어주는 동안 불당 안의 사람들은 고개를 삐뚜름하게 꺾은 채 고지기를 새롭게 훑어보았다. 낯선 스님의 정체가 조금씩 까발려지기 시작한 것이다.

고지기라고 해서 그들의 표정이 무엇을 의미하는지 모를 리 없었다.

"케헴. 성검아, 그만 하거라."

고지기는 성검을 슬쩍 밀어내며 은근한 음성으로 말했다. 하지만 성검은 너무 들뜬 나머지 평소의 그 예리한 판단력을 잃고 있었다.

"음회회! 쑥스러워하실 것 없습니다. 여기 계신 분들은 모두 제 가족 같은 분들입니다. 어차피 인사를 나누셔야 할 터이니 이 참에 제가 스님의 이력에 대해 세세하게 설명을 하는 게 낫지 않겠습니까? 파계를 하고 쫓겨나다시피 달아나 항마봉에 머물게 된 사연에서부터……."

퍽!

"끄아아아—"

느닷없이 날아온 주먹에 성검은 뒤로 벌렁 나자빠지며 비명을 내질렀다. 성검이 몰랐던 한 가지… 고지기에게도 숨기고 싶은 비밀이 있다는 사실이었다.

천검궁 무사들과 일전을 치른 후 성검은 무섭게 변해갔다.

술을 끊고 한동안 들추어보지 않던 무공 비급들을 정독해 나갔다. 마치 가을 내내 미친 듯이 먹어대던 곰이 겨울잠에 들고는 동굴 밖으로 한 발도 내딛지 않는 것처럼, 방 안에서 두문불출했던 것이다.

그러다 보니 동방칠수 삼인방이나 염자방, 초지는 따분한 나날을 보낼 수밖에 없었다.

단 한 사람, 유난히 얼굴빛이 좋아진 인간이 있었다. 주동선이다. 그는 성검이 그렇게 방 안에서 평생 살다 죽었으면 하는 마음이었다.

'그래, 열심히 살아야지. 중놈처럼 염불을 외는 건지, 책벌레처럼 책을 뜯어 먹는 건지는 모르지만 성검이 넌 그렇게 사는 게 어울려.'

술동이를 쓰다듬는 주동선은 콧노래가 절로 나왔다. 일명 원앙합환주(鴛鴦合歡酒). 주동선은 혼신의 힘으로 술을 빚었다. 그러다가는 자칫 진정한 술도가의 명인이 되지 않을까 스스로 염려하기까지 하면서.

"이슬이 떨어지기 전에 딴 붓꽃과 꽃창포, 옥잠화에 때 이른 비비추,

해당화와 미나리아재비, 그 외 몇 가지 약초를 섞어 서로의 독성을 잠재운 후 잘 말려 약수에 담았다가 우리 취선도가 비기의 처방을 쓴 원앙합환주! 흐흐, 이 전설 속의 술이 내 손에서 빚어졌단 말입지? 흐히히, 처녀의 마음에 봄바람 같은 애정이 싹트게 하는 원앙합환주라……. 초지야, 앞으로 몇 달만 기다리거라! 그럼 이 오라비의 마음과 네 마음이 통하게 되어 있느니라!'

계곡 한편에 자리잡은 토굴에서 주동선은 술동이 묻은 땅을 꾹꾹 밟으며 쉬지 않고 구시렁거렸다.

이제 몇 달 후 술이 익으면 주동선은 계곡으로 초지를 불러내 둘이서 오붓하게 그 술을 마실 생각이었다.

원앙합환주는 아주 독한 화주인데다 얼마간의 환각 작용이 있어서 함께 술을 마시다 보면 가끔 의외의 상황이 벌어지기도 한다. 주허자가 천하의 박색인 여인과 부부 연을 맺게 된 것도 원앙합환주 때문이었다.

그 일 이후 주허자는 술을 끊을 결심까지 하게 되었으나 차마 그러지는 못했다. 그저 다시는 원앙합환주를 빚지 않으리라 결심했을 뿐이다.

하지만 그로써 원앙합환주의 맥이 끊긴 것은 아니다. 주허자의 어미는 죽기 전에 주동선에게 한 가지 유품을 남겼는데, 그게 바로 원앙합환주의 양조법을 담은 비기였다. 그녀는 아들 주동선이 다소 부실함을 아는지라, 언젠가 긴히 쓰일 때가 있으리라 여기고 굳이 그런 유품을 남기게 된 것이다.

"흐흐흑, 어머니의 은혜는 정말 하해와 같습니다. 불초소자에게 이런 날이 올 것을 어찌 아시고……."

새삼 어미를 떠올린 주동선의 눈에 눈물이 고였다.

한편, 고지기는 하루하루가 바늘방석 같았다. 성검 앞에서 일검수를 회생시키리라 큰소리를 치기는 했으나 그게 쉽지 않았다.

"허허, 이 일을 어찌한다? 겨드랑이를 간질이고 발바닥을 때려도 도통 깨어날 생각을 않으니……."

환장할 일이었다. 일검수의 유체가 아직 몸 안에 머물고 있음을 확신하고 있으나 아무래도 그 유체를 각성시킬 방도가 떠오르지 않았다.

"무당을 불러 굿이라도 할까. 아니지, 화라마종의 대통을 계승한 내가 어찌 이까짓 일로 민초를 혹세무민케 하는 무당을 부를 수 있으리오."

고지기는 불당 안을 오락가락하며 속만 태울 뿐이었다.

사실 굿으로 될 일도 아니었다. 봉인이 너무 견고해 스스로 깨치지 않는 한 달리 그것을 풀 방도가 없었다.

조언을 받을 만한 이도 없었다. 벽천오승은 더 이상 자신들의 힘이 필요없음을 깨닫고 이미 서장으로 돌아갔다. 심공과 주허자 역시 일찌감치 손을 놓은 상태였다. 그러니 고지기 혼자 속이 타 들어갈 뿐이다.

한편, 굉우소와 장호는 조직을 재정비하느라 눈코 뜰 새 없이 바빴다. 다만 취봉접만은 무엇을 생각하는지 성검처럼 방에 틀어박혀 좀체 밖으로 나오지 않았다.

그렇게 무심히 시간은 흘러갔다. 하지만 정도무한종 본산에 머물고 있는 그들은 모두 한 가지 생각에서 자유로울 수 없었다. 조만간 들이닥칠 천검궁 무사들과의 한판! 정도무한종의 한가로운 나날은 말 그대로 폭풍 전야의 고요였던 것이다.

같은 시각, 대륙엔 큰 격변이 일어나고 있었다.

무능한 황제 밑에서 썩을 대로 썩은 관료들이 자신들의 탐욕을 채우는 동안 백성들의 가슴엔 독버섯 같은 원망이 자라났다. 그런데 어느 순간부터 그것이 기어코 민란의 조짐으로 번졌고, 서서히 세력을 갖춰가기 시작했다.

문제는 역시 땅이었다. 황장(皇莊), 즉 황실의 소유지가 급격히 늘고 곳곳에서 황족과 환관, 부패 관료들의 착취가 극에 달했다. 그들의 땅이 늘수록 농민들의 유망(流亡)은 본격화되었고, 결국 민란이 일게 된 것이다.

문제는 거기에서 그치지 않았다. 원제국의 멸망 이후 급속히 쇠락해 가던 몽고 부족이 다시 강성한 힘을 지닌 세력으로 성장해 북쪽 지방을 침탈했고, 해안 지방에선 하루도 거르지 않고 왜구가 출몰했다.

다급해진 황실은 대책을 세우기 위해 분주히 움직였지만, 시궁창처럼 썩은 그들이 적당한 해결책을 떠올릴 리 없었다. 오히려 당쟁이 가속화되고, 궁 밖에선 상대 파의 인재들에 대한 암살이 공공연하게 벌어졌다.

그럼에도 무능한 황제는 그러한 일련의 혼란을 대수롭지 않게 생각했다. 궁 밖에서 무슨 일이 벌어지든 연회는 하루도 거르지 않고 열렸으며, 간신들은 앵무새처럼 듣기 좋은 말만 늘어놓았다. 어디에서 민란이 일어났는지, 어느 대신이 죽었는지 따위는 듣지도 못했으며, 묻지도 않았다.

사실 그 정도의 혼란은 어느 왕조에나 있어왔다. 민란이나 오랑캐들의 노략질, 치고 받는 식의 당쟁으로 나라가 망하지는 않는다. 아니, 패망의 원인이 그런 것들이긴 하지만, 명 황실은 아직 때가 아니었다. 명 태조 이후 유능한 황제들이 다져 놓은 기틀이 너무 견고했던 것이다. 황제 역시 그 사실 하나쯤은 잘 알고 있었다. 그래서 가끔은 자기처럼 무능한 황제가 설쳐도 되리라 믿고 있는 것이다.

하지만 정작 실무를 관장하고 있는 관리들이나 나라를 걱정하는 충신들은 사태가 의외로 심각하다는 생각을 떨칠 수 없었다. 모든 점에 의혹이 따랐다. 농민들의 봉기는 사실 대수롭지 않다. 적당한 수의 군대를 보내면 쉽사리 평정된다. 농민 봉기라는 것이 워낙 산발적이고 단발적이기 때문이다.

그런데 이번엔 달랐다. 보이지 않는 손이 작용하고 있는 것이 분명했다. 처음 절강성에서 시작된 봉기가 수개월이 지나도록 수그러들지 않았다. 아니, 오히려 시간이 흐를수록 세력이 극대화되고 있었다. 절강성에서 복건성으로 번지는가 싶더니 어느새 강서성으로까지 확대되었다.

그뿐만이 아니다. 왜구의 침입이 예전과는 다른 양상을 보이고 있었다. 단순히 해안 지방에 대한 노략질로 끝나는 게 아니라 대규모로 내륙 각지에 침입하기 시작했다. 곳곳에서 관군과 마찰이 생겼지만 속수무책으로 당하고만 있는 실정이다.

더욱 심각한 문제는 사교(邪敎)의 등장이었다. 어느 날 갑자기 천년밀문이라는 신비 단체가 나타났고 급속히 세력을 뻗쳤다. 천년밀문은 밀교와 마찬가지로 미륵의 하생을 믿는 종교였다. 하지만 그들은 한발 더 나아가 흑화신녀라는 천년밀문주가 바로 미륵의 현신이라 외치고 다녔다.

천년밀문은 아주 독특한 종교 집단이었다. 처음엔 흑화신녀를 비롯한 모든 신도가 여인이었다. 하지만 어느 순간부터 남녀를 가리지 않고 신도를 거두기 시작했다. 흑화신녀가 미륵의 환생체로 거듭난 이후다. 미륵이 하생했으니, 마치 달과 해가 하나가 되듯 순음(純陰)과 순양(純陽)이 하나가 되어 개벽의 세상을 열리라는 게 그들의 교리였다.

유학자들의 입장에서 그것은 그저 혹세무민의 어수룩한 교리에 불과했다. 하지만 사태는 심각했다. 백성들은 너도나도 천년밀문에 귀의하기 시작했고, 그 성장 속도는 충분히 황실을 긴장케 할 만했다. 물론 황제는 여전히 그런 일에 무관심했지만.

처음 한동안 관리들은 민란의 배후에 천년밀문이 있는 것이 아닌가 의심했다. 역사상 성공적인 민란의 중심엔 늘 미륵 신앙이 있어오지 않았던가. 명 황실의 태조 주원장도 애초에는 미륵 신앙을 바탕으로 하는 백련교를 발판으로 민심을 얻어 천하의 주인이 되었다.

현재 진행되고 있는 민란의 성격으로 보았을 때 이번에도 종교가 개입했을 가능성이 농후했다. 실제로 민란이 가장 기승을 부리고 있는 강서성과 절강성, 안휘성 일대는 이미 천년밀문의 세력이 크게 형성되어 있었다.

하지만 거기에도 얼마간 의문이 남았다. 천년밀문이라는 하나의 사교가 그렇게 급속히 번질 수 있었던 계기가 무엇일까. 설명이 쉽지 않았다.

실제로 현 대륙에는 천년밀문 외에도 미륵을 모시는 종교가 수백여 개에 달한다. 그중에는 백련교처럼 오랜 전통을 지닌 집단도 있었다. 그런데 천년밀문만이 그렇게 불길처럼 일어설 수 있었던 이유가 무엇일까. 아마도 다른 조직이 개입되어 있는 게 분명했다.

결국 시국을 주위 깊게 살피던 신하나 학자들은 하나의 조직에 의혹의 시선을 주기 시작했다.

바로 천검궁!

제8장

일검수, 부활하다

곤륜산의 여름은 길고 지루했다.

벚꽃이 진 자리엔 흑자색으로 잘 익은 버찌들이 달려 있다. 하지만 누구도 그 열매에 손을 대지 않았다. 버찌들은 그저 시들어 제풀에 떨어지고 말 것이다.

스팟!

날카로운 검광이 숲과 숲 사이를 가로질렀다.

"으아악!"

검광이 스칠 때마다 처절한 비명성이 숲에 울렸다.

정도무한종의 무사들이 진 안에서 철저하게 천검궁의 무사들을 제압해 가고 있는 것이다. 절묘하고 위력적인 진이었다. 고지기가 정도무한종 본산 주위에 친 진식은 착시사망진(着時死亡陣).

착시사망진은 금개록에 수록된 환상진 가운데 하나다. 동서남북의 위치가 절묘하게 왜곡되고 굴절되어 일단 진 안에 발을 들여놓으면 누구도 빠져나갈 수 없다.

화라마종의 대통을 이은 고지기는 진언의 해석을 통해 그 진식의 묘용을 깨우쳤고, 한 달 전쯤 정도무한종 본산 주위에 설치했다. 천검궁의 공격에 대비하기 위해서였다. 덕분에 본산에 머물고 있는 이들은 얼마간의 시간을 벌 수 있었다.

천검궁이 정도무한종 본산으로 무사들을 파병한 것은 보름 전이다. 족히 오백여 명에 달하는 정예 부대로 그 기세가 등등했지만, 그들은 지난 보름간 삼백여 명의 무사를 잃었을 뿐이다.

워낙 낯선 진식이었기에 누구도 그 해법을 찾을 수 없었다. 일단 착시사망진 안에 발을 들여놓으면 그 변화가 너무 빠르고 화려해 정신없이 헤매게 된다. 그리고 한번 헤매면 전진하지도, 퇴각하지도 못한 채 허무하게 죽고 만다, 어디에서 검이 날아오는지 감을 잡지도 못한 채.

하지만 시간이 흐르며 착시사망진은 점차 위력을 잃어갔다. 천검궁 무사들이 앞을 가로막는 것들을 닥치는 대로 베어내며 진격하는 사이 진이 서서히 파괴된 것이다.

스팟—

"커헉!"

정도무한종 무사들의 움직임은 점점 빨라졌다.

어쩔 수 없었다. 적들이 어느새 본산 근처까지 전진해 있는 것이다. 진의 효력도 오늘 하루를 넘기기 힘든 상황이었다.

정도무한종 수뇌부가 염려하는 것은 결코 지금 본산으로 치고 들어오는 적들이 아니었다. 어차피 그들은 오래 버티지 못한다.

쇄애액—

"으아악!"

성검 역시 빠르게 진 안을 누비며 상대를 베어 나갔다. 고지기로부터 착시사망진의 이동 경로를 교육받은 터라 행동에 제약이 없었다.

'어떻게 해서든 오늘 중으로 끝내야 한다.'

적들을 베어가며 성검은 모질게 마음을 먹었다. 천검궁이 전면전을 치르지 않는 한 그들은 정도무한종의 본산을 지켜낼 생각이었다. 본산을 잃게 될 경우 정도무한종은 막대한 타격을 입게 된다.

묘한 시점이었다. 현재 천검궁은 각종 민란을 뒤에서 조종하고 있다. 그들의 관심은 온통 민란에 집중되었다. 결코 정도무한종에 전력을 기울일 입장이 아니다.

천검궁은 청해성에 최소한 삼천의 병력을 파병했다. 그것은 이 지역의 민란을 주도하기 위해서이지, 결코 정도무한종을 목적으로 한 것이 아니었다.

하지만 언제 사정이 달라질지 알 수 없는 일이다.

스팟—

"끄아악!"

천검궁의 무사 하나가 비명을 내지르며 고꾸라졌다. 그는 미처 성검의 모습을 보지 못했을 것이다. 그가 죽기 직전에 본 것은 그저 착시와 환상에 불과하다. 그 공간에서 성검은 그저 나무이거나 바위, 혹은 허공이었을 뿐이다.

성검의 몸은 이미 무사들의 피에 젖어 붉게 물들어 있었다. 그가 베어 넘긴 무사의 수만 해도 이미 이십여 명에 이르렀다. 이대로 간다면 진 안에 발을 들여놓은 천검궁 무사들은 한 명도 살아남지 못할 것이다. 그들이 살기를 느낄 즈음엔 이미 진 안을 이동하는 정도무한종 무사들의 검이 심장을 파고들 테니까.

얼마의 시간이 흘렀을까. 정도무한종 본산에서 쇠종이 길게 세 차례에 걸쳐 울었다. 퇴각을 알리는 종소리다.

'무슨 일이지?'

성검은 천을 꺼내 검을 닦으며 잠시 본산 쪽을 돌아보았다. 그의 시야에 들어온 천검궁 무사의 수는 네 명. 채 몇 촌의 시간 안에 베어 넘길 수 있다. 하지만 성검은 검을 검집 안으로 밀어 넣은 후 빠르게 본산을 향해 달려갔다.

본산 대문에는 주허자, 심공, 고지기, 취봉접 등이 굉우소를 비롯한 수뇌부와 함께 모여 있었다.

"백부, 무슨 일입니까?"

굉우소 앞으로 다가간 성검이 그를 빤히 쳐다보며 물었다.

마침 진 안에서 적들을 베던 무사들이 여기저기에서 모여들고 있었다. 그중에는 장호도 있었다. 잠시 성검과 눈이 마주치는 순간, 그가 가볍게 눈인사를 건넸다. 멋진 사내다.

"본산을 버려야 할 것 같구나."

굉우소가 담담한 음성으로 말했다.

결국 이렇게 되는 것인가? 성검을 비롯한 정도무한종 무사들의 시선이 굉우소에게 붙박였다.

"방금 전 서녕 지부에서 날린 전서구가 도착했다. 천검궁이 본격적으로 움직이기 시작했다는 보고다. 아마도 이번 싸움이 길어지자 저쪽에서도 긴장하게 된 것이겠지."

"종주, 그럼 어디로 가실 생각입니까?"

장호가 대수롭지 않다는 듯 물었다.

어차피 본산을 옮기는 일은 예정된 일이었다. 천검궁의 정보망에 걸린 이상 이곳은 이제 안전하지 않다. 그래서 지난 몇 달간 본전의 이전에 관계된 사항들을 점검하고 준비해 오지 않았는가.

하지만 대륙 전체에 거미줄처럼 뻗은 천검궁의 정보망을 피해 이동하기란 역시 쉬운 일이 아니다. 무엇보다, 대규모의 인원이란 게 문제였다. 결국 그들은 각 지부로 인원을 분산하는 방법까지도 생각해 보았다. 그런데 그럴 경우 전체 조직을 관리하고 정보를 교환하는 데 애를 먹게 된다.

"장호, 우리는 호북성으로 간다."

"호북성이오?"

굉우소의 말에 장호는 잠시 아연한 표정을 지었다.

호북성이라면 천검궁의 본산이 있어 그들의 영향력이 가장 강하게 작용하는 곳이 아닌가. 호랑이 굴이나 다름없다.

"그래, 호북성 의창 남진관."

"……!"

장호는 이번엔 아무 말도 하지 못했다. 호랑이 굴이 아니라 호랑이 아가리로 들어가자는 얘기다. 쉽게 납득되지 않았다.

"긴장할 것 없네, 나름대로 복안이 있으니까. 앞으로 한 시진의 시간을 주겠다. 장호, 고지기 스님이 착시사망진을 해제할 테니 취 선배와 주 선배, 장 대협과 함께 저들을 한 명도 남김없이 도륙하게. 명심하게. 정보가 새어서는 안 돼. 한 명도 살려두어서는 안 된다는 얘길세."

"……."

"그동안 우리는 이동 준비를 하겠네. 장호, 나를 믿어."

"물론입니다."

묵묵히 굉우소의 눈을 바라보던 장호가 짧게 대답했다.

쉽게 이해할 수 없는 명령이었지만, 그는 굉우소를 절대적으로 신뢰하고 있다. 굉우소가 결정을 내렸다면 거기엔 분명 그만한 이유가 있게 마련이다. 더욱이 표정으로 보아 이번 일은 호재가 분명하다.

"도와주겠는가?"

장호가 맞은편의 성검에게 짧게 물었다. 무뚝뚝하지만 정감이 느껴지는 사내다.

"당연하지."

성검은 씨익, 웃어 보인 후 대문 한편에 늘어서 있는 무리에게 눈길을 주었다.

동방칠수 삼인방과 염자방, 초지, 주동선이 뚱한 표정으로 곁눈질하고 있었다. 최근 성검이 관심을 보이지 않아 토라져 있는 인물들이다. 물론 주동선은 예외였지만.

무슨 이유 때문인지 성검은 한동안 그들과 거리를 두고 지내왔다. 마치 술을 끊기로 작정한 사람이 평소 어울리던 주당들을 피해 다니듯. 따지고 보니, 그 이유가 맞다.

"아우님들, 모처럼 몸 좀 풀고 오늘 밤에 거하게 한잔 마셔볼까?"

성검이 경쾌한 음성으로 말했다. 너무 오랜만에 대화를 하다 보니 어색하기까지 했지만, 효과는 확실했다.

"와아아아―"

동방칠수 삼인방과 염자방, 초지가 각각 장도와 철궁, 바늘, 파암묘와 쇠사슬을 들어 올리며 일제히 환호했다. 물론 주동선은 이번에도 예외였지만.

"장호, 잘 봤지? 이제 걱정할 필요 없어. 쟤네가 흥분하면 산이 쪼개지고 날아가던 새들이 심장 마비로 추락사하지."

"……?"

착시사망진을 해제시키는 일은 아주 간단했다.

고지기가 벗나무 사이를 돌며 몇 개의 부적과 깃대를 뽑아내자 벗나무 수림을 가득 메웠던 안개와 환영들이 사라졌다. 여느 때보다 강한 햇빛이 수림을 비추었고, 바람과 들꽃의 향기가 온전하게 느껴졌다. 그리고 얼마간의 혈향도 빼놓을 수 없다.

구릉 아래쪽 백여 장 거리에선 천검궁의 무사들이 어리둥절한 표정을 짓고 있었다. 오랫동안 환각 상태에 빠져 있던 터라, 명확한 실체가 모습을 드러내자 오히려 당혹스러워하는 것이다.

"시작해 볼까?"

"그러지."

장호와 성검은 잠시 눈빛을 교환한 후 똑같이 고개를 끄덕였다.

"가자!"

장호가 짧게 외치며 신형을 날렸다.

횡으로 흐르던 바람의 가닥이 뚝, 뚝, 끊기는 것처럼 느껴졌다. 표홀하고 경쾌한 신법이다. 장호가 몸을 날리는 것과 동시에 와아아— 함성을 내지르며 정도무한종의 무사들이 빠르게 돌격했다. 지난번에 당한 빚을 갚아줄 기회가 온 것이다.

"너희는 왜 안 가니?"

성검은 옆에 멀뚱히 서 있는 동방칠수 삼인방과 염자방, 초지를 바라보며 고개를 갸우뚱했다.

"헤헤, 형님은 왜 안 가십니까?"

변금은이 순박하게 웃으며 성검을 빤히 쳐다보았다. 다행히 철행궁과 모용각이 다음 말을 잇지는 않았다. 모두 똑같은 의문을 품고 있기 때문이다.

"너희 먼저 가. 난 데려갈 사람이 있어. 누구냐고 묻지도 말고 다른 말도 하지 마. 잠시 후면 알게 돼. 그러니 뚝! 제발 부탁이야."

"……?"

동방칠수 삼인방과 염자방, 초지가 고개를 갸우뚱하며 성검을 바라보았다.

성검이 향한 곳은 정도무한종 본전 지하에 있는 뇌옥이다.

뇌옥에는 단 한 명의 죄인만이 갇혀 있었다. 이제껏 별다른 일이 없었으니 어쩌면 당연한 일이다. 물론 얼마 전 동방칠수 삼인방이 갇힌 적이 있긴 하다. 하지만 그들도 곧 풀려나지 않았던가.

뇌옥은 지하 특유의 음습하고 텁텁한 공기로 가득 차 있었다. 몇 개의 횃불이 복도에 꽂혀 있고, 이끼로 덮인 벽면에는 작은 벌레들이 기어다녔다. 미세한 곰팡이 냄새와 기분 나쁜 정적이 차곡차곡 쌓여 있는 느낌이다.

복도가 끝나는 지점에 위치한 옥 앞에서 성검은 걸음을 멈추었다. 격자문 저편에 장순금이 웅크려 앉아 있었다.

"오랜만이구려."

천천히 고개를 들어 성검을 바라본 장순금이 살짝 미소를 내비쳤다.

오랫동안 씻지 않은 탓인지 얼굴은 몹시 지저분했지만, 어딘가 기품이 흘렀다. 결코 용병 무사 시절의 장순금이 아니다.

유천십이성의 하나. 장순금의 말이 사실이라면 그는 지략가인 동시에 상당한 인내심을 지닌 무사다. 보다 정확한 정체가 무엇인지는 알 수 없지만, 성검을 능가하는 두뇌의 소유자임엔 확실하다.

"한 가지 물어봐도 되겠소?"

성검은 정중하게 말하며 장순금의 표정을 살폈다.

본산을 버려야 할 상황이다. 이제는 장순금을 어떻게 처리해야 할지 결정해야 했다. 그리고 그 결정권은 성검에게 있다. 굉우소로부터 장순금에 대한 전권을 넘겨받은 것이다.

"얼마든지. 어차피 시간은 많으니까."

장순금은 담담하게 말했다.

두 발이 사슬에 묶여 있긴 했지만 무척 안정된 모습이었다. 그저 조용히 때를 기다려 온 것이 분명하다.

"아니, 우린 곧 이곳을 떠나야 하오. 천검궁이 전면전을 준비하고 있으니까. 그래서 어떤 식으로든 당신의 일을 종결지어야 하지."

"결국 이곳도 저들의 정보망에 걸려든 모양이군."

"안타깝게도."

"그렇구려."

장순금은 고개를 끄덕이며 성검을 빤히 쳐다보았다. 상황을 이해했으니 물어볼 것을 어서 물어보라는 듯이.

"당신의 정확한 실체가 궁금하오. 정말 유천십이성 중의 한 사람이라면 당신은 상당한 능력이나 배경을 지녔다는 얘기가 되지. 젊은 나이에 은하대맥 수뇌부의 한 사람이 된다는 것은 역시 쉽지 않았을 테니까. 안 그렇소?"

"음. 좀 늦은 질문이군. 확실히 내게는 배경이 있소."

장순금이 고개를 주억거리며 진지한 표정으로 말했다.

매번 느끼는 것이지만 용병 무사 시절의 장순금과는 확실히 다르다.

마치 그 배경이라는 것이 연극판이 아닐까 생각될 정도로.

"말해 줄 수 있겠소?"

"그러고 보니 때늦은 질문은 아니군. 만약 지난번에 물어봤다면 난 대답하지 않았을 테니까. 좋소, 밝히지. 하지만 그전에 한 가지 약속을 해주어야겠소, 지금부터 내가 하는 이야기를 절대 비밀에 붙인다는."

"……."

성검은 잠시 심각한 표정을 지었다. 어쩌면 장순금이 예상했던 것보다 훨씬 거물일지도 모른다는 생각이 스쳤기 때문이다.

2

수레는 빠르게 비탈을 굴러갔다.

밤하늘엔 수레바퀴처럼 둥근 달이 유유히 구름을 빗겨 흘렀고, 텁텁한 밤 공기 때문에 겨드랑이엔 진득한 땀이 배기 시작했다.

정도무한종 본산을 떠난 지 대략 여섯 시진 정도가 흘렀다. 밤은 깊었고 길은 험했다. 하지만 성검은 묘한 흥분에 휩싸여 있었다.

'천검궁을 무너뜨리는 것이 전혀 불가능한 일이 아니다!'

고삐를 쥔 손에 저절로 힘이 들어갔다.

성검이 장순금과 함께 뇌옥에서 나왔을 때 상황은 얼마간 정리되어져 있었다. 정도무한종의 무사들이 이미 천검궁의 무사 대부분을 도륙한 상태였다. 수적인 열세에도 불구하고 그들은 능숙한 솜씨로 적들을 유린했다.

물론 취봉접과 주허자 같은 고수가 가세했기에 가능한 일이었다. 취봉접은 말 그대로 살인 병기였고, 주허자 역시 고수 중의 고수다. 주허자는 비록 살인을 즐기지는 않았지만, 이미 정도무한종과 뜻을 같이하기로 마음먹은 상태였다.

하지만 싸움에 결정적으로 공헌한 이는 고지기였다. 그는 화라마종의 종주답게 기이한 신공을 이용해 마치 폭풍처럼 적진을 휘젓고 다녔다. 그가 지나친 자리엔 숱한 주검이 나뒹굴었고, 누구도 그를 저지하지 못했다. 과거, 금개록을 열기 전 그가 어느 정도 무위에 올라 있었는지는 확인할 수 없지만, 현재 그가 상상을 초월하는 고수로 거듭났다는 것만은 부인할 수 없는 사실이었다.

나귀가 푸르륵, 거북한 소리로 투레질을 해대곤 했다.

수레는 모두 세 대였다. 성검이 한 대를 몰았고, 나머지 두 대는 장여룡과 염자방이 몰았다. 모두 노련한 솜씨다.

그들이 향하는 곳은 굉우소가 말한 대로 호북성 의창 남진관이다. 천검궁의 본산이 지척에 있는 까닭에 제법 살벌한 분위기를 풍기는 곳이다.

정도무한종의 본산을 그런 곳으로 옮긴다는 것은 확실히 상식 밖의 일이다. 그러니 그런 생각을 해낸 위인은 필시 상식 밖의 인물일 것이다. 틀리지 않다, 그 발상은 고지기에게서 나온 것이니까.

하지만 제법 쓸 만한 계책이었다. 의창 남진관에는 화룡방이 있고, 그 화룡방의 방주는 다름 아닌 장여룡이다. 비록 몇 달의 시간이 흐르긴 했으나, 애초 그곳을 떠나올 때 염자방이 확실하게 손을 써놨으니 말썽은 없을 것이다.

결국 정도무한종의 무사들은 여섯 패로 나뉘어 은밀하게 그곳으로 집결하기로 했다.

천검궁의 정보망이 워낙 촘촘해서 어쩔 수 없이 선택한 방법이다. 무사들은 이미 눈에 띄지 않는 복장으로 갈아입은 상태다. 부상자들 역시 전염병을 앓는 환자들처럼 지저분한 거적을 덮어쓴 채 수레 위에 누워 있다. 만약 누군가가 그들의 행색을 본다면 영락없이 정처없이 떠도는 부랑자들 정도로밖에 여기지 않을 것이다.

성검은 동방칠수 삼인방과 염자방, 장여룡과 한 조를 이루었다. 그들 정도라면 만약의 사태가 닥친다 해도 어렵지 않게 위기를 모면할 수 있을 것이다. 모두 한가락씩 하는 고수가 아닌가.

또 한 사람이 있긴 있다. 장순금, 가장 큰 변수.

장순금은 동방칠수 삼인방과 함께 전방 이 장여 거리에서 앞서 가고 있다. 만약 그가 한 말이 사실이라면 이제 강호와 대륙의 판도가 달라지게 될 것이다. 하지만 거짓이라면, 절망적이다.

성검은 잠시 수레 쪽으로 고개를 돌렸다. 수레에는 오늘 싸움에서 중상을 입은 정도무한종 무사 십여 명이 나뉘어 실려 있었다. 그들과 다른 길로 방향을 잡은 다섯 개 조 역시 부상자들을 싣고 이동 중일 것이다.

얼마쯤 걸었을까. 멀리서 칼 부딪치는 소리와 비명성이 희미하게 바람에 실려왔다. 들판 어딘가에서 싸움이 벌어지고 있는 게 분명했다.

"형님, 무슨 일이지요?"

앞서 가던 철행궁이 걸음을 멈춘 채 성검을 돌아보았다. 상황이 상황이니만큼 그 역시 몹시 긴장한 상태다.

"글쎄……."

성검은 나귀를 멈춰 세운 후 청각을 극대화했다. 싸움이 일어난 것만은 확실하지만 정확한 사정은 알 수 없었다. 다만 점점 소리가 가까워지는 것으로 보아 누군가가 이곳으로 쫓기고 있는 게 분명했다.

"이상한 일이군. 우리가 선발대이니 정도무한종의 무사들이 걸려든 것은 아닐 텐데."

뒤따르고 있던 장여룡이 가볍게 고개를 저으며 말했다.

"어찌시겠습니까, 형님. 확인을 할까요, 아니면 돌아서 가시겠습니까?"

성검이 나직이 한숨을 내쉬며 물었다.

"그야 성검 아우의 재량에 달린 일이지. 우리 조의 수장은 자네가 아닌가. 더욱이 나는 아직 강호의 사정에 밝지 않네. 자네가 결정하게."

"음. 그렇다면 운에 맡기겠습니다. 무슨 일인지는 알 수 없지만, 우연히 마주쳐서 그 일에 연관이 된다면 부딪치는 것이고, 빗겨간다면 그냥 가면 되겠지요. 그러니 굳이 돌아가지는 않겠습니다. 다만 만약의 사태에 대비해 두시는 게 좋을 듯합니다."

"그렇게 하세."

장여룡이 고개를 끄덕였다.

일행은 다시 나귀를 몰고 천천히 전방으로 향했다. 사실 그들은 시간을 지체할 수 없는 형편이었다. 화룡방의 주인인 장여룡과 염자방이 같은 조에 섞여 있었기 때문에 그들이 가장 먼저 화룡방에 도착해야 했다.

하지만 그냥 아무 일 없이 엇갈리길 바랐던 마음과는 달리, 일행은 어쩔 수 없이 그 소란에 휘말리게 되었다. 그들이 가고자 했던 방향과 이곳을 향해 마주 오는 이들의 방향이 정확히 일치했던 것이다.

콰콰콰콰쾅!

단순한 싸움이 아니었다. 그저 녹림의 무리끼리 시비가 붙거나 하류 무사들이 떼를 지어 패싸움을 하는 것일 수도 있다는 생각은 일찌감치 접어야 했다. 고수들의 싸움이다. 그것도 팽팽한 싸움이다. 곳곳에서 강기가 폭사했고, 그때마다 여러 명의 비명 소리가 처절하게 들판을 울렸다. 게다가 간간이 왜국의 말이 들렸다. 얼마 전 정도무한종 본산 근처에서 보았던 왜국의 낭인들과 관련된 것이 분명했다.

하지만 그들이 왜 이런 벌판에서 싸움을 벌이고 있단 말인가. 또한 그들을 상대로 싸우고 있는 이들의 정체는 무엇이란 말인가. 좀체 감을 잡을 수 없는 상황이었다.

하지만 그런 궁금증은 오래가지 않았다. 또 한 번의 폭사와 함께 백여 장 밖에서부터 세 개의 인영이 빠르게 쏟아져 들어오고 있었던 것이다.

두 개의 인영은 지면을 스치듯 낮게 깔려 달려오는 중이고 또 하나의 인영은 그의 뒤편에서 빠르게 허공을 밟으며 달렸다. 속도는 뒤편의 인영이 훨씬 빨랐지만 그는 단 한 번도 앞의 두 인영을 추월하지 않았다. 신법을 펼치다가도 간혹 허공으로 비상해 추격대를 향해 장력을 격출했기 때문이다.

콰콰콰콰쾅―!

성검 일행과의 거리가 오십여 장으로 좁혀질 즈음, 뒤편에 있던 인영이 쌍장을 뻗어 또 한 차례 장력을 격출했다.

하지만 그 괴인은 곧 고개를 돌려 성검 일행을 바라보았다. 그리고는 신형을 비틀어 섬전 같은 속도로 달려왔다. 아무래도 성검 일행이 그들을 추격하고 있는 자들과 같은 편이라고 생각한 듯했다. 그래서 함께 달리고 있는 어둠 속의 인영들에게 길을 열어주기 위해 달려오는 것이리라.

"헛!"

성검의 입에서 침음성이 흘러나왔다.

전방을 향해 뻗어오고 있는 인영의 신법은 분명히 눈에 익은 것이었다. 운해비영. 언젠가 만난 적이 있는 괴노인! 사선으로 뜬 보름달을 스치듯 허공을 가로질러 오는 인영의 신법은 분명 운해비영이었다.

"멈추시오!"

성검은 크게 외치며 곧장 신형을 날렸다. 괴인영이 자신들을 향해 일장을 내지르는 것을 막기 위해서였다. 하지만 이미 늦었다.

촤아아아—

강맹한 장력이 이미 괴인영의 쌍수를 떠났다. 상당한 내공이 느껴지는 공격이다. 그가 격출한 장경은 공기를 태우는 듯한 소리를 내며 거세게 쏟아져 들어오고 있었다.

"화룡유퇴!"

성검의 쌍수가 허공에서 원을 그리며 쭉 뻗어 나갔다.

츠츠츠츠츠—

괴이한 소리를 내며 공기층에 파동이 일기 시작했다. 일행을 향해 쏟아지던 괴인영의 장경이 무형의 벽에 부딪친 것처럼 갑자기 허공에서 튕겨졌다.

화룡유퇴. 언젠가 주허자와 비무 아닌 비무를 겨룰 때 그의 공격을 무위로 돌려놓았던 초식으로, 항산 초자영에게 사사받은 도가기공의 정수 가운데 하나였다. 즉, 상대의 힘을 자연으로 되돌리고, 그 힘이 일으켰던 파장을 역이용하는 수법이다.

"허읍!"

운해비영의 괴인영은 다급성을 내지르며 팽이처럼 뱅그르르 신형을 회전시켜 바닥으로 내려섰다. 성검의 반격에 내심 당혹스러워했던 것이다.

"음회회, 성질 정말 급하십니다?"

괴인영의 맞은편에 내려선 성검이 안도의 한숨을 내쉬며 말했다. 이미 짐작하고 있었으나 그 괴인영은 정도무한종 본산 근처 계곡에서 만났던 노인이었다.

"엥? 너는 지난번에 본 그 아이 아니더냐. 일검수의 아들놈이라던."

괴노인은 그제야 멀뚱히 성검을 쳐다보며 말했다.

성검은 도대체 무슨 일인가를 묻고 싶었지만, 미처 그럴 틈이 없었다. 괴노인과 함께 달리던 또 다른 인영들이 십여 장 거리에서 빠르게 거리를 좁혀오고 있었기 때문이다.

"저건 또 누굽니까?"

"내 동지들이다."

괴노인은 짧게 말하며 헤벌쭉이 웃었다.

하지만 정작 인영들이 멈춰 섰을 때 성검은 아연한 표정을 지을 수밖에 없었다. 지난봄에 마지막으로 만났던 화향검이 그곳에 서 있는 것이다.

"맙소사!"

성검의 머리가 뒤죽박죽으로 뒤엉켰다.

화향검이라면 천검궁의 후기지수가 아닌가. 그런데 그가 괴노인의 동지라니……. 하지만 놀란 사람은 단지 성검만이 아니었다.

"고 사부!"

어느새 성검 뒤쪽으로 다가왔던 장순금이 다급히 앞으로 나서며 화향검 옆에 서 있던 사내를 불렀다. 다름 아닌 고관성이다.

그런데 정작 놀라운 것은 고관성의 반응이었다.

"왕야—"

장순금을 발견한 고관성은 다급히 무릎을 꿇고 예를 올렸다.

그 순간, 일행은 또 아연한 표정이 될 수밖에 없었다. 왕야라니! 만약 변금은이 그런 말을 했다면 이렇게 놀라지는 않았을 것이다. 바보는 무슨 말이든지 할 수 있으니까.

"엥? 궁비야, 그게 무슨 말이냐. 왕야라니?"

괴노인, 즉 구룡휘가 화들짝 놀라며 물었다.

"여기 계신 분은 황제의 다섯째 아우 되시는 은 왕야이십니다."

"……!"

고관성의 말에 구룡휘를 비롯한 모든 사람이 멍한 표정을 지었다. 다만 성검만이 가볍게 고개를 끄덕였을 뿐이다. 그는 이미 장순금의 정체를 알고 있었던 것이다.

"도통 놀랄 일들뿐이로구나. 하지만 어쨌거나 우선은 저 지긋지긋한 녀석들부터 처리해야겠지? 마침 이 늙은이가 올 것을 알고 이 아이들이 마중을 나온 모양이니 더 이상은 달아날 필요가 없겠다."

힐끔, 장순금을 쳐다보던 구룡휘가 담담하게 말했다. 그로선 장순금이 왕야든 백정이든 상관없는 듯한 표정이었다.

"고 사부, 일어나시지요. 여기 노선배의 말씀이 맞습니다."

장순금이 고관성에게 다가가 그를 일으켜 세우며 말했다.

마침 들판 저쪽에서 흑의무사들이 벌 떼처럼 달려들고 있었다. 덕분에 일행은 잠시 장순금으로 인해 벌어진 그 어색한 상황에서 벗어났다.

"이게 어찌 된 일이지?"

성검은 화향검에게 천천히 다가가 나직한 음성으로 물었다. 화향검은 그제야 성검에게 가벼운 미소를 지어 보였다.

"이상할 것 없어. 어쨌든 이렇게 만났으니 즐겁지 않은가."

"그렇군. 하지만 꼭 개장수처럼 저렇게 개 떼를 몰고 와야겠는가."

가볍게 고개를 저으며 성검이 한숨을 내쉬었다.

도대체 어찌 된 사연인지 알 수 없었다. 하지만 적어도 이 순간, 화향검이 자신의 적이 아니라는 사실에 성검은 안도하고 있었다.

3

한편, 남진관으로 향하는 또 다른 길에선 굉우소 일행이 어둠을 가르고 있었다.

그들은 단 한 대의 수레를 끌었으며, 수레에 실린 사람 역시 단 한 명이었다. 일행의 수도 취봉접과 고지기, 초지, 주허자, 주동선 등 십여 명을 약간 웃돌았다. 하지만 어찌 보면 강호의 최고수들이 모두 한곳에 모인 셈이다.

그런 절세고수들이 한 조를 이룬 것도, 그들의 행보가 더없이 더딘 것도 수레에 실린 한 사람 때문이었다.

일검수 류추영, 정파무림의 마지막 희망을 지키기 위해.

그들이 택한 길은 협곡을 낀 소로(小路)로, 수레 하나가 간신히 지날 수 있는 넓이였다. 그 길을 택한 이유는 간단했다. 천검궁의 무사들이 정도무한종 본산을 향해 온다 해도 규모가 있는 만큼 결코 그 길을 택하지는 않을 것이라 믿은 것이다.

실제로 무척이나 가파른 데다 까마득한 벼랑을 끼고 난 길이라 수레를 몰고 그곳을 지나치는 일이 쉽지 않았다.

"하하. 일검수, 이십여 년 전의 그날이 생각나는군. 그때도 나는 나무토막처럼 굳어 있는 자네를 살리기 위해 밤길을 달렸지. 안 그런가?"

굉우소의 눅눅한 음성이 협곡에 낮게 울렸다.

그의 시선이 잠시 공허하게 수레에 머물렀다. 수레엔 그의 벗 일검수 류추영이 죽은 듯이 누워 있었다. 고지기의 말대로 유체가 완전히 사라진 것은 아닌지, 류추영은 아직껏 숨이 붙어 있는 상태다.

하지만 그는 마치 휴면기의 나무처럼 꼼짝도 하지 않았다. 미세한 변화조차 감지해 낼 수 없었다. 그저 죽은 듯이 잠들어 있는 것이다. 요사이 고지기가 애써 말을 아끼며 일행의 눈치를 보는 것도 그 때문이었다.

푸르르륵—

나귀는 벌써 지친 것인지 연신 가쁜 숨을 몰아쉬거나 투레질을 해댔다.

"이 녀석, 벌써 게으름을 피우는 게냐!"

나귀를 몰던 고지기가 팽 소리를 내지르며 엉덩이를 찰싹 갈겼다.

푸르륵—

고지기의 처사가 마음에 안 든다는 듯 나귀가 제자리에 멈춰 서서 침을 튀기며 머리를 세차게 흔들었다.

사실, 나귀도 지칠 만했다. 길이나 좋으면 모를까, 어둠 속 협곡의 소로에서 수레를 끄는 동안 긴장한 근육이 딱딱하게 뭉쳤을 것이다.

"케헤헴― 동선아, 이놈이 이리 힘들어하는데 짐이라도 줄여야 하지 않겠느냐. 저 술동이를 네놈이 짊어지거나 아예 여기서 비우고 가는 게 어떻겠느냐?"

고지기의 시선이 갑자기 주동선에게 가서 꽂혔다.

아닌 게 아니라 고지기는 꾸준히 수레 위의 술동이에 마음이 사로잡혀 있었다. 그러니 어떻게 해서든 주동선을 설득해 그것을 바닥내고 싶었다.

수레 위의 술동이. 갑작스레 본산을 옮긴다는 소식을 들은 주동선이 땅에 묻은 원앙합환주를 꺼내 수레에 실은 것이다.

"무슨 소리래유? 저 술은 안 되는구먼유!"

주동선이 냉랭하게 대꾸했다. 당연한 일이다. 초지의 마음을 휘어잡기 위해 심혈을 기울여 만든 원앙합환주를 고지기 같은 늙은이에게 쏟아 부을 수는 없는 일이었다.

"홍, 알았다. 이 치사한 놈!"

고지기가 눈초리를 바짝 치켜 올리며 나귀의 엉덩이를 찰싹, 때렸다. 그 바람에 나귀는 또 푸르륵거리며 걸음을 옮기기 시작했다.

'홍! 고얀 놈.'

고지기의 꽁한 마음은 쉽게 풀어지지 않았다. 처음 한동안은 주허자의 얼굴을 봐서 참으려 했으나 시간이 지날수록 괘씸하게 느껴졌다.

게다가 차차 수레를 끄는 일에도 불만이 생겨났다. 그나마 일행 가운데 허드렛일을 하기에 가장 적합한 인물이 주동선이었다. 그런데 어떻게 된 위인이 교대하자는 말 한마디 하지 않은 채 초지에게만 집적대고 있는 것이다.

생각 같아서는 버릇을 단단히 고쳐 놓고 싶었지만, 문제는 역시 주허자였다. 나름대로 인품이 있고 연륜도 깊은 주허자를 가볍게 볼 수 없었다. 그래서 또 참았다.

그러던 중에 드디어 기회가 왔다. 협곡의 소로가 완만한 언덕과 만나는 지점에서 일행이 잠시 발길을 멈춘 것이다. 본산을 떠난 후 한 번도 쉰 적이 없으니 용변도 볼 겸 일각가량 쉬어가기로 일행은 곧 합의를 보았다. 몇 시진 동안 좁은 길만 지나다가 쉬어갈 숲을 만났으니 그냥 지나칠 수 없었던 것이다.

일단 합의가 이루어지자 초지는 뭐가 급한지 냉큼 언덕의 수풀 속으로 들어갔고, 그 모습을 본 주동선은 또 덩달아 초지의 뒤를 밟았다. 나머지 일행 역시 길가의 수풀에 앉아 잠시 눈을 붙이거나 운기행공으로 몸을 다스리기 시작했다. 어차피 밤을 새워 갈 생각이니 어떤 식으로든 몸의 피로를 풀어야 했다.

하지만 일행이 모두 흩어진 후에도 고지기만은 나귀를 몰아 어둠 속으로 전진했다.

"푸헤헤, 나는 회춘을 했으니 굳이 쉬어갈 이유가 없고, 시간이 남는 김에 탐색이나 할까 하오. 혹시 적들이 있을지도 모르니 말이오."

의아하게 자신을 쳐다보는 일행에게 고지기는 그렇게 둘러댔다. 물론 고지기에겐 주동선을 골탕 먹이기 위해서라도 나름대로 할 일이 있었다.

얼마간 전진해 일행과 거리를 넓힌 고지기는 슬쩍 뒤를 한 번 살핀 후 수레를 멈춰 세웠다. 그리고 냉큼 수레에 실려 있던 술동이를 꺼내 벌컥벌컥 들이키기 시작했다. 가뜩이나 마음에 들지 않는 주동선에게 술동이를 곱게 넘길 생각이 없었던 것이다.

양껏 술로 목을 축인 고지기는 잠시 술동이를 들고 흔들어보았다.

절반가량을 비웠을 뿐인데 의외로 취기가 빨리 올랐다. 워낙 독주인지라 온몸이 얼얼해지기 시작한 것이다.

고지기는 어쩔 수 없이 술동이를 모두 비우는 일을 포기했다. 하지만 아무래도 주동선에게 술을 남겨주고 싶지는 않았다. 그렇다고 아까운 술을 버릴 수도 없는 일이다. 한동안 망설이던 고지기의 눈이 나귀에게 닿았다.

"푸헤헤, 하긴 네놈이 제일 고생이렷다?"

고지기는 망설이지 않고 술동이를 나귀 앞에 내려놓았다. 주동선에게 주느니 버리는 게 낫고, 버리느니 고생하는 나귀에게 주는 게 낫다는 생각이었다.

고지기의 뜻을 알아차린 것인지, 가뜩이나 목이 말랐던 것인지 나귀는 술동이에 고개를 처박은 채 그 독한 술을 쩝쩝거리며 퍼마시기 시작했다. 그런 나귀의 모습이 고지기의 눈에는 또 무척이나 어여쁘게 보였다.

"고놈 참 탐스럽고나."

고지기의 손이 저도 모르게 나귀의 엉덩이를 쓰다듬고 있었다.

물론 그때까지도 고지기는 왜 자기 손이 나귀 엉덩이를 쓰다듬고 있는지 알 수 없었다. 원앙합환주의 내력을 모르니 어쩌면 당연한 일이었다.

"어허. 거참, 묘한 일이로세. 어찌 네놈이 묵향이로 보이는 것이냐?"

한순간 고지기가 세차게 머리를 흔들며 정신을 수습했다. 아무리 송죽루의 묵향이가 그립기로서니 나귀의 엉덩이를 쓰다듬다니. 화라마종의 대통을 이은 종주로서 있을 수 없는 일이다. 하지만 손이 하는 일을 어찌 머리가 막을 수 있으리오. 고지기의 손이 또 나귀를 쓰다듬어갔다.

"고지기야, 거기에 있느냐?"

"그, 그렇구나? 내가 여기에 있구나?"

갑작스레 들려온 취봉접의 음성에 고지기는 화들짝 놀라며 나귀에 게서 떨어졌다.

비록 원앙합환주가 독하다고는 해도 고지기에겐 자신을 다스릴 힘이 있었다. 그는 내력을 끌어올려서 온몸을 휘도는 느글느글한 욕정을 잠재우기 시작했다.

하지만 일행이 고지기에게 다가설 무렵, 뜻하지 않은 일이 벌어졌다. 이제껏 거칠게 숨을 할딱이던 나귀가 느닷없이 날뛰기 시작한 것이다.

끼이힝, 푸르르르—

소로에 붙은 절벽에 머리를 들이받으며 연신 기성을 내지르던 나귀가 한순간 미친 듯이 전방을 향해 내달리기 시작했다.

"아니, 고지기야. 도대체 이게 무슨 일이냐?"

"그, 그러게? 이게 무슨 일이냐?"

고지기가 당혹스런 표정을 지었다. 자칫하다간 나귀에게 술을 먹인 일이 들통날 것이다.

하지만 나머지 일행이 걱정하는 것은 나귀의 상태가 아니었다. 나귀가 끄는 수레엔 일검수가 타고 있지 않은가.

"맙소사!"

굉우소가 사색이 되어 전방으로 신형을 날렸다. 가파른 소로를 미친 듯이 달리던 나귀가 절벽 아래로 발을 헛디디고 만 것이다.

끼이이힝—

애처로우면서도 처절한 나귀의 비명이 협곡에 메아리쳤다.

"아, 안 돼애—"

아슬아슬하게 절벽의 한 끝에 멈춰 선 굉우소가 끓는 듯한 음성으로 외쳤다. 정파무림의 마지막 희망이 터무니없이 허무하게 무너져 내리는 순간이었다.

나머지 일행 역시 허탈한 표정으로 절벽 아래를 내려다보았다. 이제는 나귀의 비명 소리조차 들려오지 않았다. 나찰의 아가리처럼 온통 어둠에 휩싸인 협곡에 삼켜진 것이다.

"허으—"

고지기가 털썩 주저앉으며 침음성을 흘렸다. 원앙합환주 때문이 분명하다. 나귀가 욕정을 억누르지 못해 미쳐 날뛴 것이다.

"나, 나 때문에……."

고지기는 침음성을 흘리며 망연한 눈길로 어둠의 협곡을 내려다보았다.

하지만 어찌 된 일일까? 벼랑 아래의 협곡 어딘가에서 반짝, 신광이 폭사했다. 그리고 때를 같이해서 한줄기 돌개바람이 협곡 아래로부터 치고 올라오고 있었다.

"서, 설마……!"

한순간, 고지기의 눈에서 형언할 수 없는 빛이 뿜어져 나왔다. 그리고 바로 그 순간, 그들의 눈앞 허공에 하나의 인영이 내려앉고 있었다.

"추, 추영……."

굉우소의 입에서 끓어오를 듯한 한마디가 새어 나왔다.

제9장
세취골초의 심득

호북성 의창 남진관 중심가에 위치한 화룡방 총타.

며칠에 걸쳐, 한밤을 틈타 많은 수의 변복 무사들이 은밀히 그 장원 안으로 모여들었다. 곤륜산을 떠난 정도무한종의 무사들이었다.

남진관 주변은 의외로 조용했다. 오히려 과거 천검궁의 적대 세력이 없던 시절보다 경계가 허술했고, 그것이 일행에겐 비교적 행운으로 작용했다.

가장 먼저 도착한 장여룡과 염자방은 그들을 맞을 준비를 완벽하게 해두었다. 믿을 만한 수하 일부를 남겨두고 나머지 무사들은 외부로 파견을 보냈다. 또한 화룡방에 남은 수하들에게는 비밀이 새어 나가지 않도록 철저히 당부했다.

정도무한종을 떠났던 여섯 개 조 가운데 총타에 도착하지 못한 조는 없었다. 계획이 치밀했고, 운도 따른 셈이다.

화룡방에 도착한 이후 수뇌들은 사흘 밤낮에 걸쳐 길고 긴 회의에 들어갔다.

굉우소와 심공, 주허자, 고지기, 장여룡, 염자방, 성검 외에도 새로 가세한 고관성과 화향검, 장순금이 그 자리에 참석했다. 고관성과 화향검도 뜻밖의 원군인 셈이었으나, 비로소 밝혀진 장순금의 정체는 일행을 들뜨게 했다.

은 왕야. 이제껏 비록 자신을 숨긴 채 활동해 왔지만, 그의 잠재력은 결코 무시할 수 없다. 실제로 장수들 가운데 일부는 은밀히 그를 추종하고 있었다. 현 황제의 실정에 크게 실망한 나머지 황제다운 황제를 세우고자 했던 것이다. 물론 그를 이용해 개인적인 야욕을 채우려는 의도가 있었을지도 모르지만.

어쨌거나 장순금으로 인해 수뇌들의 표정엔 흥분감마저 감돌았고, 곤륜산에서 세웠던 일체의 계획이 변경되었다. 소극적이고 산발적인 저항 대신 전면전을 계획하기에 이른 것이다.

하지만 그 수뇌회의의 진정한 주인공은 따로 있었다.

류추영. 정파연합의 마지막 불꽃, 기적의 사나이, 그가 부활한 것이다.

"운이 좋게도 우리는 적의 심장부에 들어와 있네. 그렇다면 망설일 이유가 없어. 천검궁의 본산으로 치고 들어가면 되지!"

시종 두 눈을 감은 채 좌중의 말에 귀 기울이던 류추영이 무겁게 입을 열었다.

비록 일검수 류추영이 천검궁에 의해 매번 패했다고는 해도, 그는 늘 천검궁을 떨게 했다. 천검궁의 역천휘가 유독 류추영 한 사람에게 집착하는 이유도 그 때문이었다.

"추영, 하지만 저들의 세력은 무척이나 견고하네. 마치 그물과 같지. 현재 천검궁 본산에 상주하는 무사의 수가 적다 해도 최소한 일천 명에 달할 것이야. 더욱이 우리가 그들과 장시간 대치할 경우, 사방에서 지원군이 몰려들 걸세. 차라리 은 왕야의 힘을 빌리는 게 낫지 않을까? 어차피 천검궁은 모반을 일으켰네. 우리가 은 왕야와 힘을 합해 황제를 돕는 편이 나을지도 몰라."

"우소, 천검궁의 전체 세력을 상대하기엔 이미 늦었네. 황제의 적은 비단 역천휘만이 아니야. 성난 민초들 역시 역천휘의 모반에 힘을 실어주고 있네. 더욱이 황군의 대부분이 이미 천검궁과 모종의 협약을 맺었다고 자네 입으로 말하지 않았나."

류추영이 가볍게 고개를 저었다.

기이한 소용돌이에 의해 일 년간 다른 시공(時空)을 헤매다 돌아왔지만 그는 그다지 변하지 않은 모습이었다. 아니, 굉우소와는 십 수년 만의 만남이었으니 얼마간 다른 점은 있었을 것이다. 중요한 것은 그의 본성과 자질이 여전하다는 점이다.

묘하게도 류추영의 기억 속에서 지난 일 년여의 기억은 모두 사라졌다. 즉, 다른 공간에서 경험했을 것들을 도무지 기억해 내지 못하는 것이다. 황보검웅을 비롯해 그와 함께 소용돌이 속으로 사라졌던 모든 인물들의 생사 역시 이제는 영원한 수수께끼로 남게 될 것이다.

"나 역시 류 대협의 의견과 같소."

한동안 두 사람의 대화를 듣고 있던 고관성이 느리게 입을 열었다.

"황제에 관해 나보다 자세히 아는 이는 드물 것이오. 그는 무능한 데다 의심까지 많은 인물이오. 이미 충신이라 할 수 있는 대부분의 사람이 그의 손에 죽었소. 간신들의 세상이오. 차라리 난 지금 대륙 각지에서 일어나고 있는 민란을 긍정적으로 보고 있소."

"고 사부."

장순금, 아니, 은 왕야가 조심스럽게 그의 말을 저지했다. 상황이 어떻든 고관성은 지금 역모를 거론하고 있지 않은가.

하지만 고관성은 담담한 시선으로 은 왕야를 바라볼 뿐이었다.

"하지만 역천휘는 역시 황제의 재목은 아니오. 민란이 일고 누군가가 새로운 황제가 되는 데는 찬성하지만, 그 핵심에 있는 천검궁과 천년밀문은 반대한다는 의미요."

"……?"

좌중은 얼마간 혼란스러운 시선으로 서로를 살폈다. 고관성의 말을 이해하나, 그것을 어떻게 받아들여야 할지 알 수 없는 것이다.

"황제에게는 총 스물네 명의 형제가 있었소. 모두 이복 형제였소. 그중 아직껏 목숨을 부지하고 있는 이는 아홉 명이오."

고관성이 천천히 주위를 둘러보며 입을 열었다.

그곳에 있는 이들 역시 모두 알고 있는 사실이다. 살아남은 아홉 형제 가운데 황자(皇子)는 은 왕야 한 명뿐이다. 나머지는 모두 황녀(皇女)인 것이다.

"은 왕야가 어떻게 살아남을 수 있었는지 알고 계시오?"

좌중을 둘러보던 고관성이 지그시 두 눈을 감은 채 은 왕야의 과거에 대해 이야기하기 시작했다.

은 왕야가 살아남을 수 있었던 것은 그의 기행 덕분이었다. 은 왕야는 바보 천치 노릇을 하지는 않았으나 누구도 그를 황제의 재목으로 보지 않았다. 그는 어렸을 때부터 유난히 사고를 많이 쳐서 전대 황제의 속을 썩였다. 일찌감치 주색잡기에 빠져 황궁 시녀들을 농락하고, 어쩌다가는 황궁 담을 넘어 몇 년씩 돌아오지 않기도 했다. 그러다가 어떨 때는 중이 되어 돌아오기도 하고, 도사가 되어 돌아오기도 했다. 절간에서 불도를 닦거나 우화등선하기 위해 몇 년씩 도를 닦았다는 것인데, 그 모습에 전대 황제는 일찌감치 그에 대한 기대를 접었다.

하지만 묘하게도 현 황제는 그런 은 왕야를 유독 아꼈다. 어쩌면 유일하게 그에게 경쟁심이나 두려움을 품지 않았기 때문인지도 모른다. 다른 황자들이 무엇이든 조금만 재능을 보여도 황태자였던 현 황제는 늘 신경을 곤두세우고 그들을 견제해야 했던 것이다.

하지만 은 왕야와 함께 지내다 보면 오히려 마음이 편해졌다. 그가 이야기하는 허무맹랑한 도사들의 이야기도 좋았고, 장황하게 떠벌리는 색담(色談)도 좋았다. 워낙에 부실하고 가당찮아서 시기심이나 견제 심리가 작용할 틈이 없었다.

게다가 황제의 즉위식을 즈음해 은 왕야는 일찌감치 황궁에서 자취를 감추었다. 현 황제는 즉위와 동시에 하나둘 자신의 형제들을 죽였고, 그 작업은 채 삼 년이 지나기 전에 끝났다. 은 왕야가 황실에 돌아와서 뒤늦게나마 황제의 즉위를 축하해 준 것은 그로부터 이 년쯤 뒤였다. 그때 은 왕야는 황제에게 벽안(碧眼)의 계집 하나를 선물로 바쳤다.

황제는 본능적으로 은 왕야를 견제했으나, 그것도 잠시였다. 은 왕야와 이야기 나누는 동안 괜스레 또 마음이 편해졌던 것이다.

은 왕야는 황제에게 지난 오륙 년간의 이야기를 또 장황하게 늘어놓았다. 궁을 나가자마자 상단을 따라 서역으로 갔으며, 대명 황실의 황자임을 내세워 서역의 계집들을 골고루 경험했다느니, 그곳의 도사들은 하나같이 색골(色骨)이라 함께 놀기가 좋았다느니 하는 쓸데없는 이야기들뿐이었다.

여전히 대륙의 판도에는 관심이 없었으며, 다른 황자들이 그랬던 것처럼 황제를 두려워하지도 않았다. 천진난만한 파락호의 모습 외에는 그 무엇도 찾아볼 수 없었던 것이다.

물론 황제의 측근 일부가 간사한 혀를 놀려 은 왕야를 제거케 하려 했으나 황제는 자신에게 남은 하나밖에 없는 남동생을 다치게 하고 싶지 않았다. 누가 뭐래도 은 왕야는 황제의 재목이 아니며, 전대 황제가 낳은 여러 황자 가운데 보기 드물게 황제 자신보다 못한 황자였다.

또한 은 왕야는 황실에 돌아온 지 채 보름이 되지 않아 황궁을 나갔다. 이번에도 황제를 위해 불로장생의 영약을 찾아주겠다는 허언을 남긴 채.

하지만 황궁 안에서 은 왕야의 진면목을 일찌감치 알아챈 사람이 한 명 있었다. 그가 바로 고관성을 거두었던 환관 정치성이다. 정치성은 심계가 깊은 인물이었으며, 언젠가 은 왕야의 때가 올 것을 믿어 의심치 않았다. 어쩌면 자신의 살아생전이 아니더라도 말이다.

고관성의 인물됨을 알고 있던 정치성은 은밀히 은 왕야에게 고관성을 붙여주었다. 은 왕야를 황제의 재목으로 키우기 위해서였다. 이후 은 왕야는 고관성이 소개해 준 강호의 여러 기인들을 두루 만나 가르침을 받았고, 누구도 모르는 사이 거목(巨木)으로 성장했다. 그러던 중 고관성과 함께 은하대맥에 가입, 유천십이성 중의 한 명으로 변신했던 것이다.

"어떤 식으로 평가할지는 모르겠지만, 나는 은 왕야야말로 황제의 재목이라 믿고 있소. 왕야를 은하대맥에 가입시킨 것도 그 때문이었고."

긴 이야기를 마친 고관성이 단호한 표정을 지었다.

"하지만 은 왕야에게는 뜻을 이루게 할 만한 지지 기반이 없지 않소?"

굉우소가 가볍게 고개를 저었다.

어차피 굉우소는 황실의 문제에 관여하고 싶은 마음이 없었다. 이민족이 대륙을 유린한 것도 아니지 않은가.

"그렇지 않습니다. 현재 요직에서 밀려나 변방으로 쫓겨나다시피 한 대부분의 장수들은 돌아가신 정치성 어른의 사람들입니다. 그들 역시 은 왕야의 인물됨을 잘 알고 있지요. 또한 현 황궁의 간신배들이나 황제에게 원망의 마음을 품고 있구요. 만약 은 왕야가 뜻을 정하신다면 그들은 언제든 왕야의 편에 서게 될 것입니다."

"……!"

고관성의 말이 이어지는 동안 은 왕야는 두 눈을 무겁게 내려감은 채 깊은 생각에 잠겨 있었다. 그 역시 역천(逆天)의 마음을 품고 있었던 것일까?

"음. 대략의 정황은 알겠소. 하지만 고 대협의 뜻은 과연 무엇이오? 황실의 문제와 강호의 문제를 동시에 타개할 비책이라도 있는 것이오?"

"그렇소. 여기 모이신 강호의 여러 명숙들과 저의 궁극적인 목적이 같다고는 할 수 없으나, 어차피 해결책은 하나뿐입니다. 천검궁과 천년밀문을 무너뜨리는 것!"

"좀 더 구체적으로 설명해 줄 수 있겠소?"

굉우소가 무거운 표정으로 물었다. 비록 별 상관은 없다고 여겼지만, 역시 모반에 관계된 일에 말려들고 있는 것이 아닌가.

"어차피 천검궁은 역천휘라는 신위적 존재에 의해 빛을 발하고 있소. 확실히 역천휘는 강호제일고수이며 이미 인간의 한계를 넘어선 존재요. 천검궁에 있어 역천휘란 존재는 그야말로 축복이나 다름없소. 하지만 반대로, 역천휘가 무너지면 천검궁은 자멸할 수밖에 없소. 이제까지 천검궁을 단단하게 지탱해 온 것이 역천휘라는 하나의 기둥이었기 때문이오. 그것이 천검궁의 구조요. 천년밀문 역시 마찬가지요. 그들이 미륵이라 내세우는 흑화신녀가 제거된다면 천년밀문은 유명무실해질 수밖에 없소. 물론 언젠가 또 스스로를 미륵으로 자처하는 자가 생겨나겠지만, 그것은 아주 오랜 세월이 흐른 뒤가 되겠지요. 즉, 현재 대륙의 크나큰 두 조직은 언뜻 완결 무결하고 도저히 무너지지 않을 듯한 견고한 모습이지만, 의외로 쉽게 무너질 수 있다는 의미입니다. 만약 우리가 그 두 조직의 심장부를 꿰뚫는다면 이후, 대륙과 강호의 판도는 순식간에 뒤바뀔 것입니다."

"하지만 이미 말했듯 현재 우리의 전투력으로 천검궁의 본산을 친다는 것은 위험하지 않소. 무엇보다 천검궁의 지원 세력이 문제지요."

굉우소가 고개를 저었다. 고관성이 말한 바를 모르는 것이 아니다. 그저, 알고도 어찌할 수 없는 현실을 말하는 것이다.

"석 달! 석 달이면 족하오. 그사이 은 왕야께서 정치성 어른을 추종했던 장수들에게 첩지를 보내 힘을 얻는다면 불가능한 이야기도 아니오. 어차피 천검궁 대부분의 무사들은 이미 강서성과 절강성, 안휘성 등 민란의 중심지로 파견된 상태요. 충분히 승산이 있소."

"……!"

한순간 주위에 정적이 감돌았다.

현재로서는 그 이상의 대안이 없었다. 다만 문제는 결국 이번 전쟁의 끝이 역천(逆天)과 관계된다는 점이리라.

"추영, 자네 생각은 어떠한가?"

침묵을 깨고 굉우소가 일검수를 바라보았다. 어찌 보면 은 왕야의 합류야말로 역천휘를 무너뜨릴 수 있는 절호의 기회인 것이다.

"나는 한평생을 정파연합의 부활에 바쳐 왔네. 하지만 그것은 천검궁이나 역천휘가 절대악(絶對惡)이라고 믿기 때문이 아니야. 다만 그들과 우리의 신념이 다르기 때문이지. 나는 그와의 공정한 대결을 원하네."

고관성과 굉우소가 류추영의 얼굴에 시선을 고정시켰다. 도대체 그가 하고자 하는 말의 의도를 파악할 수 없었기 때문이다.

"하지만 고 대협의 신념 역시 존중하지. 고 대협이 역천휘에 대해 품고 있는 원한은 내가 가진 분노 이상일 거야. 그런데 고 대협은 지금 그 원한을 뛰어넘어 보다 원대한 뜻을 되찾고자 하고 있지. 그것이 결코 사사로운 원한 때문이라고는 믿지 않네. 하지만 보다 중요한 것은 은 왕야의 마음가짐이지."

"……."

은 왕야의 눈꺼풀이 파르르, 떨렸다.

"은 왕야, 당신의 대답 여하에 따라 나는 뜻을 정할 것이오. 아마 굉우소 역시 그럴 것이라 믿소. 당신은 훌륭한 황제가 될 수 있겠소?"

"……."

일검수의 질문에 은 왕야는 비로소 두 눈을 지그시 떴다. 더없이 깊고 맑은 동공에 여러 사람의 모습이 반사되었다.

"이번 거사가 성공하기 위해선 무엇보다 민초들의 힘이 필요하오. 만약 내가 황제가 된다 해도 그것은 내가 아닌 그들의 힘에 의해서라 생각하오. 그러니 내 어찌 그들을 외면할 수 있겠소."

은 왕야가 낮은 음성으로 말했다. 진심이 느껴지는 음성이다.

류추영은 가볍게 고개를 끄덕인 후 굉우소에게 시선을 돌렸다.

"우소, 자네는 어찌하겠는가?"

"은 왕야를 믿어보는 수밖에."

"그래, 그렇다면 나와 뜻이 같군. 자, 나머지 분들의 생각은 어떻습니까?"

류추영의 시선이 천천히 좌중을 향했다.

2

"아버지, 정녕 이러셔야겠어요?"

고즈넉한 달빛 아래의 수림.

초여름 햇빛에 달궈졌던 숲은 어느새 서늘하게 식어 있었다. 간혹 바람이 불어 나뭇잎을 흔들었고, 밤새들이 낮은 소리로 울었다.

숲의 공지 한편, 일검수와 마주 선 성검이 서글픈 눈빛으로 아비를 바라보았다.

"싫으냐?"

"음회회. 그렇다기보다는… 어찌 제가 아버지께 검을 겨눌 수 있겠습니까?"

언젠가 굉우소에게 했던 말을 성검은 되풀이했다. 그러면서도 내심 류추영이 검을 거둘까 봐 조바심을 냈다. 그런데 아니나 다를까.

"음, 네 말이 과히 틀리지 않구나. 그럼 이만 돌아가자꾸나. 오늘은 그저 너와 함께 달 구경을 한 것으로 만족해야 할 모양이다."

"예?"

"왜 그러느냐?"

"음회회, 아닙니다. 다시 생각해 보니 아들 된 도리로 아버지의 청을 거절하는 것이 도리가 아니란 생각이 들어서……."

성검의 대답 역시 지난번 굉우소에게 했던 것과 똑같았다. 이번에도 그는 결코 주어진 기회를 놓치고 싶지 않았던 것이다.

일검수와 성검은 지난 며칠 동안 많은 이야기를 나누었다. 갓난아기로 버려져 갖은 고생을 하며 자란 성검으로선 이런저런 원망을 품을 만도 했지만 결코 류추영을 탓하거나 원망하지 않았다. 류추영이 그럴 수밖에 없었던 사정을 잘 알고 있었기 때문이다.

지난해 봄 천검궁 본산에서 성검은 이미 류추영의 애틋한 부정(父情)을 확인하지 않았던가. 그저 류추영이 기적처럼 살아난 것만으로도 감사했다.

하지만 그렇게 며칠이 흐르다 보니 성검은 슬슬 욕심이 생겨났다. 아비 류추영과 검을 섞어보고 싶었던 것이다.

물론 그것은 성검의 투기(鬪技)에 대한 병적인 집착 때문만은 아니었다. 그저 아비 류추영에게 무사로서 인정받고 싶었기 때문이다. 류추영 역시 그 점을 간파했고, 오늘 비로소 비무를 위해 성검을 불러낸 것이다.

"좋다. 그럼 망설일 이유가 없겠구나. 검을 뽑아라."

"예, 아버지."

성검은 천천히 검집을 벗겨냈다. 교교한 달빛이 검신을 타고 미끄러져 내려갔다.

지난해 봄날 강변에서 류추영과 겨루었던 기억이 빠르게 눈앞을 스쳐 가는 듯했다. 은사시나무와 버드나무의 그림자들이 바람의 방향을 좇아 눕던 그 강변. 그때 일검수 류추영, 아니, 아수라는 그림자처럼 기척없이 흘렀다. 그가 가로질렀던 모래톱에는 발자국 하나 남지 않았으며, 그가 만들어내는 검로는 마치 바람 같았다. 도저히 하나의 유형으로 정의할 수 없는 자유로운 검로.

성검은 두 손으로 검을 쥔 채 오른 어깨 위로 검을 치켜 올렸다. 왼발을 앞으로 내밀어 궁보(弓步)의 자세를 취한 상태다.

"이번에도 내 공격을 기다릴 셈이냐?"

류추영은 검도 뽑지 않은 채 성검의 두 눈을 빤히 쳐다보았다.

"음회회! 아버지, 누가 먼저 공격하느냐는 별 의미가 없지 않습니까? 다만 누가 더 빠르고 정확하냐가 문제겠지요."

성검은 궁보의 자세에서 왼발을 살짝 당겨 허보(虛步)의 자세로 바꾸며 말했다. 상체는 살짝 옆으로 틀고 검은 머리 뒤로 천천히 선회해 좌측 어깨 위에 멈춰 선 상태다.

"재미있구나. 형식이 바뀐 것은 알겠으니, 이제 그 내용의 변화를 보여보거라."

류추영은 여전히 미동도 하지 않은 채 가볍게 고개를 끄덕였을 뿐이다.

하지만 성검은 그 자세로 멈춰 선 채 좀체 움직일 수 없었다. 류추영이 마치 태산처럼 느껴졌기 때문이다.

'아버지는 역시 거인이다. 도저히 틈이 느껴지지가 않아.'

또르륵, 식은땀 한 방울이 귀밑머리를 타고 내려갔다. 놀라운 위압감이다.

성검은 드러나지 않게 호흡을 가다듬었다. 비록 지난 일 년 동안 쉴 새 없이 많은 일들이 벌어졌지만, 무학에 대한 성검의 집착은 조금도 사그라들지 않았다. 또한 실전을 통해 얻은 진전 역시 가볍지 않았다. 무엇보다 주허자와의 비무에서 얻은 것이 많았다. 주허자의 기운용 방식은 초자영을 떠올리게 했다. 그와의 비무 후 성검은 초자영의 유품인 '세취골초'를 틈틈이 되새기며 스스로도 놀랄 진전을 보았다.

주허자 외에 성검의 무공을 증진시켜 준 또 다른 인물은 바로 천년밀문의 문주 흑화신녀와 취봉접이었다. 물론 성검은 그녀들과 직접 비무를 겨루지는 않았다. 하지만 흑화신녀가 펼친 천년비화신공의 태극편에 격타당하기 직전 취봉접이 무극편으로 그것을 막았고, 그 강기의 폭사의 여파로 인해 성검은 나가떨어져 정신을 잃었다. 그런데 성검은 그때 또 하나의 사실을 깨달았다. 무극편과 태극편의 묘용은 결국 하나에 뿌리를 두고 있음을.

결국 무극편과 태극편 두 개로 나뉜 천년비화신공은 삼태극과 같았다. 단순히 음과 양으로 갈린 태극이 아니라 음과 양, 무극을 하나로 조화시킨 삼태극.

놀라운 것은 성검이 이미 과거 그 삼태극의 묘용을 본 적이 있다는 점이었다. 바로 지난해 봄 천검궁의 역천휘를 통해.

당시 모반을 꾀했던 황보검웅이 무형, 무흔의 격공장으로 역천휘를 암습했을 때, 역천휘는 기이한 장법으로 그 격공장을 깨뜨린 적이 있다. 비록 그때는 그 수법의 정체를 간파해 낼 수 없었으나, 비로소 명확히 모든 것이 정리되어졌다.

태극과 무극을 관통하는 이치. 그것은 곧 초자영이 말한 세취골초의 뜻과 일치했다. 즉, 부드러움 속의 강함, 강하지 않은 강함이야말로 난잎의 처음과 끝을 관통하는 엽심처럼 무극과 태극을 잇는 힘인 것이다.

'과연 초자영 사부는 천하의 기재였다. 스스로 절정의 경지에 달했으면서도 그 사실을 잊고 있었을 뿐이야. 하지만 결국 삼매진화로 모든 것을 태웠으니 그 또한 우화등선이라 할 수 있지 않겠는가.'

아비 류추영과 마주 선 그 순간, 성검은 마치 머리 속으로 한줄기 강렬한 빛줄기가 파고드는 듯한 느낌을 받았다. 그것은 분명 성검이 또 한 단계의 진전을 이루었음을 의미하는 것이다.

"아버지, 막아보시겠습니까?"

"······?"

일검수 류추영의 눈에 이채가 어렸다. 분명 성검은 방금 전의 성검이 아니었던 것이다. 하지만 그게 무슨 상관이랴. 자신의 아들과 검을 섞어본다는 것이 그에겐 더없이 큰 기쁨일 뿐이다.

"오냐, 오너라!"

"갑니다, 아버지!"

성검의 신형이 빛살처럼 류추영을 향해 뻗어갔다.

스팟—

파공성을 집어삼키는 검광(劍光)! 검신의 흐름이 너무나 유려하고 빨라 달빛은 채 봄밤의 수림에 내려앉지도 못한 채 서거걱, 반으로 찢겨져 나갔다. 낮은 소리로 울던 밤새들도 뚝, 울음을 그쳤고, 숲은 정적에 사로잡혔다.

채채채채채챙!

두 자루 검이 마치 한 자루처럼 뒤엉켜 꿈틀거리고 넘실거렸다.

“……!”

류추영은 연달아 예닐곱 걸음을 물러섰고, 어느새 얼굴에선 핏기가 가셨다. 불과 일 년 만의 비무다. 하지만 그사이 성검은 놀라우리만큼 변했다. 검로는 지극히 부드럽게 휘어졌으나, 그 흐름을 관통하는 힘은 태산보다 무거웠다.

“타핫!”

빠르게 퇴법을 펼치던 류추영이 급히 신형을 틀어 한 바퀴 휘돌려 검을 뻗어왔다. 활류검법의 제구식 태극양검이다.

콰콰콰콰쾅!

검과 검 사이에서 거대한 폭사가 일며 달빛에 금이 갔다.

하지만 변한 것은 아무것도 없다. 성검의 검은 그 검기의 뇌전을 관통해 쏘아져 들어오는 것이다.

‘아, 아들아…….’

류추영의 눈빛이 파르르, 떨렸다. 성검은 어느새 류추영 자신을 넘어서려 하는 것이다. 달빛은 여전히 그 두 사람을 비추었다.

반 시진이 지나도록 두 사람의 비무는 그치지 않았다. 그사이 류추영은 무극혼검, 용봉부활, 화류일검, 수류양검의 절기들을 아낌없이 선보였다. 그리고 마지막 한순간, 활류검법 제십육식 용봉파천이 펼쳐졌다.

“타핫!”

류추영의 검이 달빛 싸이는 수림의 허공에 휘둘러졌다.

캬오오오—

수림을 울리는 용의 포효, 공간을 일그러뜨리며 뻗어 나가는 뇌전.

하지만 어찌 된 일일까. 그 모든 것이 한순간 거짓말처럼 소멸했다.

"……?"

바닥에 착지한 류추영은 믿을 수 없다는 눈으로 맞은편의 성검을 바라보았다.

소름이 오싹 돋았다. 류추영은 이성을 잃은 채 성검에게 극강의 공격을 펼쳤던 것이다. 만약 성검이 그 공격을 받아내지 못했다면?

"아버지… 보셨습니까?"

성검은 마치 넋이 나간 사람처럼 류추영을 바라보았다.

성검 역시 류추영과의 비무에 몰입해 이성을 잃고 있었다. 그저 팽팽하게 온몸을 조여오는 긴장 속에서 자신의 검로를 펼쳤을 뿐이다. 그리고 류추영이 십육수활류검법의 최종식을 펼치는 바로 그 순간, 하나의 검로를 완성했다.

그것은 어쩌면 그가 심공에게서 받은 청해류가 비전 검법서 활인류검을 통해 십육수활류검법의 묘용을 깨우친 상태였기에 가능했는지도 모른다. 하지만 중요한 것은 결정적인 순간에 성검이 비로소 초자영의 역작 세취골초의 심득을 얻었다는 점이다.

"검아……!"

류추영은 천천히 성검에게 다가가 덥석 그를 안았다. 자신조차도 도달하지 못한 궁극의 경지에 아들 성검이 닿았음을 그는 알 수 있었던 것이다.

시간은 빠르게 흘러갔다.

화룡방에 모인 이들은 저마다 바쁜 나날을 보냈다. 하루가 멀다 하고 전략회의를 열어, 점차 세부적인 계획을 세웠다. 일단 결정이 난 사항은 빠르게 진행되었으며, 끊임없는 검토로 계획은 점점 견고해져 갔다.

은 왕야의 밀서는 이미 대륙 각지와 변방으로 보내졌다. 그 일은 대부분 정도무한종의 고수들에 의해 처리되었다. 대개 하나의 밀서를 전달하기 위해 다섯 명가량의 고수가 한 조를 이루었으며, 그들은 은 왕야와 고관성의 전령임을 입증할 수 있는 증표를 지니고 갔다. 그들이 무엇보다 철저하게 교육받은 것은 만약의 사태에 대한 대처 방식이었다. 만에 하나, 그들이 지닌 밀서가 발각되는 날엔 모든 일이 수포로 돌아갈 것이므로.

하지만 무엇보다 문제가 되는 것은 화룡방에 모인 정도무한종 일행에 대한 보안이었다. 그것을 위해 장여륭과 염자방은 골머리를 앓았으나 그럭저럭 무난하게 대처했다. 우선 정도무한종 무사들을 북경의 대상이 이끄는 상단이라고 소문 낸 후 화룡방 식솔 대부분을 밖으로 내몰았다. 당분간 북경의 상단이 화룡방에 머물 것이니 화룡방의 식솔들은 주위의 객잔에 머물라고 명한 것이다.

초지, 주동선은 제 버릇 개 못 준다고 허구한날 티격태격하다가 같이 술을 마시고, 그러다가 다시 티격태격했다. 하지만 나름대로 눈치는 있어서 가끔은 조용한 날도 있었다. 그 외 심공이나 주허자 등은 골방에 모여 최선의 계책을 짜내기 위해 머리를 모았다.

굉우소는 장호와 함께 정도무한종의 각 지부에 지령을 내리는 한편, 정도무한종 무사들을 재정비하고 작전을 숙지시키는 데 전념했다.

성검 역시 누구 못지않게 바쁜 나날을 보냈다. 굉우소와 류추영이 천검궁을 치는 것과 동시에 성검 일행은 천년밀문의 흑화신녀를 제거하기로 한 것이다.

천년밀문을 치는 데는 성검과 동방칠수의 수호성들이 주축이 될 수밖에 없었다. 따라서 성검은 채승옥에게 은밀히 밀서를 전해 그들과 행동을 같이하기로 했다. 한편, 은밀히 황탄무계 막귀안과 사비객을 소환했다. 그들이 맡아주어야만 할 임무가 있었기 때문이다.

물론 성검은 틈틈이 아비 류추영과 함께 무학을 정리하는 일도 잊지 않았다.

화룡방 내 대부분의 사람들이 이런 저런 계획들을 세우며 방 안에 칩거하고 있는 데 비해 유난히 외부 활동에 바쁜 한 사람이 있었다. 바로 고지기다.

고지기는 남진관에 돌아온 후 물 만난 고기처럼 뻔질나게 송죽루를 들락거렸다. 묵향이를 보기 위해서였다. 그는 묵향이를 데리고 열흘이고 보름이고 장강삼협을 유람하는 재미에 푹 빠져 있었다. 화라마종을 포교한다는 명분을 내세우며.

하지만 정작 바쁜 두 사람은 따로 있었다. 바로 취봉접과 구룡휘였다.

"흥! 구룡휘, 정말 뻔뻔스럽군요! 거기 서지 못해요!"

남진관 외곽의 깊은 숲 속. 무성하게 자란 수풀을 헤치고 빠르게 내달리던 취봉접이 앙칼지게 외쳤다.

그녀가 구룡휘를 다시 만난 것은 화룡방에 도착하고도 한참의 시간이 흐른 뒤였다. 구룡휘는 취봉접이 두려워 화룡방이 아닌 근처 객잔에 혼자 머물렀기 때문이다. 하지만 운이 없었다. 모처럼 초지와 함께 저자 구경을 나왔던 취봉접에게 딱 걸린 것이다.

취봉접은 마치 뒤통수를 망치로 얻어맞은 듯한 충격에 빠졌지만 그것도 잠시, 무작정 구룡휘를 쫓기 시작했다. 그것이 벌써 며칠째다.

"이놈의 할망구, 제발 내 인생에서 빠져 줘!"

달아나던 구룡휘가 큰 소리로 외쳤다.

환장할 일이었다. 구룡휘, 그는 나름대로 고고하게 살고 싶은 사람이었다. 하지만 흡혈소란이라는 괴물을 만나 그 청초하던 명성을 모두 날리고 말았다.

물론 구룡휘 역시 흡혈소란이 싫은 것만은 아니었으나, 엄연히 구룡휘는 명문을 자처하는 곤륜파의 장문인이 아닌가. 결코 사파의 후예와 어울릴 수 없는 입장이었다. 흡혈소란이 딸을 데리고 강호를 떠도는데, 그 딸이 꼭 곤륜 장문인 일절천하 구룡휘를 빼다 박았더라는 소문을 듣는 순간부터는 밥도 제대로 먹지 못했다. 오죽하면 죽음을 가장할 생각까지 하게 되었을까.

"호호! 구룡휘, 차라리 정말로 죽지 그랬어요. 그랬더라면 이렇게 비참하지는 않았을 것을."

"소란, 어쨌든 미안하게 되었어. 하지만 우리는 결코 합쳐져서는 안 될 사이야. 나는 무림정파의 후예고 임자는……."

구룡휘는 운해비영의 신법으로 유유히 허공을 가로질러 가며 말했다.

하지만 취봉접과의 거리가 벌어지지 않았다. 취봉접의 신법이 구룡휘만큼 표홀했기 때문이기도 했으나, 어쩐지 구룡휘 스스로 일정한 간격을 유지하며 더 이상 속도를 내지 않는다는 느낌이 들기도 했다.

"흥! 나는 더 이상 천년밀문의 제자가 아니에요. 당신의 딸을 낳는 순간부터 그곳과는 인연을 끊을 수밖에 없었다구요! 구룡휘, 당신 딸과 그 딸의 아들과 그 아들의 딸이 어떤 인생 역정을 겪어야 했는지 당신은 아나요?"

"……!"

허공을 가로지르던 구룡휘가 한순간 멈칫했다. 하지만 그것은 아주 잠시 동안의 일이었고, 두 사람의 거리는 다시 벌어지기 시작했다.

구룡휘라고 해서 자신의 핏줄에 대해 어찌 연민을 느끼지 않았겠는가. 그저 지나치게 고지식한 그의 성격이 그 연민을 외면케 했을 뿐이다.

"정말 냉정하군요. 당신의 증손녀가 바로 지척에 있습니다. 당신은 그 아이조차도 외면할 건가요?"

"소란, 정말 미안해. 하지만 이게 우리 운명이야. 애초에 시작이 잘못되었던 게지. 그냥 이제껏 살아온 대로 앞으로도 얼마간 아쉬워하며 살아야 하는 게야. 원래 인생이라는 게 그런 것이 아니겠어?"

"……!"

한순간 취봉접의 표정이 복잡하게 얽혔다.

"그렇군요. 그렇다면 당신의 증손녀 초지 또한 나같이 살아가야 할 운명이에요. 초지가 사랑하는 놈은 무림정파의 지고지순한 피를 받고 태어났으니 어찌 사파 나부랭이의 후예인 초지와 혼인하려 하겠습니까? 호호호! 그래서 그놈이 그렇게 초지를 무시했던 거군요. 잘난 명문정파의 후예라서 말이지요. 정말 불쌍한 인생들이군요, 당신과 나 흡혈소란의 피를 이은 자식들은."

"초, 초지……?"

구룡휘의 신형이 허공 중에 딱 멈춰 섰다.

비록 그가 무심한 척하기는 했으나 핏줄을 외면할 수는 없었다. 구룡휘는 이미 정도무한종 본산에 있을 때부터 은밀히 취봉접과 초지를 훔쳐보곤 했다. 그러던 중 점차 자신의 감정을 통제하기가 힘들어졌고, 그래서 결국 그곳을 떠났던 것이다.

하지만 떠나고 나서도 두 사람의 모습을 기억에서 지우긴 힘들었다. 구룡휘도 이제 죽을 때가 된 것일까? 초지의 천진난만한 얼굴이 머리 속에서 떠나지 않았다. 그러던 중 일이 얽혀 다시 이곳까지 오게 되었고, 이곳에서도 초지를 훔쳐보는 일을 멈출 수 없었다. 그녀에 대한 애정은 그렇게 조금씩 쌓여갔다.

'초지가 혼인할 나이가 되었나?

구룡휘는 빙그르, 신형을 돌려 취봉접의 얼굴을 마주 보았다.

"구, 구룡휘!"

상대적으로 신법의 역량이 부족한 취봉접이 가쁜 숨을 내쉬며 바닥에 내려섰다. 하지만 그런 그녀의 얼굴엔 얼마간의 기대감이 자리잡고 있었다.

"그게 어떤 놈이지? 초지를 무시한다는 녀석이 도대체 어느 잘난 가문의 호래자식이냔 말이야! 내 이 녀석을 당장!"

"……."

취봉접은 애매한 표정으로 구룡휘를 바라보았다. 구룡휘는 결코 남의 말을 할 처지가 못 되지 않는가.

"흥! 당신이 알면 해결이라도 해줄 수 있나요?"

"그, 그야… 어찌 되었든 초지에게는 명문정파의 후예인 나 구룡휘의 피도 섞였으니까……."

부드럽게 바닥에 착지한 구룡휘가 엉뚱한 곳으로 고개를 돌렸다. 애써 취봉접을 외면하기 위해서다.

"호호. 아직도 명문정파타령이군요. 하지만 어쩌면 초지는 나보다는 덜 불행할지도 몰라요. 적어도 초지에게는 초지 한 사람에게 목매는 주동선이 있으니까. 혹 나처럼 버림을 받게 된다면 주동선 그놈이 거두어줄 수도 있지 않겠어요?"

"주, 주동선? 그 미련한 뚱보 녀석?"

구룡휘의 표정이 심하게 일그러졌다.

"호호, 우리를 염탐하기라도 한 건가요? 정말 모르는 게 없군요."

"젠장! 어찌 나 구룡휘의 후예가 그런 씨돼지처럼 생긴 녀석과……. 좋아! 내가 알아서 할 테니 초지를 무시한다는 그 호래자식이 누군지 나 말해 봐!"

"정말 대단하군요, 벌써 그놈이 호래자식이라는 것을 알고 있다니. 맞아요, 그놈은 일찍 어미를 여위고 홀아비 밑에서 자라다 그나마도 팔자가 기구해서 색승 심공에게 맡겨졌었죠. 이래저래 호래자식은 분명해요."

"색승 심공 밑에서? 그, 그럼 혹시 일검수의 자식이라는 그…….."

"호호, 알고 있군요. 맞습니다. 류성검, 바로 그놈이지요."

"……!"

구룡휘는 고개를 삐뚜름하게 꺾은 채 잠시 생각에 잠기는 표정이었다. 하지만 잠시 후, 그는 허리를 꺾어가며 크게 웃었다.

"푸, 푸하하하!"

"……?"

"쩝! 웃을 일만은 아니군. 청해류가와 사돈을 맺는 것은 나쁘지 않으나, 그러자면 결국 고고한 나 구룡휘의 과거가 밝혀지는 것이 아닌가."

느닷없이 웃음을 멈추며 구룡휘가 시큰둥하게 말했다.

하지만 그 순간, 취봉접은 또 묘한 미소를 내비쳤다. 구룡휘가 늘그막에 비로소 취봉접 자신을 받아들이려 하고 있음을 눈치 챈 것이다. 정말 그렇다면 그가 쉽게 마음을 열도록 도와주는 수밖에.

"호호! 그런 건 걱정하지 않아도 돼요, 구룡휘. 어차피 내가 소문을 내서 모두 알고 있는 사실이거든요."

"엥?"

구룡휘의 얼굴이 잔뜩 일그러졌다.

제10장
어둠 속의 무사들

길고 지루한 여름이었다.

전쟁이 휩쓸고 간 마을과 벌판은 죽은 시체들로 가득했다. 살아남은 이들은 이제 시체를 치울 여력도 없었다.

썩은 송장으로는 까마귀와 쥐 떼가 새까맣게 뒤덮였고, 그것은 또 온갖 괴질의 숙주가 되어 대륙으로 점점 퍼져 갔다. 여기저기서 전염병이 돌았고, 병이 도는 마을은 일찌감치 불태워졌다. 노인과 아이들은 버려졌고, 방치된 부녀자들은 수시로 치욕을 당했다.

이제 누군가는 전쟁을 끝내야 했다. 그럴 때가 온 것이다.

하남성 정주, 정토천년문(淨土千年門). 민란의 중심에 서 있는 천년밀문의 하남성 지부로, 한때는 철룡방의 장원이었다.

천년밀문은 그동안 강서성과 절강성, 안휘성 일대를 중심으로 거세게 세력을 일으키는 한편, 하남성 지부를 통해 세력 확장에 힘썼다. 즉,

정토천년문은 하남은 물론 산서와 하북, 산동의 세력 구축을 위한 전초 기지 역할을 한 셈이다.

이제 민란은 절정에 달했고, 흑화신녀는 서서히 자신의 입지를 확고히 할 때가 되었다 판단했다. 그러기 위해선 천년밀문의 본산을 중원의 심장부라 할 수 있는 이곳 하남성 지역에 새롭게 세울 필요가 있었다. 실제로 그녀는 정주에 거대한 규모의 본부 도장을 신축하는 한편 정토천년문에 머물며 은밀히 천검궁주와 서신 교환을 통해 황궁 진격의 때를 조율하고 있었다.

그녀는 안위를 걱정할 필요가 없었다. 이미 정주 지역은 천년밀문과 천검궁, 민란에 가담한 반군의 세력에 의해 철옹성으로 거듭나 있었다. 민란의 승리를 위해서는 이곳 하남성의 기지를 확고히 할 필요가 있었던 것이다.

평소 정토천년문은 마치 깊은 산속의 사찰처럼 정적에 묻혀 있었다. 천년밀문의 문주인 흑화신녀가 이곳에 머물기 시작하면서 대부분의 업무나 포교 활동은 정주 외곽에 새롭게 설치된 수련장에서 전담했기 때문이다.

하지만 오늘, 정토천년문의 분위기는 평소와 사뭇 달랐다. 묘취화가 담당하고 있는 정주 외곽 수련장에 자객이 침입했다는 보고가 올라왔기 때문이다.

정토천년문에서 이십여 리 떨어진 야산.

채채채챙!

검과 검이 부딪치며 현란한 불꽃을 만들어냈다. 한 자루 사검이 상아처럼 늘씬한 백색 검신들을 쳐내며 시종 활로를 찾았다. 하지만 쉽지 않았다. 그를 빽빽하게 에워싼 검진이 무척이나 견고했던 것이다.

"흥! 당가륵, 벗어날 생각은 말아요!"

냉랭한 여인의 음성이 아프게 귀를 파고들었다.

묘취화, 한때 당가륵의 연인이었던 여인. 그녀가 이십여 명의 여검수와 함께 당가륵을 협공하고 있었던 것이다. 그녀들 외에도 당가륵을 잡기 위해 천년밀문의 여검수들과 문도 천여 명이 이미 그 야산을 철저하게 둘러싼 상황이다.

"악연이군."

당가륵의 입에서 냉막한 한마디가 쏘아져 나왔다.

한때 그녀로 인해 얼마나 큰 마음의 상처를 입었던가. 하지만 그는 아직도 그녀를 잊지 못하고 있었다. 이번 임무를 자청한 것도 그 때문이다.

"어리석구나, 당가륵."

냉소가 담긴 자조와는 달리 당가륵의 눈엔 서글픔이 깃들어 있었다. 주위를 밝히는 거화의 불빛들이 그 서글픈 눈을 비췄다.

묘취화의 공격은 매서웠다. 그녀의 절기인 불영수십삼검이 현란하게 빛의 파문을 일으키며 요혈을 노렸다. 빨려 들어가고 싶을 만큼 황홀한 검초였으나, 한 수 한 수가 살수다. 조금의 인정도 남아 있지 않아, 그녀에게 더없이 잘 어울리는 검법이다.

뒤에서 허점을 노리고 검이 파고드는 순간, 당가륵은 가볍게 신형을 회전시켰다. 우수에 들린 사검 역시 부드럽게 곡선을 그리며 회전했고, 차르릉, 맑게 공명하며 여검수의 검신을 타고 올랐다.

"허엇!"

뒤를 노렸던 여검수는 화들짝 놀라며 검을 떨군 채 한 발 물러섰다.

도저히 당가륵의 검을 당해낼 수 없었던 것이다.

하지만 그사이, 묘취화가 당가륵의 대추혈에서 명문혈까지를 노리며 부챗살처럼 검을 뻗어왔다. 검단에서 한 자 길이로 파르스름한 검기가 형성되어 있다.

스스슷—

그녀의 검끝에 걸린 검기가 요혈을 파고들 즈음 당가륵의 신형이 갑자기 눈앞에서 사라졌다. 기함할 정도로 빠른 신법이다.

"하악!"

묘취화는 앙칼진 비명을 내지르며 좌측으로 물러섰다. 당가륵이 어느새 우측으로 다가와 그녀의 목에 사검을 들이밀고 있었기 때문이다.

"묘취화, 당신은 자질이 부족해."

"……!"

묘취화의 얼굴이 붉어졌다.

결코 그렇지 않다. 묘취화는 흑화신녀의 총애를 받는 성처녀. 흑월신교 내에 그녀보다 뛰어난 자질을 가진 이는 없다. 다만 당가륵이 더 강할 뿐이다.

"호호. 당가륵, 당신의 입술부터 도려내 주겠어요. 그리고 이도 하나하나 뽑아주지. 그 다음에도 그런 식으로 말할 수 있는지 봐야겠어!"

"……!"

이번엔 당가륵의 얼굴에서 핏기가 가셨다.

독한 여자다. 서글플 만큼 독하다. 그녀는 정말 한순간이라도 당가륵 자신을 사랑한 적이 있었던 것일까. 당가륵은 분노보다는 슬픔을 느꼈다.

그가 이곳 하남성 정주로 돌아온 것은 굉우소의 밀서를 받았기 때문이다. 바로 오늘, 성검이 이끄는 일군의 무리가 흑화신녀를 제거하기 위해 거사를 벌이기로 되어 있었다.

전략은 아주 단순했다. 성동격서(聲東擊西). 정주 외곽의 수련장을 침으로써 정토천년문을 지원할 군사력을 일시적으로 유인하는 것이다.

원래 당가륵은 민란의 규모와 배후를 정확히 조사하기 위해 곤륜산의 정도무한종 본산을 떠났었다. 하지만 천검궁 및 천년밀문과의 거사 시기가 급격히 당겨져 결국 이 일에 동원된 것이다. 아니, 동원되었다기보다는 스스로 이 일을 자처했다. 묘취화와는 매듭을 지어야 할 일이 있으니까.

정주 외곽에서 성검 일행과 합류했던 당가륵은 세부적인 사항을 구체적으로 논의한 후 약 반 시진 전 그들과 헤어져 천년밀문의 수련장으로 향했다.

야음을 틈타 묘취화의 방에 잠입한 당가륵은 잠든 그녀의 얼굴을 한동안 물끄러미 내려다보았다. 워낙 귀신같은 잠입술이었던 만큼 묘취화는 당가륵이 온 사실을 모른 채 잠에 빠져 있었다.

하지만 그녀를 바라보는 당가륵의 시선이 너무 뜨거웠던 것일까. 묘취화가 잠에서 깨어 눈앞의 사내 당가륵을 보게 되었다.

그녀는 흠칫 놀랐으나 곧 평정을 되찾고 입가에 기이한 미소를 떠올렸다.

"언제부터 그렇게 나를 보고 있었던 거죠?"

묘취화는 교소를 흘리며 침상에서 몸을 일으켜 앉았다.

나삼 잠옷의 옷자락이 슬쩍 어깨 아래로 흘러내렸다. 사내라면 단숨에 몸 안의 불길이 치솟아오르는 것을 느낄 수 있을 만큼 뇌쇄적인 모습이다. 한때는 당가륵 자신, 그녀를 품에 안은 채 천하를 얻은 듯한 기쁨을 느끼지 않았던가. 하지만 묘하게도 차분하게 마음이 가라앉은 상태다.

"오랫동안."

"호호. 점잖지 못하군요, 허락도 없이 여인의 침실로 스며들어 흩어진 옷매무새로 자고 있는 모습을 훔쳐보다니."

묘취화는 마치 낯선 여인처럼 말했다.

하지만 아무려면 어떤가. 이미 그들은 헤어진 연인이고 과거는 과거일 뿐이다. 다만 당가륵은 잠시나마 그녀와의 과거를 추억했던 것이고.

"그래, 내가 생각해도 점잖지 못한 행동이군."

당가륵은 무표정한 얼굴로 말했다.

하지만 파르르, 눈 밑이 떨리고 있다. 이곳까지 오는 동안 사실 많은 말을 머리에 떠올렸다. 자신이 아직도 그녀를 사랑하고 있다는 사실을, 마지막 기회니 돌아와 달라는 말을 어떤 식으로든 하고 싶었다.

"아직도 나를 품고 싶은가요?"

묘취화가 묘한 눈빛으로 물었다. 당가륵에게는 결코 어렵지 않은 질문이었다.

"물론."

"그렇다면 이리 들어오세요."

묘취화가 다시 침상에 누우며 이불을 들추었다.

"……!"

당가륵의 눈빛이 가볍게 떨렸다.

그는 묘취화를 너무 잘 알고 있었다. 아니, 반대일지도 모른다. 그녀를 알고 있었다면 버림받는 일 따위는 없었을 테니까. 하지만 적어도 자신을 유혹하는 데에 뭔가 목적이 있으리란 사실엔 의심의 여지가 없을 것이다. 아니나 다를까,

"뭘 망설이고 있지요? 호호. 하긴, 나는 당신에게 퍽 못되게 굴었어요. 그러니 망설일 수밖에 없겠지요. 하지만 알고 있나요? 난 정말 당신을 좋아했어요. 단지 내가 원하는 것을 위해 당신을 포기할 수밖에 없었던 거라구요. 이제 당신에게도 기회를 주겠어요. 날 선택하거나 버릴 수 있는 기회."

"무슨 뜻이지?"

"알고 있을지 모르지만 우리 천년밀문은 이제 걷잡을 수 없을 만큼 거대한 세력을 이루게 되었답니다. 그러다 보니 인재가 필요하게 되었지요. 당신 같은 인재. 만약 당신이 천년밀문에 귀의한다면 나와 당신의 관계는 언제까지고 유지될 수 있어요. 물론 그러기 위해선 당신의 정체를 밝히고 당신의 동료들을 우리에게 넘겨야겠지요. 그때라야 나는 당신을 믿을 수 있을 테니까."

묘취화가 보다 진한 미소를 내비치며 말했다.

"그다지 놀랍지도 않군."

"무슨 뜻이죠?"

"성검이란 친구가 말하더군, 당신은 마치 암사마귀 같은 여자라고. 첫눈에 당신의 속성을 꿰뚫은 게야. 하하, 그런데 왜 난 그러지 못했을까."

당가륵의 얼굴에 얼마간의 자조가 어렸다.

하지만 정말 과거의 묘취화도 그런 여자였을까. 적어도 당가륵 자신이 그녀를 처음 만났을 때, 그녀는 달빛 아래 고즈넉하게 피어난 난꽃

같은 여자였다. 더없이 청초하고 순수한 아름다움을 지닌.

"호호, 그럴지도 모르지요. 하지만 그런 이야기를 들으니 당신의 대답이 더 듣고 싶어지는군요. 그래요, 내가 암사마귀라고 하지요. 그럼 당신은 어쩌시렵니까? 기꺼이 수사마귀가 되어줄 건가요?"

"……."

"자, 선택하세요. 날 취하거나 버리거나. 어느 쪽이든 당신의 처분을 따르겠습니다. 혹 당신이 날 버린다 해도 난 당신을 원망하지 않을 거예요. 단지 당신의 선택에 따라 천년밀문의 묘취화로서 행동할 뿐이지요."

"……!"

당가륵의 마음에 파랑이 일었다.

공평한가? 묘취화의 말처럼, 당가륵 자신에게는 선택의 기회가 주어진 것인가. 갑자기 혼란스러워졌다. 하나를 얻기 위해서는 다른 하나를 버려야 한다. 하나와 하나, 정도무한종과 묘취화…….

그랬다. 이제껏 묘취화에 대한 애증을 키워왔다. 그녀를 그리워하면서도 증오를 키워온 것이다. 하지만 이젠 당가륵에게 똑같은 기회가 주어졌다. 당가륵 자신, 묘취화를 위해 정도무한종을 버릴 자신이 있는가?

"비로소 공평해졌군."

한동안 생각에 잠겨 있던 당가륵이 담담한 음성으로 말하며 묘취화를 바라보았다. 그리고 가볍게 고개를 젓다가 다시 말을 이었다.

"더 이상 당신을 원망하지 않아도 되겠어. 비로소 깨달은 사실이지만 우린 처음부터 길이 달랐던 것뿐이지. 묘취화, 우리는 연인이 아니야. 물론 우리가 연인이었던 때도 있었지만, 그건 과거지. 당신과 내가 좀 더 순수했던 한때."

"호호, 무슨 뜻인지 알겠어요. 잘 가요, 당가륵."

묘취화는 알 수 없는 미소를 지으며 나직이 속삭였다. 마치 그의 귀에 입술을 대고 뜨거운 입김을 불어넣는 것처럼 뇌쇄적인 음성이었다.

당가륵은 씁쓸한 표정으로 천천히 그녀의 방을 나섰다. 오랫동안 기억해야 할 모습치고는 너무 가증스러운 모습이라 생각하며.

예상대로였다. 당가륵이 채 전각을 벗어나기도 전에 호각 소리와 함께 수련장 곳곳에서 여검수들이 꾸역꾸역 몰려나왔다. 묘취화는 결코 곱게 당가륵을 보내줄 생각이 없었던 것이다.

여기까지가, 지금 당가륵이 그녀를 향해 사검을 겨누게 된 과정이었다.

당가륵은 묘취화를 향해 겨누었던 사검을 천천히 거두었다.

그 순간 묘취화가 눈빛을 빛내며 검을 찔러 들어왔다. 결코 빈틈을 놓칠 그녀가 아니다. 하지만 당가륵은 슬쩍 신형을 휘돌리며 빠르게 좌수를 움직여 그녀의 완맥을 잡았다.

"묘취화, 돌아가. 이것이 한때 연인이었던 당신에게 베푸는 내 마지막 연민이다. 하지만 허튼수작을 한다면, 당신은 내 검에 죽게 될지도 몰라. 이제 상황은 걷잡을 수 없게 되었으니까. 자, 이제 원수가 된 당신과 나를 위해……."

당가륵은 묘취화의 두 눈을 마주 보며 말했다. 그리고 그녀의 붉은 입술에 가볍게 입을 맞춘 후 천천히 돌아섰다.

'묘취화, 너도 제거 대상이다. 그래, 차라리 내 손으로 널 죽이게 된 게 다행인지도 모르지. 자, 어서 움직여야지.'

묘취화를 등진 당가륵의 우울한 얼굴이 달빛을 받았다.

'아니, 묘취화. 제발 내가 너를 죽이지 않게 해줘.'

목울대가 불끈 튀어나왔다. 그는 묘취화를 죽이기 위해 명분을 만드는 중이다. 자신의 등에 그녀가 검을 꽂기를 기다리는 것이다. 하지만 만약 그녀가 정말 자신의 등에 검을 꽂으려 한다 해도 정녕 그녀를 죽일 수 있을지 판단이 서지 않았다. 차라리 이대로 서로에 대한 미련을 접은 채 헤어질 수 있다면 더 이상 바랄 게 없을 것 같았다.

하지만 얼마나 헛된 바람인가.

"죽어욧—"

묘취화가 날카롭게 일갈을 내질렀다. 검은 이미 당가륵의 등을 파고들고 있다.

스팟!

당가륵의 좌측 옆구리 사이로 한 자루 사검이 뱀처럼 꿈틀거리며 빠져나간 것도 그 순간이다.

"헉!"

"하아—"

당가륵과 묘취화 두 사람의 입에서 거의 동시에 신음성이 새어 나왔다.

당가륵은 묘취화의 검을 피하는 대신 그녀와 함께 죽는 것을 선택한 것이다. 묘한 자세였다. 묘취화는 마치 뒤에서 당가륵을 안 듯 찰싹 그의 등에 밀착해 있다. 검을 쥐고 있던 손은 이미 축 늘어졌다. 당가륵의 사검이 심장을 관통한 것이다. 당가륵의 가슴에서도 두 자 길이로 삐죽이 묘취화가 찌른 검신이 튀어나와 있다.

"흐흐. 그래, 당신은 나처럼 어리석은 남자를 믿고 의지할 수 없었던 것인지도 모르지."

자신의 어깨로 머리를 기대오는, 죽은 묘취화의 무게와 온기를 느끼며 당가특은 나직이 중얼거렸다.

하지만 그것이 다였다. 털썩, 두 사람의 신형이 기울어졌고, 달빛은 무심히 그들의 모습을 비추었다.

"와아아아—"

산 아래에서 거센 함성이 일기 시작한 것도 그 즈음이다.

묘취화의 죽음을 당혹스럽게 바라보던 여검수들이 갑작스러운 함성에 놀라 서로의 얼굴을 살폈다. 결코 천년밀문의 무리가 함성을 내지를 이유가 없다. 그렇다면 답은 하나다. 당가특은 결국 그들 천년밀문의 여검수들을 이곳으로 유인해 온 것이다.

'아, 문주께서 위험하시다!'

여검수들의 머리를 동시에 스친 생각이었다.

2

화룡방은 깊은 정적에 잠겨 있었다. 단순한 정적이 아니다. 그 정적 속에는 감당할 수 없는 긴장감과 비장미가 담겨 있었다.

화룡방의 전각과 연무장, 마당에는 족히 오백 명에 달하는 무사가 집결해 있었다. 대부분 정도무한종의 무사들이다. 최근 한 달 사이, 대륙 각지의 정도무한종 지부에서 고수급의 무사들이 이곳 화룡방으로 모여들었다. 오늘밤의 거사를 위해.

"헤헤. 맥주, 그렇게 긴장할 것 없어. 어차피 이젠 매듭을 지어야 하잖아? 이번이 마지막이야. 설령 실패한다 해도 깨끗이 끝나게 마련이지. 역천휘가 죽을 수도 있고 맥주가 죽을 수도 있어. 그도 아니라면 둘 모두 죽을 수도 있지. 하지만 한 가지는 확실해지지. 자네들의 질긴 승부가 오늘로 끝난다는 점. 안 그래? 차라리 속이 시원하지 않아?"

사령회의실에 앉아 뚱한 표정으로 일검수를 보던 막귀안이 씨익, 웃으며 말했다.

강호의 제일 기인 황탄무계 막귀안, 그는 최근까지 섬서성 장안에 머물고 있었다. 그러던 중 성검이 보낸 서찰을 받게 되었고, 신비류 사비객과 함께 곧장 남진관으로 왔다.

하지만 사비객은 남진관에 도착한 지 하루 만에 다시 남진관을 떠났다. 그들에게 맡겨진 일을 처리할 시각이 너무 촉박했기 때문이다.

사비객. 천하의 도둑놈 금룡모, 도신(賭神)의 후예 불영수 삼수, 걸어다니는 방중비기(房中秘技) 락사매, 천하에서 가장 가까이하고 싶지 않은 살수 촌철살. 그들 사비객의 능력이 지금처럼 절실할 때는 없었다. 어쩌면 그들의 활동 여부에 따라 이번 거사의 성패가 결정될 것이다.

천하의 도둑놈 금룡모, 그에게 주어진 일은 황궁에 잠입해 옥새(玉璽)를 훔치는 일이었다. 현재 대륙 전체에 포진된 황군을 마음대로 움직이기 위해서였다.

비상시국인만큼 군령이라고 해서 다 같은 군령이 아니었다. 옥새가 찍힌 군령만이 힘을 발휘할 수 있었다.

물론 그 옥새를 들고 나올 필요는 없다. 아니, 그래서는 안 된다. 그랬다가는 옥새를 도난 당한 데 대한 대비책이 세워질 것이기 때문이다.

그는 그저 미리 작성된 군령에 옥새를 찍어오기만 하면 되는 것이다.

만약 금룡모가 무사히 그 일을 끝마칠 수 있다면 화룡방에 모인 수뇌들은 거사 일자에 맞추어 군을 재배치할 수 있는 것이다. 물론 쉽지만은 않은 일이다. 아무리 타고난 도둑놈이라 해도 황궁 안에 잠입해 옥새를 훔친다는 것은 불가능에 가깝다.

하지만 금룡모에 대한 성검의 기대는 빗나가지 않았다. 남진관을 떠난 지 불과 한 달여 만에 그는 무사히 임무를 마치고 돌아온 것이다.

도신의 후예 불영수 삼수와 살수 촌철살은 한 조가 되었다. 그들은 고관성이 작성한 살인첩에 적힌 이십팔 인의 고위 관리를 척살하는 임무를 맡았다. 그 살인첩에 적힌 자들은 천검궁의 역천휘와 모종의 협약을 맺은 간신들로, 향후 천검궁의 붕괴를 위해 반드시 죽어줄 필요가 있는 자들이었다.

삼수는 도박사인 동시에 만 권의 병법서를 통달했다고 자부하는 모사꾼이었다. 반면 촌철살은 병적으로 치밀한 성격이라 암살에 많은 준비를 기해야 하는 단점이 있으므로, 혼자 짧은 시간 동안 이십팔 인을 암살하는 데는 분명 한계가 있었다.

결국 삼수와 촌철살은 공조를 취했다.

우선 촌철살이 한 명을 살해하면 삼수는 그 죽음을 이용해 척살 대상에 오른 자들을 서로 이간질시키고 의심하게 만든 후 서로가 서로를 죽이게 만들었다. 물론 그 와중에도 삼수는 촌철살과 내기를 즐겼다. 갑(甲)과 을(乙) 가운데 누가 먼저 상대를 죽일 수 있을지를 놓고.

사비객 가운데 유일하게 락사매에게는 임무가 주어지지 않았다. 딱히 그녀가 할 임무가 없었던 것이다. 하지만 세상 모든 사람을 평등하게 여기는 고지기가 락사매의 재능을 알아챘고, 결국 그녀를 거두었다.

고지기는 묵향이 대신 락사매와 함께 장강삼협을 넘나들며 포교 활동에 나섰던 것이다. 락사매를 이용한 그 포교 방식이 어떤 성과를 가져왔는지는 아직 명확히 밝힐 수 없지만.

"하하! 막 노선배, 내가 긴장하고 있는 것 같소?"

물끄러미 막귀안을 쳐다보던 일검수 류추영이 뚱한 음성으로 물었다.

류추영과 막귀안은 묘한 인연으로 만나 뜻을 같이하게 되었지만 늘 서로를 자극하는 데 재미를 느낀다. 첫 만남이 워낙 고약했던지라 정이 들어 서로를 아끼게 된 지금도 그런 식의 사귐을 이어가고 있는 것이다.

"그럼 아니란 말인가? 헤헤, 솔직히 말해 봐. 오줌이라도 지릴 것 같지? 매번 고양이 앞의 쥐처럼 당하면서 왜 그렇게 역천휘에게 집착하는지를 모르겠단 말이야. 헤헤, 난 또 그 꼴을 보는 재미로 맥주를 돕고 있지만."

"고양이 앞의 쥐? 허허, 이런. 우소, 그만 출발하세."

류추영은 긴 이야기를 하고 싶지 않다는 듯 끄응, 불편한 침음성을 토해내며 자리에서 일어섰다. 이제 출정할 시각이 된 것이다.

"아, 그나저나 오늘은 막 노선배도 함께 가셔야지요? 이제껏 말은 청산유수였지만 아쉽게도 실력을 입증할 기회가 없지 않았습니까. 어디, 오늘 멍석을 깔았으니 마음껏 활개를 쳐보시지요."

류추영은 막 문을 나서려다 말고 황탄무계를 돌아다보며 말했다.

"응? 나, 나도 가자고?"

"하하, 좋은 기회 아닙니까. 어쩌면 오늘 제가 역천휘에게 맞아죽을

지도 모르는데 설마 제 임종을 지키지도 않으시려는 건 아니겠지요?"

"무, 물론 같이 가야지. 그런데… 어허, 저녁을 잘못 먹었나? 꾸준히 설사가……. 헤헤, 아무래도 난 좀 늦게 도착할 것 같아. 하지만 내 꼭 간다고 약속함세."

막귀안이 잔뜩 인상을 찌푸리며 아랫배를 문질러 댔다.

"음회회! 황탄무계야, 내가 기다렸다가 같이 가줄까?"

심공이 음흉하게 웃으며 막귀안을 빤히 쳐다보았다. 막귀안과는 워낙 막역한 사이인지라 그의 행동 양식을 잘 알고 있었던 것이다.

"끄응… 내가 길도 못 찾아갈까 봐 그러느냐, 이 색마 늙은이야?"

막귀안이 냉랭한 시선으로 심공을 노려보며 말했다.

"음회회, 그런가? 대신 꼭 와야 하느니라. 오늘 천검궁과의 일전에 관계된 관전록은 나 심공 일대의 역작이 될 것이야. 그동안 내가 기록한 비무 관전록의 모든 상승 절기들이 오늘의 관전록 하나에 집대성될 테니 말이야. 설마 강호 역사에 길이 남게 될 그 관전록에 지저분한 이름으로 기록되고 싶지는 않겠지?"

심공은 유들유들한 미소를 지으며 막귀안의 염장을 질러댔다.

"뭐, 뭐? 흥! 이 구질구질한 색마 놈아! 누가 감히 나 황탄무계의 고명한 이름을 네놈의 잡스러운 책에 실으라더냐!"

"그야 내 마음이지. 어쨌든 난 오늘의 역사적인 기록에 네놈 이름을 싣고 말 테니 오든 말든 알아서 하거라. 음회회회!"

자시(子時). 남진관의 어두운 거리로 한 무리의 무사들이 모습을 드러냈다. 오백여 명에 달하는 인원임에도 발소리조차 들리지 않는다.

무리의 맨 앞에는 일검수 류추영과 발산도 굉우소, 고관성과 화향검,

색승 심공 등이 나란히 서 있었다. 검과 도로 무장한 그들의 눈빛은 깊게 침잠해 있는 듯했으나, 언뜻언뜻 푸르스름한 안광이 내비쳤다.

얼마쯤 그렇게 걸어갔을까? 골목 저편에서 십여 명의 천검궁 무사가 모습을 드러냈다. 그들은 일검수 일행을 보고 잠시 멈칫했다. 아직 일검수 일행의 정체를 파악하지 못한 것이다. 한순간 천검궁의 무사단이 아닐까 생각했을 것이다. 지난 수십여 년 동안 천검궁의 무사단이 아닌 어느 누구도 그런 대규모의 행렬로 남진관의 거리를 지나지는 못했으니까.

하지만 천검궁 무사들은 곧 뭔가 이상한 점을 느꼈다. 복장부터가 자파의 무사들과 달랐던 것이다. 그들은 당혹스러워하면서도 본능적으로 검의 손잡이에 손을 뻗었다. 하지만 그것이 다였다.

스파파팟—

몇 자루의 비수가 어둠을 가르며 날아가 정확히 그들의 급소에 꽂혔다.

"커흐흐!"

무사들은 희미한 단말마를 토해내며 그 자리에 나무토막처럼 쓰러졌다. 비명 한 번 제대로 지르지 못한 채.

골목 양쪽의 담장 위에서 십여 명의 검은 인영이 부드럽게 바닥에 착지해 시체들을 담장 너머로 집어 던졌다. 그리고 다시 빠르게 어둠 속으로 스며들었다. 그들은 정도무한종의 최고 고수급들로, 제사선을 맡고 있다. 제일선과 이선, 삼선은 이미 일행이 지나칠 길을 앞서 가서 불의에 벌어질 수 있는 사고를 방지하고 있을 것이다.

일검수 일행이 나루까지 도착했을 때 그곳은 이미 깨끗하게 정리되어져 있었다. 제일선 열 명, 이선 스무 명, 삼선 스무 명으로 구성된 선발대 가운데 세 명이 죽고 여섯 명이 부상당했다. 반면 나루를 지키던 천검궁의 무사들 팔십여 명이 완전히 몰살됐다.

선발대는 굉우소가 손수 키워낸 정도무한종 최고의 정예 부대로, 암살이 주임무다. 그들은 암기로 기선을 제압한 후 섬전처럼 빠르게 움직여 일을 마무리 지었다.

"수고했네."

나루에 도착한 굉우소가 부복해 있는 무사에게 말했다.

"최대한 깔끔하게 처리했으니, 아직 우리의 움직임을 알아채지 못했을 겁니다."

무사가 고개를 들며 대답했다. 장호다.

"그래. 계획대로 자네는 이곳에서 이각 후에 출발하게."

"존명."

장호가 낮은 음성으로 대답했고, 굉우소를 비롯한 일행은 그를 지나쳐 나루에 대기하고 있던 배 위에 오르기 시작했다.

장강의 물살이 가볍게 일렁이며 찰랑거리는 소리를 냈고, 달빛은 교교히 그들 일행을 비추었다.

순풍이었다. 하지만 뱃꾼들은 천검궁 무사들의 눈에 띄는 것을 우려해 돛을 거두고 숙련된 손놀림으로 노를 저었다.

장여룡과 염자방이 오늘을 위해 물색해 둔 쓸 만한 뱃꾼들이다. 배가 천검궁 본산에 도착할 즈음 그들은 배를 거꾸로 돌려 돌아갈 것이다. 그것이 뱃꾼들과의 계약 조건이었다.

배수진! 어차피 천검궁 본산은 천연의 요새로 배를 통하지 않고는 들고날 수 없다. 배의 방향을 돌리게 한 것은 뱃꾼들의 안전을 보장하기 위해서이기도 했지만, 결코 달아나지 않으려는 비장한 각오의 표현이기도 했다.

류추영 일행이 천검궁 본산 근처까지 닿은 것은 약 이각 후였다. 까마득한 절벽으로 이루어진 협곡을 돌면 본산이 모습을 드러낼 것이다.

그 즈음에서 배를 정박시킨 후 오십여 명의 무사가 조심스럽게 물속으로 잠수하기 시작했다. 남진관에서 길을 열었던 이들과는 다른, 별도의 선발대가 천검궁의 경비 무사들을 제거하기 위해 먼저 움직인 것이다.

그들이 물길을 따라 사라진 지 대략 일각의 시각이 흘렀을 즈음, 밤새의 울음소리가 처연히 물살을 거슬러 올라왔다. 일이 깔끔하게 마무리되었음을 알리는 신호다.

신호를 들은 굉우소는 그제야 굳은 안색을 풀며 미소 지었다.

"출발하세."

굉우소의 명령이 떨어지자 배가 다시 움직이기 시작했다.

절벽이 끝나는 지점에 다다르자 비로소 천검궁의 본산이 모습을 드러냈다. 천검궁이 천년검궁을 꿈꾸며 세운 난공불락의 요새. 실제의 모습도 한 왕부의 장원처럼 거대했으나, 지금 배 위에 있는 무사들에게는 도저히 무너지지 않을 태산처럼 느껴졌다.

오늘 그 천검궁에서 어쩌면 강호 역사상 최대의 격전이 벌어지게 되리라.

"자, 가세, 친구."

굉우소가 나직이 말하며 몸을 날렸고 뒤이어 일검수 류추영이, 화향검과 고관성이, 수백의 무사가 허공을 디디며 날아오르기 시작했다.

잠시 후 무사들을 싣고 온 배는 황급히 방향을 바꾸어 물길을 거슬러 올랐고, 장강은 언제나처럼 무심히 흘렀다.

천검궁의 대문이 끼이익, 소리를 내며 열렸다. 은밀히 침투했던 무
사들이 천검궁의 경비 무사들을 제거하고 지금 막 문을 연 것이다.

어둠 속에 숨어 있던 수백 명의 무사가 거친 물살처럼 쏟아져 들어
갔다.

채채채챙!

"끄아아악!"

병장기 부딪치는 소리와 비명성이 사방으로 번져 갔다. 기습은 성공
적이었다. 하지만 그 기습의 효율을 최대한 이끌어내기 위해선 숨 돌릴
새도 없이 몰아쳐야 한다. 초반의 움직임이 승패를 좌우하는 것이다.

사실 정도무한종의 무사들이 무사히 기습을 감행할 수 있었던 것 자
체가 기적에 가까웠다. 천검궁은 너무 오랜 세월 지존의 자리를 지켜
온 것이다. 그러다 보니 감히 어느 세력이 천검궁에 정면으로 도전해
올 것이라 예상치 못했을 뿐이다.

더욱이 류추영은 이미 죽은 것으로 알려져 있지 않았는가. 은하대맥
이라는 신비 집단이 있었으나 그 또한 와해되지 않았는가. 물론 곤륜
산에 꽁우소의 세력이 있음을 감지하기는 했지만, 그들이 감히 이곳으
로 쳐들어올 것이라고는 예상치도 못했을 것이다. 역천휘가 머물고 있
는 천검궁 본산은 그야말로 현 강호의 최고 심장부였고, 그만큼 난공불
락의 요새로 평가되어 왔으니까.

채채채챙!

"전력을 다해라! 결코 가벼운 자들이 아니다!"

"으아악!"

채채채챙―

"무조건 죽여라! 막아라! 결코 수룡각까지 적의 발을 들여놓아서는
안 된다!"

천검궁의 고위 무사들이 사방에서 수하들을 지휘하며 정도무한종
무사들에게 저항했다. 비록 기습을 당했다고는 하지만, 수적으로 얼마
간 우위에 있었던 만큼 대등한 싸움을 벌일 수 있었다.

그럼에도 수하들을 지휘하고 있는 천검궁 수장들의 마음은 조급했
다. 문제는 수룡각이었다. 만약 적의 고수들이 수룡각으로 향한다면
결국 역천휘가 나서야 하는 것이다.

물론 역천휘는 결코 당하지 않을 것이다. 그는 이미 인간의 한계를
뛰어넘은 초인이다. 강호에서 그를 쓰러뜨릴 수 있는 사람은 아무도
없다.

어쨌든 역천휘가 직접 손을 쓰는 것만은 막아야 한다. 누구라도 용
의 잠을 깨워서는 안 되는 것이다.

하지만 이미 늦었다. 어두운 밤하늘 저편으로 한 무리의 검은 인영
들이 쏟아져 나가는 게 보였다. 수룡각이 있는 방향이다.

"어떻게 이런 일이……!"

어느 천검궁 무사의 입에서 침음성이 토해져 나왔다.

제11장

결자해지

콰지지직!

'정토천년문'이라고 적힌 현판이 두 동강나며 바닥으로 툭 떨어졌다. 정문 근처엔 이미 천년밀문의 여검수 수십 명이 피를 흘리며 나뒹굴고 있었다.

"철행궁, 현판을 가져와라."

성검의 입에서 낮고 단호한 음성이 새어 나왔다.

성검 뒤편엔 몇 명의 무사가 미동도 없이 서 있다. 기습을 감행하고 있는 이들로 보기엔 지나치게 태연자약한 모습이었다.

하지만 아니다. 이미 장원 안에선 치열한 혈전이 벌어지는 중이다. 비명이 어둠을 찢고, 달빛이 피에 젖고 있었다.

"여기 있습니다, 형님."

철행궁이 큼직한 현판을 들고 성검 옆으로 다가왔다. 그제야 성검의 시선은 좌측에 앉아 있는 한 사내에게로 옮겨졌다.

초로의 백삼사내는 화려한 문양이 새겨진 교자 위에 의연한 모습으로 앉은 채 현판을 바라보고 있다.

'이 대협, 대협과 역 방주에게 씻지 못할 죄를 지었소. 이렇게밖에 용서를 구할 길이 없을 것 같소이다.'

성검은 끓어오르는 감정을 억누르며 교자에 앉은 사내에게 조심스럽게 현판을 내밀었다.

철룡방.

현판에 적힌 글씨다.

사내는 떨리는 두 손으로 현판을 어루만졌다. 그런 사내의 두 눈에서 주르륵 눈물이 흘러내렸다.

사내를 내려다보는 성검의 눈시울도 이미 젖어 있었다.

성검은 이미 이곳 정주로 향하기 전에 밀서를 보내 채승옥과 등방칠수의 수하들에게 사내의 행방을 찾게 했다. 적어도 성검에게 있어 그것은 강호의 정의를 되찾는 것보다 중요한 일이었다.

"고, 고맙소."

사내의 입에서 기어코 오열이 터져 나왔다.

비학검 이가성, 철룡방의 진정한 주인. 그는 비록 앉은뱅이가 되었지만 이렇게 철룡방의 주인으로 다시 서게 된 것이다. 만약 오늘의 거사가 실패한다 해도 이가성은 이 순간만큼은 철룡방의 방주인 것이다.

'역우, 보고 있느냐? 너와 나의 철룡방이 현판을 되찾게 되었다!'

눈물 때문에 뿌옇게 흐려진 눈 때문일까, 환하게 웃고 있는 역우의 모습이 보이는 듯했다.

"류 대협, 현판을 달아주시겠소?"

이가성이 떨리는 음성으로 말했다.

"물론입니다, 철룡방주!"

성검은 말을 마치는 것과 동시에 묵직한 현판을 들고 그대로 허공을 박차며 날아올랐다.

팍!

휑하니 비어 있던 솟을대문의 처마 아래에 '철룡방' 이라는 글자가 또렷하게 새겨진 현판이 걸렸다. 이로써 성검은 백분지 일이나마 빚을 갚은 느낌이었다.

"자, 방주. 이제 전각으로 드셔야 할 차례입니다."

성검의 말이 떨어지는 순간, 몇 명의 무사가 교자를 들었다. 그리고 천천히 철룡방의 대문 안으로 걸음을 옮겼다.

혼전이었다. 성검 일행은 흑화신녀를 제거하기 위해 치밀하게 계획을 세웠고, 완벽한 기습에 성공했다.

정주 내에 머물고 있는 천년밀문의 추종 세력을 당가륵이 유인해 낸 후 별도의 세력이 그들을 묶어두고 있다. 또한 정주로 통하는 모든 길목에 황군을 배치했다. 물론 그들 황군은 위조된 군령에 의해 배치된 것에 불과했으나, 그 사실이 밝혀질 때까지는 철통같이 길목을 차단할 것이다.

성검 일행은 그저 이곳의 싸움에만 충실하면 된다. 하지만 그게 쉽지 않았다.

"호호, 하룻강아지들이 범굴을 찾아들었구나. 모두 죽엇!"

유유히 모습을 드러낸 흑화신녀가 직접 매운 손속을 펼치고 있었다. 그녀가 쌍장을 휘두를 때마다 거대한 폭사와 함께 정도무한종의 무사들이 죽어 나갔다.

성검이 이끌고 온 무사의 수는 이백여 명에 달했다. 하지만 이미 흑화신녀의 손에 오륙십 명이 죽었다. 그 모습을 본 무사들은 감히 흑화신녀에게 다가서지 못했다. 그저 드문드문 거리를 유지한 채 그녀를 에워싸고 있을 뿐이다.

"무엄한 것들! 너희가 정녕 죽기로 작정한 것이구나! 예가 감히 어디라고 오합지졸을 이끌고 온 것이지!"

흑화신녀의 좌우에 포진해 있던 여검수들 가운데 취영오매의 일매 송가영이 한 발 앞으로 나서며 냉랭하게 말했다.

송가영이 보기에 지금 본전 앞 연무장을 가득 채운 무사들은 제법 기본기를 갖추었다. 하지만 상대를 잘못 골랐다. 흑화신녀가 머무르고 있는 이상 이곳엔 천년밀문의 최고 고수들이 상주하고 있음을 알았어야 했다. 그랬다면 적어도 이렇게 허무한 죽음을 면할 수는 있었을 것이다.

"호호, 살고 싶다면 지금이라도 검을 버리는 게 좋을 거야. 그러면 사지 가운데 한 곳만 자른 후 살려 보내주지. 물론 그러기 전에 너희의 배후를 밝혀야겠지만."

이번엔 취영오매의 삼매 은매란이 한 발 앞으로 나서며 말했다. 그녀가 보기에도 침입자들은 오늘 운이 없었다. 감히 천년밀문의 문주를 노리다니 죽어 마땅한 자들이었고, 그렇게 되리라.

하지만 그녀의 생각은 빗나갔다.

"은매란, 넌 여전히 싸가지없게 말하는구나."

귀에 익은 음성이었다.

은매란이 고개를 돌렸을 때 연무장으로 이어지는 소문(小門) 저편에서 한 무리의 무사들이 모습을 드러냈다. 성검과 취봉접, 구룡휘, 초지, 동방칠수 등 이번 기습을 진두지휘한 인물들이다. 물론 그곳엔 교자 위에 오른 이가성도 있었다.

"호호호, 정말 어이가 없군. 설마 네놈이 이번 일의 주모자는 아니겠지? 정말 분수를 모르고 날뛰는구나!"

평소 성검에게 쌓인 게 많았기에 은매란의 음성은 처음부터 앙칼지게 들렸다.

"매란아, 볼기를 때려주기 전에 뒤로 물러서렴."

성검은 평소와 다름없이 농스럽게 말했지만, 분위기는 예전과 판이하게 달랐다. 적어도 지금은 그들 취영오매와 확연한 대립각이 세워졌기 때문이다.

"기영옥, 네년이 기어코 흑월신교의 얼굴에 먹칠을 하고 말았구나. 진작에 네년의 버릇을 고치지 못한 게 실수였다. 죽어서도 사부님의 얼굴을 뵐 면목이 없어."

성검 뒤편에 서 있던 취봉접이 씁쓸한 표정으로 말하며 한 발 앞으로 나섰다.

한순간 그녀와 흑화신녀의 눈이 딱 마주쳤다.

"흥! 가증스러운 것! 어찌 네년의 입으로 사부님을 들먹일 수 있지? 사부님을 등지고 떠난 것도 모자라 이제 천견밀문의 반역자로 나서는 주제에."

흑화신녀의 두 눈에서 살광(殺光)이 뻗어 나갔다.

"쯧쯧. 그래, 모든 게 내 잘못이다. 일찌감치 기영옥 네년의 악독함과 허무맹랑한 야욕을 알았더라면 결코 사문을 떠나지 않았을 게야."

"호호, 그래? 하지만 지금이라도 늦지 않았잖아? 이곳에서 네년과의 질긴 악연을 끊어주지. 덤벼라, 흡혈소란!'

"기영옥, 네년이 정 원한다면."

말을 마친 취봉접이 천천히 걸음을 옮겼다. 축 늘어진 그녀의 쌍수가 가볍게 경련했다. 내력을 끌어올리는 것이다.

성검은 가만히 그 모습을 지켜보았다. 결코 자신의 싸움이 아니다. 취봉접과 흑화신녀의 싸움이다.

"소란, 하나만 묻지. 넌 내가 아직도 천년밀문의 문주로 보이지 않느냐?'

"글쎄? 나 역시 한때는 너를 문주로 인정해 주고 싶었어. 이것만은 진심이야. 자, 나도 하나만 물어볼까?"

"……?"

흑화신녀의 두 눈에 이채가 어렸다.

"기영옥, 너는 네가 진정한 미륵이라고 생각하느냐?'

"……!"

흑화신녀의 표정이 차갑게 굳었다.

'내가 진정한 미륵이냐고? 호호, 상관없어. 난 그저 내가 취할 수 있는 것을 포기할 수 없을 뿐이야. 이 전쟁에서 이기면 난 미륵이 되는 거야. 소란, 네년은 충분히 날 고통스럽게 했잖아? 꼭 끝까지 이렇게 날 괴롭혀야겠어?'

흑화신녀의 표정이 기이하게 일그러졌다. 웃는 것 같기도 하고 우는 것 같기도 했다.

취봉접과 흑화신녀. 어쩌면 그녀들은 여왕벌의 운명을 타고났는지도 모른다. 불행이라면 한곳에 두 마리의 여왕벌이 준비되었다는 점이다.

원래 여왕벌은 씨가 따로 있는 게 아니다. 같은 수정란에서 태어나지만, 어미 여왕벌의 뜻에 의해 한 마리만이 왕유(王乳)를 공급받아 여왕벌로 우화(羽化)한다.

어쩌면 흑화신녀의 야심이 지금처럼 끝도 없이 치닫게 된 것은 전대 문주인 자경옥수 탓인지도 모른다. 그녀는 흡혈소란과 기영옥에게 동시에 애정을 주지 말았어야 했다. 아니, 일짜감치 두 사람 가운데 한 명을 선택하고 나머지 한 명을 버렸어야 했다. 그랬다면 결코 오늘과 같은 일이 벌어지지는 않았을 것이다.

"물론이다, 소란. 난 미륵이야. 네년은 부정하고 싶겠지만, 난 이미 찬연한 본래의 모습을 되찾았다. 넌 지금이라도 내 앞에 무릎을 꿇어야 해!"

흑화신녀가 냉소를 터뜨리며 그대로 신형을 날렸다. 어차피 취봉접과는 언젠가 결판을 내야 한다. 아니, 오히려 늦은 감이 있었다.

"가엾은 것."

취봉접은 미끄러지는 듯한 신법으로 쭉 뻗어 나가며 나직이 중얼거렸다. 그사이 허공에 떠 있던 흑화신녀의 쌍장이 연달아 격출되었고, 연무장에선 폭사가 일며 땅거죽이 벗겨져 높게 치솟았다.

"죽엇!"

흑화신녀는 부드럽게 허공에서 곡선을 그리며 다시 일장을 내질렀다.

츠츠츠츠츳―

마치 공기층 전체가 밀리듯 기이한 파공성이 일었다. 이제까지와는 전혀 다른 장경이다. 그 장경은 점점 크게 파장을 일으키다가 일시에 휘몰아쳤다. 일정한 공간을 완벽하게 장악하고 있다. 도저히 피할 수 없는 일격이었다.

힘과 힘의 대결. 그것이 흑화신녀가 노린 것이다. 어차피 피할 공간이 없는 만큼 취봉접은 정면으로 맞부딪칠 수밖에 없었다.

'같이 죽자는 게냐?'

취봉접의 얼굴에 당혹감이 어렸다.

이미 경험해 봤듯 취봉접의 무극편과 흑화신녀의 태극편은 상생이 되기도 하며 반대로 상극이 되기도 한다. 지난번 일전에서 두 사람은 그 사실을 확연히 깨달았다. 서로의 강기가 마주쳤을 때 그 힘이 상쇄되어 흩어졌는가 하면, 결정적인 순간에는 오히려 몇 배의 파괴력을 드러내기도 했다.

만약 지금 취봉접이 흑화신녀의 공격에 정면으로 마주친다면 결과는 후자일 것이다. 도저히 예측할 수 없을 정도로 강한 기의 폭발로 인해 두 사람 모두 죽을 수도 있는 것이다.

하지만 피할 수도 없는 상황이다.

'독한 계집!'

취봉접은 길게 늘어진 소맷자락을 펄럭여 태극 문양을 만들어내며 연달아 다섯 걸음을 빠르게 물러섰다. 하지만 그게 다가 아니다. 우측 발로 바닥을 디디며 멎는 듯하던 그녀가 빙그르르 한 바퀴 회전하며 빠르게 흑화신녀를 향해 쏘아져 들어갔다. 그런 그녀의 쌍장은 어느새 적색 강기를 휘감고 있었다.

"타핫!"

취봉접의 쌍장이 하나로 합쳐지는 순간 한 자루 검 형상의 강기가 형성되었고, 그것은 곧 적자색의 강기에 물든 허공을 둘로 가르기 시작했다.

치이이익—

마치 팽팽히 펼쳐진 천이 가윗날에 갈라지듯, 적자색의 강기가 뻗어나갔다. 흑화신녀가 자신의 힘을 폭사시켜 드넓은 공간을 장악한 반면 취봉접은 강기를 예리한 검날처럼 응축시켜 정면 돌파를 시도한 것이다.

언뜻 취봉접의 공격이 실리적이란 느낌이 들게 마련이다. 응축된 공격의 파괴력이 강할 수밖에 없기 때문이다. 하지만 그 반대의 경우도 있다. 지금이 그랬다.

콰콰콰콰쾅!

"크헙!"

연무장의 허공에서 찢어질 듯한 폭음과 비명성이 일었다.

지난번 비무에서처럼 취봉접의 강기와 흑화신녀의 강기가 마주치며 기함할 파괴력을 만들어낸 것이다.

쿵!

마치 낙뢰에 맞은 사람처럼 취봉접은 온몸어 뇌전을 휘감은 채 바닥으로 떨어져 내렸다.

"하, 할머니!"

두 사람의 싸움을 지켜보던 초지가 당혹성을 내지르며 취봉접에게 달려갔다.

"학—"

막 취봉접을 안아 올리려던 초지가 비명을 내지르며 튕겨져 나갔다. 취봉접의 몸을 만지는 순간 감당할 수 없는 충격을 받은 것이다.

"이런… 초지야, 물러서거라. 지금 건드린다면 네 할미는 더 큰 위험에 빠질 수 있어."

언제 다가온 것인지 구룡휘가 초지 뒤편에 서서 침음성을 흘리며 말했다.

구룡휘가 이곳까지 온 것은 초지 때문이다. 이제 나이가 든 것일까, 핏줄을 외면할 수 없었다.

"하, 할아버지……."

"쉽게 죽을 사람이 아니다."

구룡휘는 담담히 말한 후 맞은편에 내려앉은 흑화신녀를 빤히 쳐다보았다. 비록 초면이지만 그녀를 모를 리 없다.

흑화신녀의 얼굴은 환희에 젖어 있었다. 평생의 한을 한순간에 씻어낸 느낌이다. 꼭 한 번쯤은 꺾어보고 싶었던 취봉접을 꺾은 것이다.

하지만 그녀 앞에선 상늙은이 하나가 측은한 눈길로 자신을 바라보고 있다. 예사롭지 않은 늙은이다.

"음. 이게 다 내가 너무 잘나서 벌어진 일이 아닌가."

눈앞의 늙은이가 고개를 절레절레 흔들며 말했다.

"흥! 늙은이, 그게 무슨 소리지? 정체를 밝혀라. 네가 누구기에 감히 나 흑화신녀 앞에서 그런 주둥이를 놀리냔 말이다!"

"나? 일절천하 구룡휘지. 나로 인해 천년밀문의 문주가 바뀌었고, 결국 대륙엔 이런 파란이 일지 않았는가. 쯧쯧, 자고로 사내란 덤덤하게 생겨먹어야 하는 것을 내가 너무 잘나서……."

"……?"

흑화신녀의 눈에 이채가 어렸다.

당연한 일이다. 구룡휘는 이미 죽은 사람이 아닌가. 하지만 세상에는, 특히 강호에는 알 수 없는 일들 투성이다.

"호호, 악연이군. 너희 늙은 부부가 한날한시에 내 손에 죽게 생겼으니 말이야. 자, 네 말대로 네가 벌인 일이라면 마무리를 지어야겠지?"

흑화신녀의 눈에서 신광이 줄기줄기 뻗어 나왔다. 오늘로써 취봉접은 물론 그녀와 관계된 모든 것을 쓸어버릴 작정이었다.

"아니, 아니야, 매듭을 지어야 할 사람은 따로 있지."

"……?"

흑화신녀가 주위를 둘러보았다. 하지만 딱히 눈에 들어오는 인물이 없다. 혹시 취봉접의 증손녀 초지를 말하는 것일까?

흑화신녀가 괴이한 표정으로 구룡휘를 바라보았다. 그런데 그의 시선이 낯설지 않은 한 녀석에게 닿아 있다.

"이놈, 손주사위야. 뭘 하고 있느냐? 네 처의 가문이 욕을 당했는데 보고만 있을 생각이냐?"

"엥?"

느닷없는 구룡휘의 말에 성검이 화들짝 놀랐다.

물론 취봉접이 당한 이상 자신밖에 나설 사람이 없음을 안다. 아니, 꼭 상황이 그렇지 않더라도 흑화신녀와는 한 번쯤 붙어보고 싶었다. 강하니까.

하지만 이렇게는 아니다. 왠지 엮이는 기분이다.

"호호. 그래, 네놈이 취봉접의 손주사위라고 했었지? 내가 깜빡했군. 하지만 너처럼 부실한 녀석이 과연 내 상대가 될 수 있겠느냐?"

'이쒸— 당연히 해볼 만하지. 나 류성검, 이미 당신들이 자랑해 마지않는 천년비화신공의 무극편과 태극편의 묘용을 깨우쳤으니까. 하지만 역시 엮이는 느낌이야.'

성검은 허리에 채워진 검을 만지작거리며 멀뚱히 흑화신녀를 쳐다보았다. 온몸을 휘도는 투지대로라면 당장이라도 검을 뽑아야 했다. 그러지 않아도 한시바삐 신활류검(新活流劍)의 진면목을 확인해 보고 싶었다.

신활류검. 신검 제작에 미쳐 있던 황탄무계 막귀안이 일생일대의 역작이라고 호들갑을 떨어 마지않은 보검이다. 비록 막귀안에 대한 신뢰가 깊지는 않았으나, 그 검은 충분히 성검의 마음을 빼앗았다. 적어도 그 검을 제작한 주인처럼 부실해 보이지는 않았던 것이다.

더욱이 신활류검은 성검의 아비 일검수 류추영이 아끼는 활류검을 본떠 만들어진 쌍검이다. 십육수활류검법의 제십사식과 십오식을 펼칠 땐 두 개의 연검으로 분리된다. 그런 까닭에 검명 역시 신활류검이 된 것이고, 두 개의 연검은 신비황검(新飛凰劍)과 신비룡검(新飛龍劍)이 되었다.

'허허, 황탄무계 막 노선배가 이 검을 맡기며 절대 불의 앞에서 물러서지 말며, 일단 승부에 들면 절대 패하지 말라 당부했거늘…….'

초지에게 시선을 고정시킨 채 성검은 고민에 고민을 거듭했다. 하지만 그 고민은 길지 않았다.

"류 대협, 나와 역우가 돕겠소."

비학검 이가성이었다. 앉은뱅이가 된 그가, 그것도 죽은 역우까지 들먹이며 싸움을 종용하는 것이다. 이쯤 되면 더 이상 망설일 스 없는 것이다.

"말학 류성검이 신녀께 비무를 청하오!"

성검은 정중히 포권한 후 흘낏 취영오매의 다섯 자매를 훔쳐보았다. 삼삼하고 늘씬늘씬한 그녀들과 비교해 보니 초지는 더욱 초라해 보인다.

'쉽게 생각하자. 난 그저 강호의 정의를 위해 검을 뽑은 것이 아닌가. 결코 초지의 가문을 위해서 이러는 게 아니야.'

"흥, 그래도 배포는 살아 있군. 하지만 곧 죽을 목숨이니 아쉽게 되었구나."

"정녕 그리 생각하시오? 그렇다면 신녀께 한 가지 청을 넣어도 되겠소? 물론 내가 죽는다면 들어줄 필요도 없는 부탁이지만."

"말해 보거라."

흑화신녀는 의외로 순순히 대답했다. 그녀는 지난번에 이미 성검의 무위를 확인한 바 있으니 두려워할 필요가 없었던 것이다.

"만약 내가 신녀를 꺾는다면 초지일관 초지를 천년밀문의 새로운 문주로 앉혀주십시오. 어차피 그 자리는 취 노선배의 자리였던 것으로 알고 있습니다."

성검은 힐끔 초지를 보며 득의에 찬 미소를 지었다.

그는 확실히 뛰어난 면이 있다. 무공의 자질도 자질이려니와 잔머리도 그렇다. 만약 성검 자신이 이겨 초지가 천년밀문의 문주가 된다면 그녀는 평생 처녀로 살아야 하지 않겠는가. 그렇다면 혼사니 뭐니 하는 올가미에서 벗어날 수 있는 것이다.

하지만 사정을 모르는 초지는 그 말에 감동한 게 분명하다. 두 눈이 게슴츠레하게 풀어졌다.

"흥! 네놈이 곱게 죽을 마음이 없는 게구나! 하지만 좋다, 어차피 불가능한 일일 테니."

흑화신녀의 두 눈에 어린 살기가 더욱 짙어졌다.

"한 가지 더 있습니다. 혹, 문 내에 문주의 약속을 잊는 자가 생길지도 모르는 일 아닙니까? 저기 취영오매를 초지의 호법으로 내정해 무슨 일이 생기든 그 약속이 지켜지도록 명해주십시오."

"……!"

이번엔 취영오매의 다섯 자매가 매서운 눈으로 성검을 쏘아보았다. 하지만 흑화신녀가 귀찮다는 듯 그러마, 하고 대답했고, 취영오매의 삼매 은매란이 그저 빠드득, 이를 갈았을 뿐이다.

"꼬마야, 이제 네가 무엇을 믿고 그리 깝치는 것인지 확인시켜 줄 수 있겠느냐?"

흑화신녀가 눈을 치뜨며 성검을 노려보며 물었다.

'결코 장난이 아니야.'

성검은 검집에서 천천히 검을 뽑아내며 호흡을 가다듬었다. 비로소 자신의 무공이 어느 단계까지 다다른 것인지 확인할 수 있는 기회가 왔다. 하지만 그것이 곧 죽음으로 이어질지도 모르는 상황이다.

무사 류성검의 피가 온몸을 달구기 시작했다.

'둘 중 한 명은 죽는다. 손속에 사정을 둘 기회조차 없는 것이다!'

날숨을 토해내는 것과 동시에 성검의 신형이 섬전처럼 뻗어 나갔다.

"오너라!"

적자색으로 물들어 있던 흑화신녀의 쌍수가 태극 문양을 만들어냈다. 그 움직임은 지극히 느려 보였지만, 그것이 그저 빛의 잔상임을 모를 리 없는 성검이다.

촤아아아―

흑화신녀의 쌍수에서 뻗어 나온 강기가 또 한 차례 공기층 전체를 밀어내며 괴이한 파공성을 냈다. 감당하기 힘든 압박이다.

'뚫고 지나친다!'

성검의 아랫입술이 윗니와 아랫니 사이에 질끈 물려 있다.

스팟!

순식간의 일이었다. 성검의 검은 눈에 보이지 않을 만큼 빠른 검광을 내뿜은 후 어느새 검집에 다시 꽂혀 있었다.

"하악!"

성검이 지나친 공간 뒤편에서 흑화신녀의 늦은 신음성이 들려왔다.

'나보다 빠른 무엇인가가 있었다!'

흑화신녀가 쿵, 소리를 내며 허물어지는 순간 성검이 시선을 돌려 좌중을 훑어 나갔다. 그리고 결국 보고 말았다. 교자 위 비학검 이가성의 입가에 그려진 미소를.

"……!"

다시 한 번 흑화신녀를 살피던 성검은 화들짝 놀랄 수밖에 없었다. 그녀의 두 동공에 두 개의 은침이 꽂혀 있었던 것이다.

'이 대협, 결국 당신의 힘으로 철룡방을 되찾았구려.'

성검은 잠시 고개를 젖혀 밤하늘을 바라보았다. 지난 몇 개월 동안 비학검 이가성은 피를 쏟아내며 암기 발사법을 익혔을 것이다. 앉은뱅이가 된 그가 할 수 있는 일이란 그것밖에 없었을 테니까.

2

수룡각. 용은 이미 잠 깨어 있었다.

천검궁주 역천휘, 그는 자신 앞에 늘어서 있는 인물들의 면면을 천천히 살폈다. 평생의 숙적 일검수 류추영을 보았을 때 그의 눈빛은 파르르, 떨렸다. 죽었으리라 믿었던 류추영이 검을 늘어뜨린 채 담담한 모습으로 자신을 바라보고 있다. 역천휘는 '흐음' 하는 침음성을 토해내며 가볍게 고개를 끄덕였다.

역천휘의 시선이 천천히 우측으로 옮겨졌다.

발산도 굉우소, 류추영과 함께 정파연합의 쌍두마차로 불리던 사내. 역천휘는 자신에게도 그런 벗이 있으면 좋겠다는 생각을 한 번쯤 해본 적이 있었다.

그 다음은 심공. '흐흐' 그냥 웃음이 나온다. 천하의 색승. 언제든 제거할 수 있었으나 그러지 않았다. 그마저 없다면 강호가 너무 삭막해질 것 같았기 때문이다.

다시 천천히 시선을 돌리던 역천휘가 잠시 신형을 휘청거렸다. 그의 두 눈에서 청광이 줄기줄기 뻗어나다 사그라졌다. 고관성과 화향검…….

"그래, 적어도 자네 부자라면 내 심장에 검을 꽂을 자격이 있지."

역천휘가 서글픔이 느껴지는 미소를 지어 보였다. 인생에 있어서 단 한 번의 사랑을 했다. 아쉽게도 끝내 가질 수 없는 사랑이었다.

화향검은 어떠했던가. 자신이 유일하게 사랑했던 여인 화인옥의 아들. 역천휘는 그에게서 자신이 사랑했던 여인의 향기를 느꼈고, 아들처럼 여기며 살아가고 싶었다.

역천휘는 씁쓸한 표정으로 고관성과 화향검을 바라보았다.

하지만 그 순간, 고관성의 두 눈에 알 수 없는 파랑이 일고 있음을 느꼈다. 고관성은 파랑이 이는 그 눈으로 화향검을 직시하고 있지 않은가.

'아! 아직 모르고 있었단 말인가!'

한순간 역천휘는 무릎이 꺾일 것만 같았다. 성하각에서 달아난 고관성과 화향검이 함께 움직이고 있다는 보고를 받은 그는 두 사람이 이미 서로의 존재를 알게 되었다고 믿어왔다. 하지만 아니었단 말인가.

"역천휘, 지, 지금 네가 한 말은……."

고관성이 천천히 시선을 돌리며 말했다. 결코 분노가 아니다. 제발, 그렇다고 말해 주기를 바랄 뿐이다. 죽었으리라 믿었던 아들이 아직 살아 있고, 그가 바로 화향검이라고……. 그렇게만 된다면 역천휘에 대한 분노가 절반쯤 사그라들 것 같았다.

"흐흐. 역시 모르고 있었단 말인가? 어리석구나, 역천휘. 하나쯤의 비밀은 간직한 채 살아가고 싶었거늘. 하지만 고관성, 아니, 고궁비. 너희 부자는 오늘 이곳에서 죽게 될 게야. 내 심장에 검을 꽂을 자격은 있으나 그러지 못할 거란 얘기지. 세상은 늘 그래. 공평하지 않아. 하지만 함께 죽는 게 위로가 되길 바란다."

"……!"

이번엔 고관성과 화향검의 시선이 동시에 마주쳤다. 역천휘가 한 말에 분노 따위를 느낄 겨를도 없었다.

"내, 내 아버지?"

"그래, 네 이름은 영검… 고영검이다!"

고관성이 화향검을 덥석 안으며 흐느꼈다. 처음부터 낯설지 않았다. 왠지 모를 힘이 고관성 자신을 당기고 있었다.

화향검 역시 마찬가지였다. 그것이 더없이 혼란스러웠다. 하지만 이제 모든 것이 확연하게 머리 속에서 정리되고 있다. 고관성이 내뿜던 알 수 없는 흡인력의 정체도, 자신이 왜 역천휘에게 버려져야 했는지도.

'그렇다면 나를 키워준 장인 화도엽은? 그래, 역천휘가 검 한 자루를 만들자고 직접 그를 찾아왔었다는 것은 말이 안 되는 일이지. 결국 나를 보기 위해 왔었던 것이군. 흐흐, 의부 화도엽은 역천휘의 청을 받아 나를 길렀던 것이고. 내 인생은 처음부터 역천휘, 저자에 의해 왜곡되어 있었어.'

하지만 역천휘를 바라보는 화향검의 눈에는 여전히 애증이 뒤섞여 있다.

"자, 이제 시작하세. 자네들에게는 그다지 시간이 넉넉하지 않을 테니 말이야."

역천휘가 느리게 호흡을 가다듬은 후 말했다.

결코 틀린 말이 아니다. 남진관으로 통하는 모든 육로와 수로를 차단했다. 하지만 천검궁이 위기에 빠진 사실은 이미 사방으로 보고되었을 것이고, 천검궁의 무사들은 무슨 수를 써서라도 이곳까지 올 것이다. 적어도 길목을 지키고 있을 황군들은 그들의 적수가 되지 못한다. 그저 얼마간의 시간을 벌어줄 수 있다면 그나마 다행스러운 일이었다.

"류 대협, 내게 기회를 주겠소?"

고관성이 류추영에게 다가와 낮은 음성으로 말했다.

류추영은 그를 막을 수 없었다. 하지만 고관성은 역시 역천휘의 상대가 되지 못한다.

"고 대협, 대신 우리가 도와주는 것을 허락해 주시겠소?"

"……!"

고관성은 잠시 류추영을 바라보다가 고개를 끄덕였다. 류추영이 무엇을 염려하는지 잘 알기 때문이었다.

"고맙소, 류 대협."

고관성은 신형을 돌려 세 걸음 앞으로 나섰다.

"역천휘, 네 심장에 검을 꽂을 자격이 내게 있다고 했던가? 그 자격을 행사하겠다."

"그래, 너와의 악연을 끊어주지."

역천휘가 희미한 미소를 내비쳤다.

"간닷!"

고관성의 신형이 흐릿해진다 싶은 순간 한줄기 검풍이 휘몰아쳤고, 그의 신형은 이미 역천휘의 목전에 닿았다. 선풍도장의 절기 회류파풍검(回流破風劍)!

진작에 겨루었어야 했다. 과거 천검궁이 귀주성 귀양 일대를 통합할 때 용기를 냈어야 했다. 그때 천검궁에 저항해 싸웠다면 적어도 이런 식의 구차한 인생은 살아오지 않았을 것이다. 하지만 꼭 그렇다고 할 수 있을까? 비록 화인옥은 죽었지만 아들 그영검이 살아남았다. 그것만으로도 고관성은 자신의 삶을 위로할 수 있을 것 같았다.

"……!"

역천휘는 빠르게 쌍수를 휘저어 고관성의 검이 뿜어내는 기이한 검풍을 차단했다. 한 지역의 패자였던 무인답게 고관성의 공격은 힘과 기교 모두를 지녔다. 결코 가볍게 볼 수 없는 상대다.

'그래, 이제 아무런 여한 없이 싸울 수 있다. 우리 선풍도장의 명예를 지키기 위해. 남편으로서 아비로서 더없이 구차했던 나 고궁비의 죄를 씻기 위해.'

한순간의 빈틈이 보였다. 고관성은 조금의 망설임도 없이 역천휘의 요혈을 향해 검을 뻗어 나갔다.

하지만 아무것도 없다. 그저 허공뿐이다. 역천휘의 모습이 보이지 않는다.

"헉!"

고관성은 뒤에서 파고드는 거대한 살기에 당혹성을 터뜨렸다. 귀신 같은 신법이다. 역천휘는 흡사 유령처럼 순식간에 공간을 이동해 뒤를 덮쳐 오고 있는 것이다.

'그래, 같이 죽자!'

고관성은 신형을 뒤로 날리며 겨드랑이 사이로 검을 꽂아 넣었다. 어차피 실력만으로 역천휘를 이길 것이라고는 그 역시 믿지 않았다. 그저 죽음을 불사하고 겨뤄보고 싶었을 뿐이다.

"터헙!"

묵직한 압력이 뒷덜미를 낚아채는 것을 느끼며 고관성이 신음을 토해냈다. 겨드랑이 사이로 꽂아 넣었던 검은 깨끗하게 부러져 나갔다.

"고궁비, 이곳은 강호다. 너는 억울하게 여기겠으나 어쩌겠는가. 지금처럼 네 목숨은 내 손아귀에 달렸을 뿐이다. 너는 그런 존재야. 죽이느냐 살리느냐, 빼앗느냐 마느냐는 내 의지에 달렸단 말이다."

속삭이듯 낮게 말한 역천휘가 한 손으로 고관성을 번쩍 들어 올린 후 화향검을 바라보았다.

화향검……. 한 여인의 모습이 그의 얼굴에 겹치고 있다.

'흐흐. 화인옥, 당신의 흔적을 보며 내가 무엇을 느꼈을 것 같은가? 어이없게도… 여전히 당신을 사랑하고 있다는 것이었다. 하지만 어쩌랴. 사랑이 강한 만큼 질투 또한 강한 것을……'

화향검과 마주친 두 눈이 가볍게 떨려왔다.

"궁주, 나 또한 당신의 심장에 검을 꽂을 자격이 있다 했소?"

"……."

"그 자격을 버릴 테니 내 아비를 내려놓으시오. 당신은 믿지 않겠지만, 내게는 당신 또한 아비와 다름없었소."

"……!"

고관성의 목덜미를 움켜쥔 손이 바르르 떨렸다.

'내게는 당신 또한 아비와 다름없었소.'

역천휘의 귓전에서 그 말이 계속 맴돌았다. 정말 그랬을까. 화향검은 정말 자신을 아비처럼 생각했을까? 거짓이 아닐 것이다.

하지만 늦었다. 자신은 이미 화향검을 버렸다. 이제 되돌릴 수 없게 되지 않았는가.

"이야아아압!"

역천휘의 좌수가 그대로 고관성의 등을 가격했다.

"커헙!"

고관성은 피화살을 토해내며 오 장여 밖으로 튕겨져 날아갔다. 역천휘의 일격을 그대로 받아냈으니 아마도 즉사하고 말았을 것이다.

"역천휘!"

화향검의 두 눈에서 신광이 폭사했다. 그의 신형은 이미 역천휘를 향해 쏘아져 들어가고 있었다.

'이미 마음의 결정이 내려지지 않았는가. 살(殺)이다. 이제 더 이상의 싸움은 없을 것이다.'

역천휘의 쌍장이 불을 뿜어냈다.

콰오오오오―

적청색의 강기가 용의 형상으로 뒤바뀌며 화향검을 집어삼키려는 듯 꿈틀거리며 뻗어 나갔다.

하지만 그 순간, 화향검의 신형이 바닥으로 낮게 깔리며 이 장여를 미끄러져 갔다. 적청색의 강기가 아슬아슬하게 그를 빗겨갔고, 역천휘는 바닥에서 튕겨지며 자신을 향해 쏘아져 들어오는 화향검을 볼 수 있었다.

'빠르구나.'

거화의 불빛에 일렁이고 있는 예리한 검신. 하지만 쳐내면 그만이지 않은가.

역천휘는 화향검을 향해 화살처럼 쏘아져 들어갔다.

"커헙!"

"……!"

화향검의 두 눈이 파르르, 진동했다.

충분히 피할 수 있는 일격이었다. 하지만 역천휘는 그러지 않았다.

"어째서……."

역천휘의 오른 가슴에 검을 꽂아 넣은 화향검이 떨리는 음성으로 낮게 속삭였다.

"흐흐. 감상은 금물이다, 화향검. 지금 내 모습을 보면 알 수 있지 않은가. 크흐흐. 아니, 하지만 가끔은 감상에 잠길 수도 있어야지. 그러나 역시 그것은 강자만이 할 수 있는 일이다. 잘 알겠느냐?"

역천휘가 좌수로 화향검의 목을 콱, 움켜쥐었다.

"커흡!"

"이로써 네 어미 화인옥이 남긴 모든 감정을 깨끗이 씻어낼 수 있게 되었다."

역천휘의 손아귀에 서서히 힘이 가해졌다.

극심한 고통 속에서도 화향검은 역천휘의 두 눈을 똑바로 쳐다보았다. 알 수 없는 감정들이 두 사람의 눈에 뒤범벅되어 있다.

하지만 잠시 후, 역천휘의 두 눈이 살기로 뒤덮였다. 비로소 연민을 거둔 것이다.

강기에 휩싸인 역천휘의 오른손이 서서히 들어 올려졌다. 일격. 단일 격이면 끝이 나는 것이다.

하지만 그 순간, 섬뜩한 느낌이 온몸에 번졌다.

"역천휘, 네 상대는 나야."

등 뒤에서 일검수 류추영의 음성이 들려왔다.

"흐흐. 일검수가 언제부터 뒤를 노렸나? 하지만 정말 빠르군. 지난번보다는 조금 나아진 것 같아."

역천휘는 당혹스러운 모습을 보이지 않기 위해 담담한 음성으로 말했다.

"뒤를 노린 건 아니야. 그저 네가 고 대협에게 했던 장난을 흉내 내본 것뿐이지. 하지만 화향검을 내려놓지 않는다면 왼쪽 가슴도 검에 관통되겠지."

빈말이 아닌 듯 예리한 검단이 왼쪽 등에 와 닿는 게 느껴졌다.

이해할 수 없는 일이다. 아무리 화향검과 고관성으로 인해 평정을 잃었다 해도 살기를 못 느꼈을 리 없다. 아니, 그저 미세한 공기의 변화도 놓치지 않는 이가 역천휘 자신이 아닌가. 뭔가 잘못됐다, 분명히.

역천휘는 주위를 둘러보았다. 천검궁의 무사들은 당혹스러운 표정으로 굳어져 있다. 그들은 일검수를 막을 엄두조차 내지 못했다. 그만큼 일검수의 신법이 빨랐다는 의미다.

"어쩔 수 없는 일이군."

역천휘가 화향검의 목을 죄고 있던 좌수를 가볍게 튕겨내며 달했다.

"커헉!"

화향검은 삼 장여 밖으로 튕겨 나가 목을 움켜쥔 채 바닥으로 나뒹굴었다. 몹시 고통스러웠지만 기도가 파열되거나 하지는 않았다.

"내게 검을 집을 기회를 주겠는가?"

역천휘가 그대로 멈춰 선 채 물었다. 온몸의 신경이 촉수처럼 예민하게 곤두섰다. 비로소 주변의 것들이 제대로 감지되기 시작했다.

'역시, 내가 너무 감상에 젖어 있었던 게야. 흐흐!'

비록 상황은 좋지 않았지만, 류추영에게 당하는 일은 없을 것이다. 누가 뭐래도 자신은 천하제일인이 아닌가.

"추영, 그대로 검을 꽂게."

역천휘의 정면에 서 있던 굉우소가 굳은 표정으로 말했다.

적어도 그는 냉정함을 잃지 않는 무사다. 역천휘가 쉽게 당하지 않으리라는 것을 잘 알았다. 하지만 정녕 마음이 답답한 것은 일검수가 등 뒤에서 검을 꽂을 위인이 아님을 알기 때문이다.

"그래, 지난번엔 미처 승부를 내지 못했어. 그러니 끝을 내야겠지."

일검수가 검을 거두며 고개를 끄덕였다.

"성화(聖花)야, 내 검을 다오."

역천휘가 담담히 말하자, 거화의 불빛이 미치지 않는 어둠 속에서 한 소동이 걸어나왔다. 지난봄에 보았던 그 아이다.

"여기 있습니다, 궁주님."

성화라 불린 소동은 이번에도 자신의 키만큼 긴 장검을 역천휘에게 공손히 바쳤다.

"정방(淨房)에 따끈한 목욕물을 받아놓으라 이르거라. 난꽃과 창포를 우려서 말이다. 아니, 아니다. 어쩌면 이번엔 그럴 기회가 없을지도 모르겠구나."

"……?"

소동은 고개를 들어 물끄러미 역천휘를 타라보았다. 혹 자신이 잘못 들은 것은 아닌지 의심스러웠던 것이다.

하지만 소동은 이내 정중히 읍하며 미소를 지었다.

"목욕물을 받아놓으라 이르겠습니다, 궁주."

"그래, 고맙구나."

소동이 어둠 속으로 사라진 후 역천휘는 천천히 검을 뽑았다.

상아처럼 흰 개세불검의 검신이 거화의 불빛에 붉게 일렁였다. 하지만 그 검의 예기는 불빛도 가를 것처럼 차게 느껴졌다.

"간다, 일검수!"

담담히 검신에 눈길을 주던 역천휘가 한순간 신형을 폭사시켜 일검수에게 쏘아져 들어갔다.

"기다리던 바!"

류추영 역시 역천휘를 향해 신형을 폭사시켰다.

화르르륵―

역천휘의 개세불검과 일검수의 활류검은 마치 불길이 옮겨 붙은 것처럼 기이한 파공성을 내며 허공을 갈랐다.

단 일 격이다. 어쩌면 그것으로 승부는 끝나고 말 것이다.

두 사람은 절정에 달한, 아니, 그 이상의 경지에 다다른 무사들이다. 기교는 무의미하다. 이미 겨루어본 바가 있기에 서로의 검로를 알고 있다. 남은 것은 승부뿐이다. 누가 죽고, 누가 사는지의.

진정한 최강자! 최강자의 검은 지극히 정직하다. 기교도 속임수도 필요치 않다. 두 사람의 승부가 그랬다.

커커커컹!

개세불검과 활류검은 서로를 스치며 지나쳤고, 두 사람은 일 장의 거리를 두고 뒤돌아 서 있다. 이미 싸움은 끝난 것이다.

"흐흐. 일검수, 난 평생을 미친 듯이 앞만 보고 달려왔다. 문득 그런 생각이 드는구나, 이 순간을 위해 그렇게 열심히 달려온 것이 아닌가 하는."

역천휘의 얼굴에 희미한 미소가 어렸다.

"그래, 이제는 편안해졌는가?"

"그것을 모르겠어. 난 진정한 벗이 없었던 것처럼, 진정한 적도 없었지. 한순간도 널 증오하지 않았으니까. 편안하냐고? 글쎄, 한시도 편안했던 적이 없기에 편안하다는 것이 어떤 상태인지를 알 수 없어. 크흐흐."

"이제 편안해 질 거야. 정방에 가면 난꽃과 창포를 우린 따뜻한 목욕물이 너를 기다리고 있겠지. 두 눈을 감고 모든 미혹을 버린 채 은몸을 푹 담그는 거야. 내일 일을 생각하지도 말고, 그냥 그 순간을 즐겨. 그럼 비로소 편안함이 무엇인지 알게 될 거야. 하하, 하지만 나 역시 자네로 인해 오랫동안 편안함이란 것을 잊고 살았어."

두 사람은 미동도 없이 서서 낮은 소리로 웃었다.

한 가지 눈에 띄는 것은 일검수의 손에 들린 검이다. 비황검과 비룡검. 누구도 보지 못했지만, 역천휘를 스쳐 지나치는 순간 한 자루 활류검이 둘로 나뉘어진 것이다.

"커흡!"

이제껏 바위처럼 서 있던 역천휘가 한 걸음을 내디디며 비틀거렸다. 그리고 잠시 후 쿵, 소리를 내며 무너졌다. 역천휘, 오랜 세월 강호에 군림한 거인. 그의 시대는 그렇게 저물고 말았다.

"아—"

수룡각을 에워싸고 있던 천검궁의 무사들이 망연자실한 표정으로 일제히 무릎을 꺾으며 주저앉았다. 천년검궁의 꿈이 무너지고 대륙의 질서가 바뀌는 순간이었다.

"음회회! 그래, 내 일생일대의 역작 맨 마지막을 자네가 장식하리라는 것을 알고 있었어, 추영!"

도검의 숲 속에서 유일하게 두루마리 종이와 붓을 쥐고 있던 심공이 고개를 끄덕이며 미소 지었다.

3

송죽루의 경관은 여전히 일품이다.

소나무 숲 중간에 세워진 누각에 서면 굽이쳐 흐르는 장강이 한눈에 내려다보인다. 솔밭을 스쳐 온 바람이 청아한 솔잎 냄새를 풍기며 풍경을 흔들고, 술상의 죽엽청은 저절로 시상을 떠올리게 한다.

"매란아, 화접모옹— 너희 이분이 누군지 알아? 보기엔 스님처럼 안 보여도 정말 스님이야. 그러니까 손가락 하나 까딱할 생각 하지 마."

"호호, 승복에 염주까지 있는데 어찌 저희가 스님인지 모르겠어요?"

"어? 이분이 정말 스님으로 보여?"

"물론이죠."

매란의 말에 성검은 고개를 갸우뚱했다.

"음회회. 스님, 스님이 스님으로 보인답니다."

"끄응, 적당히 하거라."

천하의 색승 심공은 심사가 뒤틀리는 걸 참고 점잖게 얘기했다. 기루에 올 줄 알았다면 주루에서 적당히 마셔야 했다. 아무리 봐도 성검은 지금 개다.

비록 천검궁의 역천휘, 천년밀교의 흑화신녀가 죽음으로써 대륙의 판도가 바뀌었다고는 해도 아직 전쟁 중이다.

은 왕야가 이끄는 반란군이 민란을 일으킨 세력과 손을 잡고 황궁을 향해 점차 세력을 넓혀가고 있는 것이다.

하지만 일검수 류추영과 굉우소 등 정파연합의 수장들은 더 이상 그 싸움에 관여하지 않기로 했다. 이제 무림의 일은 무림에서, 황실의 일은 황실에서 해야 하는 것이다.

실제로 대부분의 영웅들은 제 갈 곳을 찾아갔다. 주허자는 힘겹게 주동선을 설득해 십선각으로 돌아갔고, 일검수 류추영과 굉우소는 정파무림맹을 새로이 조직하기 위해 하남성으로 떠났다.

고지기는 장여룡, 염자방과 함께 화라마종의 포교에 여념이 없다. 그들은 이미 천년밀문을 능가하는 거대한 종교 집단으로 성장했으며, 최근엔 성검을 포섭하기 위해 부단히 정성을 들이는 중이다.

"케헤헤. 성검아, 너는 딱 중놈 체질이니라. 비록 우리 화라마종이 대륙의 불교 종단에서 이단시되고 있으나, 미타삼존을 모시는데 어찌 중놈이 아니라 할 수 있겠는고. 다만 교도를 늘리기 위해 승려의 삼처

사첩을 허(許)하고 공양을 위해 부의 축적을 장려하고 있을 뿐이니라. 헤헤, 솔직히……."

묵향이를 끼고 곤죽이 되도록 술을 마시던 고지기가 또 성검에게 포교를 하기 시작했다. 하지만 막 본론에 도달하려는 순간, 어디선가 누각을 쩌러렁 울리는 노호성이 터졌다.

"류성검! 이 천하의 파락호 같은 놈! 너 죽여 버릴 거야아—"

초지일관 초지였다.

"캑— 초, 초지……."

매란이가 따라준 술을 들이키다 말고 성검이 화들짝 놀라 고개를 치켜들었다.

초지일관 초지, 아니, 이제는 엄연히 천년밀문의 문주가 되었다. 성검과 흑화신녀의 약속이 있는 데다 취봉접 역시 천년밀문의 앞날을 걱정해 기어코 초지를 문주 자리에 앉혔다.

하지만 그로 인해 초지는 인생을 망친 셈이다. 평생 결혼도 할 수 없고, 자식도 낳을 수 없다. 그러니 성검에게 한을 품는 것은 당연하다.

성검에게 독을 품고 있는 사람은 비단 초지만이 아니었다. 취영오매의 다섯 자매 역시 흑화신녀의 명을 수행하기 위해 초지의 호법으로 평생을 살 팔자다. 싸가지없고 맹한 계집 밑에서 평생을 썩을 생각을 하자니 자연히 성검에게 독기를 품을 수밖에.

"신성한 천년밀문주께서 어찌 이런 데를……. 초지야, 소문나기 전에 어서 돌아가야 하지 않겠니?"

"흥, 닥쳐!"

"흥, 닥시치지!"

초지와 취영오매가 거의 동시에 내뱉은 말이다.

'젠장, 고 노선배와 취 노선배 내외는 도대체 어떻게 된 사람들이야? 저런 망나니를 아무렇게나 방치하고 자기들끼리 즐기고 싶을까?

성검은 삐질 식은땀이 흐르는 것을 느꼈다.

그랬다. 취봉접과 고관성은 결국 늘그막에 서로의 사랑을 인정하고 유유자적하게 대륙을 떠돌기로 했다.

문제는, 초지 역시 자신의 사랑을 인정하고 성검에게 목을 매고 있다는 점이다.

"네놈이 무슨 말을 하든 상관없어! 하지만 이미 할머니가 너를 손주 사위로 생각한 이상 넌 나랑 결혼해야 해! 할아버지도 그랬어, 청해류 가의 자식을 어떻게 해서든 잡아 사돈을 맺어야 한다고!"

"하지만 넌 평생 처녀로 살아야……."

"호호! 걱정 마, 고지기 종주의 자문을 얻어서 천년밀문의 율법을 바꿨으니까. 화라마종처럼 우리도 결혼할 수 있다고!"

"엥?"

성검의 시선이 고지기에게 닿았다.

"헤헤, 그것 보거라. 우리 화라마종의 계율이 얼마나 훌륭한고? 이제 조만간 대륙의 법도 또한 화라마종을 본받게 될 것이야."

고지기가 헤벌쭉이 웃으며 말했다.

그런데 또 그를 거드는 인물들이 있었다.

"헤헤. 형님, 저희도 화라마종해요."

"맞습니다, 형님. 결혼도 시켜준다지 않습니까?"

"아예 이렇게 만난 김에 천년밀문의 여제자들과 단체로 선이나 보지요?"

"옳소!"

변금은, 철행궁, 모용각을 필두로 동방칠수의 나머지 형제들이 일제히 날뛰기 시작했다. 보기 드문 조직력임엔 분명하다.

"거봐, 네 쫄다구들도 좋다잖……."

흐뭇한 표정으로 동방칠수들을 바라보던 초지가 눈길을 돌렸을 때, 방금 전까지 성검이 앉았던 자리는 이미 횅하니 비어 있었다.

"이, 이 치사한 놈! 하지만 절대 초지의 손아귀에서 벗어날 수 없어. 난 초지일관 초지니까아—"

초지의 음성이 소나무 숲에 길게 울려 퍼졌다.

소나무 숲 저 멀리 한 사내가 운해비영의 신법으로 빠르게 쏘아져 나갔다. 그 사내의 입에서는 이런 말이 새어 나오고 있었다.

"젠장, 결혼을 하자고? 음회회! 어림없는 소리. 나 류성검, 누가 뭐래도 강호 체질이야. 게다가 독신 체질이지!"

『골초검』 제5권 完
감사합니다

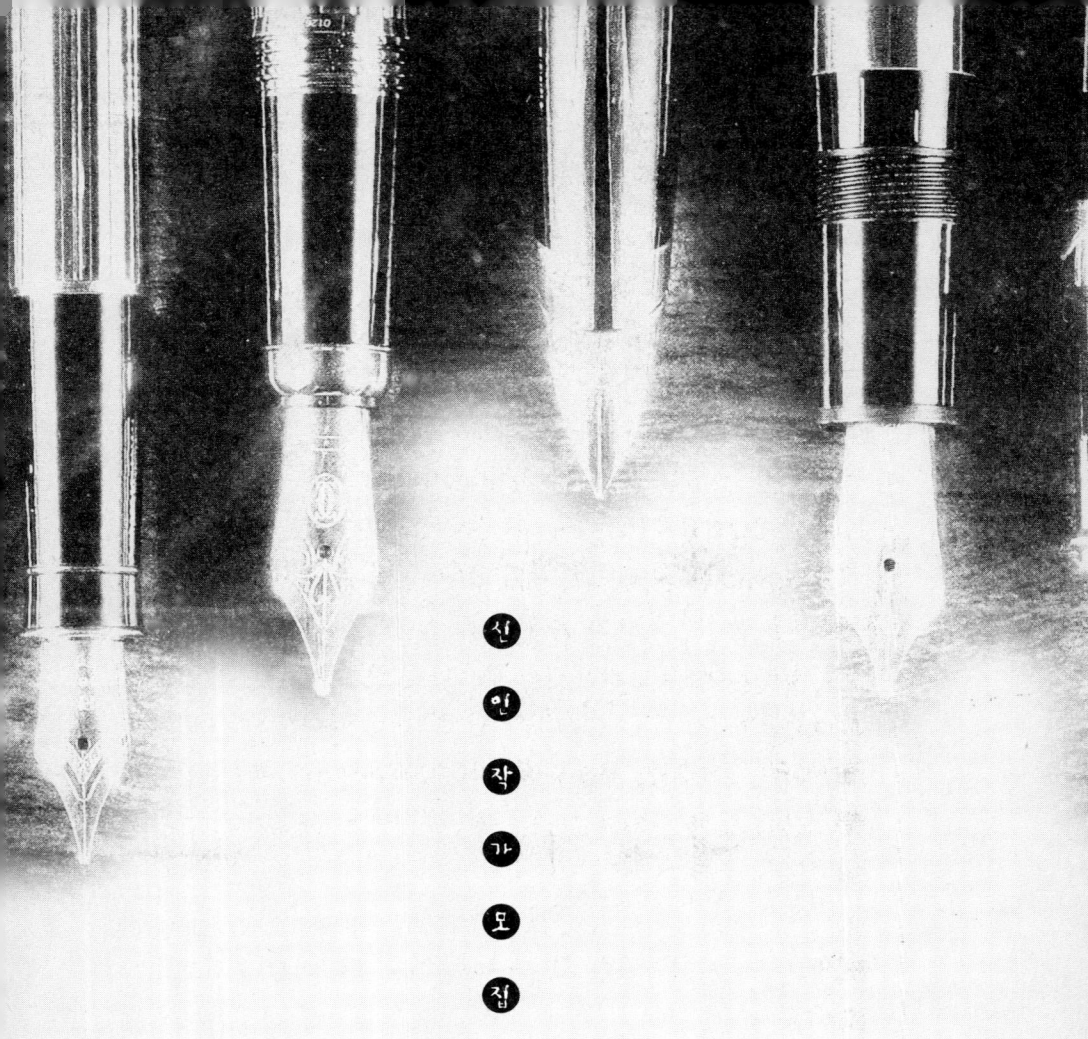

신
인
작
가
모
집

시작이 반이라고 했습니다.
작가의 길에 대한 보이지 않는 벽을 과감히 깨뜨리십시오!
청어람은 작가 지망생 여러분들의
멋진 방향타가 되어드리겠습니다.

저희 도서출판 청어람에서는
소설 신인 작가분들을 모집합니다.
판타지와 무협을 사랑하시는 분들의 많은 참여를 바랍니다.
소정의 원고(A4용지 150매)를 메일이나 우편으로 보내주시면
검토 후 출판 여부를 알려드리겠습니다.

주소:경기도 부천시 원미구 심곡1동 350-1 남성B/D 3F 우편번호420-011
TEL:032-656-4452 · **FAX**:032-656-4453
http://www.chungeoram.com
e-mail:chungeoram@chungeoram.com